마음의 여행

이홍식 수필집

청어

마음의 여행

이홍식 지음

발행처·도서출판 **청어**
발행인·이영철
영 업·이동호
홍 보·최윤영
기 획·천성래 | 이용희
편 집·방세화 | 원신연
디자인·김바라 | 서경아
제작부장·공병한
인 쇄·두리터

등 록·1999년 5월 3일
(제321-3210002510019990000063호.)

1판 1쇄 인쇄·2017년 4월 1일
1판 1쇄 발행·2017년 4월 10일

주소·서울특별시 서초구 효령로55길 45-8
대표전화·02-586-0477
팩시밀리·02-586-0478

홈페이지·www.chungeobook.com
E-mail·ppi20@hanmail.net
ISBN·979-11-5860-469-1(03810)

이 도서의 국립중앙도서관 출판시도서목록(CIP)은 서지정보유통지원시스템 홈페이지
(http://seoji.nl.go.kr)와 국가자료공동목록시스템(http://www.nl.go.kr/kolisnet)에서
이용하실 수 있습니다.(CIP제어번호: CIP2017003848)

마음의
여행

 책머리에

살면서 어쩌다 한 번씩 울고 싶을 때가 있다. 아무도 없는 곳에서 실컷 울고 나면 속이 후련해진다. 시원한 울음에는 일종의 배설과도 같은 쾌감이 함께 하듯, 속에 있던 많은 이야기를 쏟아낸 글이 책으로 나오는 일도 이것과 크게 다르지 않다. 그동안 내 안에 정체되어있던 것들이 바깥으로 나오는 순간은 오랜 시간 막혀있던 터널이 뚫려 시원스레 빠져나가는 자동차 운전자의 마음과 같을 것이다.

똑같은 처지가 될 수는 없겠지만, 산모가 아이 낳고 난 기분이 이랬을까. 아마 전부는 아니더라도 한 권의 책이 나온다는 것은 산고(産苦)와 다름없을 것이다. 산모는 오랜 고통 뒤에는 꽃 같은 아기를 품에 안는다. 책을 출간하는 것도 그런 시간과 같지 않을까 싶다. 나 역시 임산부가 된 심정으로 책을 만들고, 책이 세상 밖으로 나오는 기쁨을 느끼는 것은 산모의 기분과

매한가지다. 이제, 산모가 아기를 키우듯 책이 나온 다음에 해야 할 일이 무엇인지를 생각해야 한다. 있던 것이 빠져나간 빈 자리를 어떻게 채워나갈 것인가에 대해 고민해야 할 것이다. 첫 아이를 낳고 둘째를 준비하는 산모의 마음으로 돌아가야 한다.

나는 물체가 아닌 사람의 생각에도 관성의 법칙이 있다고 믿는다. 생각도 하면 할수록 생각에 가속이 붙는다는 걸 요즘 들어 깨닫는다. 내 안에 쌓인 것을 쏟아내고 난 다음 해야 할 일은, 관성의 힘으로 빠져나간 빈 곳에 새로운 것이 들어올 수 있도록 자리를 만드는 일이다. 그것도 아주 조용히 소리 내지 않고 준비해야 한다. 말할 필요가 없을 때 입을 열지 않는 사람은 인생의 가장 중요한 의미를 알고 있는 사람이다. 나뭇잎을 다 내려놓고 봄을 준비하는 겨울나무처럼.

차례

성주사

두 번째 여행

세 번째 여행

네 번째 여행

첫 번째 여행

내 안에 있던 것이 책이 되어 나온다는 것은 얼마 전까지는 그저 상상으로만 했던 일이다. 내가 할 수 있을 거라는 생각을 해본 적이 없었다. 그런데, 정말 그 일을 하는 나에게 조금은 놀리고, 남의 눈으로 나를 바라보는 느낌이 들게 되는 것이다. 어려운 과정을 거쳐야 하겠지만 마치 물을 엎지르듯 책이 나올 것이다. 어쩌면 이 일이 대견스럽기도 하고 한편으로는 간데없는 만용일 것만 같아 얼굴이 붉어질 때가 있다. 아무튼, 이제 두 번째 단추를 끼웠고 어차피 나선 걸음이라면 생각대로 가야 하고, 나머지 단추도 잘 끼워야 한다.

책 속에는 혼자서 하는 여행 이야기와 성주사에 관한 글도 많다. 연작(連作)으로 묶은 것은 오래전부터 내가 마음먹은 일이기도 하다. 어찌 되었건 내 딴에는 잘 끼운다고 끼웠는데, 내가 나를 볼 수 없으니 사람들의 반응이 궁금하지만, 시간이 가면 저절로 알게 될 일이다. 이제 단추를 끼워본 흔적이 곳곳에 남아 그것이 거울이 되어 언제든 내 모습을 비추어볼 수 있다. 더불어 내 마음의 여행은 전보다 훨씬 깊어진 눈으로 높이 날아오르기도 하고 더 멀리 날기도 할 것이다. 나의 이 같은 여행은 오늘 쪽마루에 앉아 바라보았던 가지 끝에 달린 나뭇잎처럼, 내가 세상 밖으로 날아가는 날까지 계속될 것이다.

내 마음 세상 밖으로 나가며

작년 가을 내가 쓴 글이 책이 되어 나오는 날, 아무런 생각 없이 그냥 성주사에 가고 싶었다. 절 마당을 한동안 서성거리다 법당에도 들르지 않은 채, 이곳에 올 때면 내가 늘 들렀다 가는 곳으로 내려갔다. 절 아래 계곡 옆 신도들을 위해 지은 집 쪽마루에 앉아 눈앞에 있는 고목을 올려다보니 가지에는 잎이 거의 떨어졌다. 계곡 아래로 뻗은 늙은 가지에는 마른 잎 몇 장이 매달려 바람에 살랑거린다. 얼마 못 가 그 잎마저 어디론가 날아갈 것이다. 이제는 떨어지는 낙엽의 애잔함을 외면하고 싶지 않다. 마음 간질이며 흐르는 물소리에 끌려 서너 걸음 앞에 있는 난간을 짚고 아래를 내려다보았다. 흐르는 계곡물이 바위에 부딪혀 깨어지는 물방울은 가을 햇살 아래 보석처럼 아름답다.

오랜 세월 사색의 공간이 되었던 이곳은 눈에 보이는 모든 것이 영험한 부적과도 같았다. 어떤 힘인지는 알 수 없지만, 그것이 내 속에서 많은 것들을 싹틔우게 했다. 내 안에서 떠돌던 생각들이 하나로 모여 책으로 나온다는 것은 또 하나의 세상을 품에 안는 일이다. 나는 오래전부터 이곳을 서성이며 일과 문학에 대한 생각에 빠져드는 일이 많았다. 그런 시간이 외롭기도 했지만, 그 순간은 까닭 모르게 감미롭기도 했다. 고독과 외로움은 나를 본질에 가까워지게 하지만 그것은 인간존재가 지닌 근원적인 것이다. 잠시 잊고 있다가도 가슴속 작은 바람에도 상기되는 그런 고독이다. 그곳에서의 사유와 사색을 통해 얻은 것이 내 기억의 책상 서랍에 차곡차곡 쌓이는 것을 마음의 눈으로 보았다. 또 사는 게 힘들고 생각이 헝클어지면 이곳을 찾아 마음을 추스르곤 했다. 이런 모든 것에 대한 이끌림 때문인지 오늘 같은 날은 별다른 생각 없이 성주사를 찾게 되는 것이다.

몸으로 하는 여행이나 마음의 여행은 근원적으로 별반 다르지 않다. 몸과 마음은 분리되어 따로 있는 것이 아니고, 서로가 그림자처럼 늘 함께하는 것이다. 몸이라는 수단이 소중한 이유는 몸은 정신과 더불어 세계로 연결된 도구인 까닭이다. 글 하나를 옮겨놓는다.

"여행의 의미는 무엇인가. 사람과 자연을 더 친밀하게 하고, 고독한 생명에 드넓은 공간을 제공하며, 젊은이들에겐 인생의 굴곡 앞에서도 언제나 희망이 있음을 일깨워주며, 노인들에겐 한동안 살아왔던 세상에 당당하게 작별을 고할 수 있는 권리를 준다. 또한 다양한 문화가 서로 조화를 이루게 하고, 역사의 원한이 서로를 만남으로써 해소될 수 있도록 하며, 낯선 미소를 만나게 한다. 때로 두 눈이 기쁨과 환희로 반짝이도록 하고, 깊은 골짜기 아름다운 풍경이 홀로 저녁노을을 맞이하는 일이 없도록 하며, 서재에서 꿈꾸던 오묘한 생각이 더 이상 자신이나 남을 속이는 일이 없도록 하고, 황량한 들판에 동강난 비석 앞에서 몸과 마음을 추스르게 한다."

중국 작가 위치우위의 글이다. 조금 긴 듯하지만, 내가 무척 좋아하는 문장이라 컴퓨터에 옮겨놓고 수시로 읽어보는 글이다. 이 문장을 읽은 다음에는 여행에 대해 더는 말할게 없다. 여기에 덧붙이는 누구의 어떤 말도 사족(蛇足)이 될 뿐이다. 이것이 책 첫머리부터 내가 남의 긴 글을 옮겨 쓰는 이유다.

마음의 여행

마음으로 하는 여행은 가지 못하거나 갈 수 없는 곳이 없다. 지구 밖으로 나가 다른 행성과 교감할 수 있고, 우주 속으로 들어가 몇 백만 광년보다 더 떨어진 별에도 갈 수 있다. 그뿐 아니라 내가 태어나기 이전의 세계와 이곳을 떠난 다음 세계도 갈 수 있는 것이 마음의 여행이다. 세상 만물 속으로 들어가 그것과 하나가 되는 상상을 하는 것도 머리가 아니라 마음이다. 머리는 언제나 내 여행의 주재자(主宰者)가 되는 마음의 한 가지 도구일 뿐이다.

문학을 향한 여행 중에 내가 보고, 듣고, 체험하며 알게 된 것들은 단편적이고 지극히 작은 것인지도 모른다. 하지만 여행에서 소중한 것들을 많이 얻을 수 있었다. 한시적인 인간으로 태어난 이상 사람의 죽음과 탄생에 대한 궁금증과 그에 대한 호기심은 당연하다. 나는 불교 신자는 아니지만, 사유의 바탕은 불교에 가깝다. 인간의 삶에서 벗어날 수 없는 오욕칠정(五慾七情)과 팔고(八苦)에 관한 불교적 사색을 하며 거기에 빗대어 글 쓰는 편이다. 이곳에 머물 수 있는 날까지 그에 대한 탐험은 계속될 것이고 따라서 마음의 여행도 멈추지 않을 것이다. 여행은 내 마음을 위로해주었을 뿐만 아니라 남에게 설명할 방법도 가르쳐주었다.

돌아보면 내가 글을 쓰며 나와 관계없다고 생각했던 모든 존재에게 신세 지고 있었다. 내가 미워하고 싫어했던 사람에게서조차 도움을 받았다는 사실을 깨닫는다. 그리고 나를 사랑하지 않는 사람의 도움까지도 마치 공기처럼, 햇살처럼, 나도 모르는 사이 받아들이고 있었다. 만약 그 모든 존재가 아니었으면 여행의 의미를 얻을 수 있었을까. 아마도 약한 바람에 뜨다만 연처럼 여행의 의미도 사그라지고 열정도 시들해졌을 것이다.

내가 어떤 매개(媒介)를 만나 마음의 여행에 불을 지필 때, 마음은 불어오는 바람에 떠오르는 연과 같았고, 평소 볼 수 없었던 먼곳을 바라보게 했다. 바람이 강하게 불어 아주 높이 날아오를 때는 막 떨어지려는 해가 물들이는 서편 노을을 볼 때처럼 내 가슴도 붉게 물들곤 했다. 세상이라는 바다를 헤엄쳐 다니며 수많은 사람을 만나고 그들과 함께하며 살아가는 동안, 인간은 겉모습만 같았지 실제로는 바닷속 물고기 종류보다 훨씬 다양했다. 천태만상의 모습을 가진 게 사람이라는 것을 깨달았다. 작은 새우에서

부터 큰 고래에 이르기까지……. 이 같은 인간군상을 통해 나를 찾기도 하고 내가 그들과 하나라는 인식을 하게 되는 것이다.

만약 그런 인식이 없다면 내 마음의 여행은 한낱 뜬구름 따라가는 일에 그치고 말 것이다. 내가 글 쓰는 일도 마음의 여행이다. 한 권의 책을 출간하는 것은 여행 중, 또 다른 곳으로 가기 위한 차표 한 장 끊는 일과도 같다. 앞으로 몇 장의 차표를 더 끊을지는 나도 모른다.

가을

　오래전 가을, 벽송사와 사암정사에서 시작되는 이곳 지리산 둘레길을 걸은 지가 엊그제 같은데 또 가을이다. 사람 한평생은 달리는 말을 문틈으로 보는 것과 같다는 말이 실감 난다. 내 인생에서 몇 번의 가을이 더 지나가고, 그때 다시 이 길을 걷게 될 때면, 오늘과 똑같은 생각을 하고는 쓴웃음 짓는 나를 보게 될 것이다. 몇 년의 세월쯤은 지나고 나면 이처럼 순식간이다. 빠른 세월 탓에 허망해져 잠시 아득한 생각이 들다 문득, 지금의 나도 이런데 내가 서있는 이 자리에서 나랑 똑같은 생각을 했던 옛사람도 있었을 거라는 생각이 들었다. 그런 옛날이 바로 오늘 아닐까. 세월이 많이 흐른 뒤에 누군가는 지금의 나처럼 이 길 위에서 같은 생각을 하며 서있을 테니까.

　하늘은 내 마음도 모른 채 쪽빛처럼 푸르고 구름은 한가롭게 흐른다. 숲으로 들어가는 입구에는 우부룩이 자란 풀숲에 둘러 싸인 움막 하나가 쓰러질 듯 허물어지고 있다. 아궁이에는 오래 전 불 땐 흔적이 역력하고, 움막에는 사람 살던 흔적이 지워지지 않았다. 빈터 상수리나무에 매인 소는 송아지에게 젖 물린 채, 사람 기척에 반가운 듯 긴 울음 운다. 그 그윽한 여운에 숲은 정적이 완연하다. 길 걷는 내 발걸음 소리도 벌레 소리에 묻혀 들리지 않는다. 숲길은 오래전 처음 왔을 때나 지금이나 달라지지 않았다. 길 양쪽으로 우묵한 쐐기풀밭에 드문드문 핀 들국화는 두세 송이씩 짝지어 피었어도 가을 햇볕 아래 외로워만 보인다.

모두들 청춘을 피는데
호올로 아껴온 몸이
어느새 엷어진 하늘
속절없는 세월인가
맘이야 봄이라 손들
나비 이미 가고 없네

– 이호우, 「국화」

고갯길을 올라가며 마주하는 은행나무는 지난날보다 둥치가 굵어졌다. 하늘을 향한 가지에는 수없이 많은 황금빛 잎을 달고 섰다. 노랗게 물들어가는 잎새마다 가을이 익고 있다. 고개 너머 마을로 내려가는 길, 산기슭 다랑논에는 익어가는 벼가 가을바람에 파도처럼 넘실거린다. 내려가는 길에는 눈에 보이는 곳곳에 가을이 물들었다. 멀리서 바라보는 다랑논의 생김새는 — "밭들의 생김새는 뱀과 같고 소뿔 같고 둥근 가락지 같고 당겨진 활과 같고 찢어진 북과 같다." — 다산(茶山) 선생의 표현처럼 갖가지 모양을 한 것이나 산비탈을 층층이 올라가는 논 풍경은 그림처럼 아름답다.

세월이 가며 이전과 달라진 게 있다. 지난날 이맘때가 되면 내가 먼저 기를 쓰고 돌아다녔다. 올가을은 방 안에서 앉은 채 그냥 보내기가 너무 미안해 길을 나선 것이다. 하지만 예전처럼 그렇게 마음이 설레지 않는다. 귀찮거나 마음이 변한 것도 아니고 힘이 떨어져서도 아니다. 길 가다 만나는 뭇 것들에 마음이 들뜨지도 않았다. 예전과 달라진 지금의 마음은 어쩌면 시간이 흐르며 익어가는 대추처럼, 겉은 쪼그라들어도 안으로는 꿀 같은 단맛이 쌓이는 과정인지도 모른다.

돌이켜보면 지난날에는 가을이란 계절을 그저 내 눈에 보이는 대로만 보려고 했을 뿐이다. 지금은 인생의 경험으로 가을을 바라보고 계절과 세상을 돌아보는 것이다. 인생의 깊이가 가을을 더 깊게 만든다. 잠시 멈춰 서서 조금 전 내가 걸어온 길을 되돌아보면, 멀리 산마루 위로 윤동주의 시구처럼 계절이 지나가는 하늘에는 가을로 가득 차있다.

암자를 찾아서

　평소 꼭 한번 가고 싶었던 곳으로 떠나는 여행은 그곳에 대한 알지 못할 기대감으로 깊이 잠들지 못한다. 마음이 설레어 밤잠을 설쳐도 머릿속은 동트기 전 새벽 기운처럼 맑다. 저녁에 오므렸던 나팔꽃이 꽃잎을 열듯 세상을 향해 온 마음이 열리는 것이다.

　전남 곡성에 있는 태안사는 얼마 전 문화원 사람들과 한 번 다녀간 곳이다. 하지만 여러 사람과 함께하는 여행은 시간과 행동이 자유롭지 못하다. 그런 까닭으로 개인의 사사로운 시간을 갖는다는 것은 생각도 못 한다. 보고 싶은 곳조차 제대로 보지 못하고 정해진 시간에 따라 또 다른 곳으로 가야 하기에 천천히 마음 놓고 살펴볼 겨를이 없다. 때로는 잠깐 보고 떠나기 아쉬운 아름다운 경치를 만나거나 오랜 시간 머물며 보고 싶은 문화재나 유적을 만난다. 그럴 때는 반드시 혼자 다시 오겠다는 다짐을 하며 발걸음을 돌린다. 웬만해서 다시 오기는 어렵지만, 그 순간만큼은 늘 그렇게 마음먹는다.

내가 태안사를 다시 가는 이유는 그날 잠깐 스치듯 보았던 성기암(聖祈庵)이라는 비구니 암자를 한 번 더 천천히 보기 위해서다. '남쪽에서는 제일 예쁜 암자입니다.' 들뜬 목소리로 암자를 자랑하던 해설사의 말이 사실이 아니더라도 주변의 자연과 기막히게 어우러진 암자의 모습은 그림보다 아름다웠다. 큰 바위 사이에 안기듯 들어선 작은 법당은 신령스럽기까지 했고 여태 내가 보았던 암자 중 으뜸이었다.

잠깐 둘러보고 되돌아가며 짧은 시간이 너무 아쉬워 보이지 않을 때까지 몇 번을 되돌아보았다. 진정한 아름다움이란 바라보는 사람의 눈에서 가슴으로 내려오는 순간이다. 산기슭 큰 바위틈에 새 둥지처럼 들어앉은 암자의 모습을 보는 동안 다른 풍경은 눈에 들어오지 않았다. 그런 성기암을 다시 본다는 것은 반갑고 마음 설레는 일이다.

절로 가는 길에는 오가는 사람이 없어 혼자 걸었다. 나는 생전 처음 가는 곳에 대한 흥미보다 여러 번 보는 반복 속의 변화가 더 좋을 때가 있다. 들리는 것은 새소리와 물소리뿐 적막한 숲길에는 내 발걸음 소리가 유난히 크게 들린다. 혼자 가는 산길은 거치

적거리는 것 없이 편안하고 외로움은 따라와서 살갑게 한다. 이런 적막감 속에 있다 보면 알 수 없는 평화로움에 젖는다. 언젠가는 가야 할 영혼의 고향과도 같은 아늑한 느낌이 드는 것이다. 다시 찾은 태안사 모습이 전과는 다른 느낌으로 새롭게 다가온다. 천천히 절을 한 바퀴 돌아보았다. 암자로 가는 길 주위엔 큰 나무들이 없어 태안사를 품고 있는 동리산 너머 먼 하늘이 쪽빛처럼 푸르다.

그날은 사람 흔적 없이 적막했다. 숲길 오르막을 걸으며 다시 보는 성기암이 오늘은 어떤 모습으로 다가올지 궁금했다. 암자가 가까워질수록 조급한 마음에 호흡이 가빠졌다. 입구에 서서 숨을 내쉬며 올려다보는 암자는 호젓한 모습으로 나를 반긴다. 조금 떨어진 나무에 기대 고즈넉이 바라보는 단아한 자태는 가슴마저 떨리게 한다. 산새도 울지 않는 고요함 속에 잠깐 외로운 생각도 들었지만, 어떤 뿌듯한 기쁨 같은 것이 가슴을 채웠다. 참, 이상하게도 그날 암자가 있는 그곳에는 한동안 시간이 멈추어 버린 것 같았다. 고요 속 그 아름다움에 그만 주변이 사라지는 순간이었다. 그러면서도 알 수 없는 외로운 느낌이 왈칵 밀려와 가슴이 저렸다.

소중한 것은 바로 내 곁에

해마다 가을 이맘때쯤이면 혼자 떠나는 여행을 올해는 갈 수 없으니 모든 게 짜증스럽다. 마음이 지쳐있어 몸은 한여름 바다에 들러붙은 엿가락처럼 무겁다. 마음을 추슬러 생기를 찾으려면 얼마간 시간이 흘러야 한다. 여행이라고 해도 돈 들여 먼 곳으로 가는 것도 아니고 기껏해야 가까이 있는 지리산 둘레길 걷는 게 전부다. 올해는 그것마저 할 수 없으니 일할 의욕도 나지 않는다.

마음은 자꾸만 콩밭으로 가고 작년에 걸었던 둘레길이 눈에 아물거린다. 그럴 때는 눈감고 산길을 가는 내 모습을 상상이라도 하는 것이다. 나는 혼자 길을 걸을 때가 가장 행복하다. 농부가 한 해의 결실을 거두어들이며 행복해하는 것처럼, 나도 그 같은 마음으로 가을 여행을 떠나거나 길을 걷는다. 그런 시간이 이미 지나가 버렸다는 생각에 아무것에나 심통이 나고 하루가 요즘처럼 지루하게 느껴지는 건 처음이다. 하루 몇 번씩 시계를 쳐다보면 초침은 부지런히 돌아가는데 시침은 볼 때마다 그대로다. 시간에 짓눌려 숨이 막힐 지경이다. 심지어 빨리 가라고 안 오는 잠을 억지로 청해보지만, 잠은 오지 않고 눈만 말똥거린다. 시간을 죽이지 못해 안달하는 것이다.

오늘은 가까이 있는 산으로 갔다. 등산로 입구 텃밭에 고구마도 캘 때가 되었고 아주까리며 옥수수가 제대로 여물었다. 느린 걸음으로 산을 오르다 주변을 둘러보고는 새삼 놀랐다. 산이라면 늘 지리산 생각만 하다 이곳이 이처럼 괜찮은 곳인 줄 어제 처음 알았다. 맑은 가을 하늘 밑에 하루가 다르게 달라지는 나뭇잎과 일찍 떨어진 낙엽은 둥치 아래 제법 수북이 쌓였다. 수풀 속 작은 나뭇가지에는 붉은 까치밥과 잘 익은 작은 열매가 갖가지 색으로 올망졸망 달렸다. 저 고운 빛은 어디에서 왔을까. '저것은 저절로 오지는 않았다'는 장석주 시인의 「대추 한 알」이라는 시가 어쩌면 이리도 지금 내 마음일까 싶다.

산 중턱 즈음에 산을 오를 때마다 늘 쉬어가는 곳이 있다. 의자에 앉아 사방을 둘러보고 산 아래를 보니 내가 걸어온 길과 온 산이 가을빛으로 예쁘다. 내 집 정원같이 마음 내키는 대로 다녔지만, 늘 별 볼 일 없는 곳이라 생각했던 이 작은 산이 오늘은 낯설도록 아름답다. 여태 나는 이곳을 하찮게 여기고 먼 곳에 있는 큰 산들만 생각하며 그리워했다. 소일 삼아 올라갔던 이곳에서 세상의 작은 비밀 하나를 얻는다. 가장 소중한 것은 내 곁에 가까이 있다는 것을. 우리는 항상 내게 없는 것들만 그리워하지만 실은 이미 가지고 있다는 것을 모른다. 행복이란 행복의 조건을 많이 가져서 얻는 것이 아니라 일상에서 그것을 발견하는 눈이다.

오래전 TV를 보며 배낭을 메고 혼자서 길을 걷는 여행자를 보았을 때 그 모습이 무척 부러웠다. 때가 되면 언젠가 나도 저렇게 하고 싶었다. 그 마음이 간절해 혼자 산길을 걷는 사람만 보면 그 생각이 떠오르고 나는 언제 저렇게 해보나 싶어 늘 마음이 조급했다. 그러다 언제부터인가 내가 전에 하던 그 소리를 이제는 내가 사람들로부터 듣는다. 한 이삼 일쯤 어깨에 짊어졌던 짐을 내리고 용기를 내어 여행을 떠나보는 것은 어떨까. 나서기 전에는 모르겠지만, 마음먹고 길을 떠나는 순간 내가 부러워했던 길 가는 사람의 멋이 자신에게도 입혀진다는 것을 알게 될 것이다. 그러나 올해는 그러지를 못했다.

이제 먼 산을 가지 않아도 올해처럼 그렇게 애타지 않을 것이다. 마음먹기에 따라 곁에 있는 작은 산도 지리산의 길과 똑같은 길이 내 안에도 만들어진다는 것을 깨닫는다. 자유란 내가 얼마나 자유로운가가 아니라 내 안에서 자유를 찾아내는 마음의 눈

을 뜨는 일이다. 만약 무엇인가를 또다시 부러워하는 일이 생긴다
면, 내가 찾는 것은 항상 곁에 있다는 사실을 기억할 것이다.

정병산과 함께

　이제 봄꽃들은 다 지고 아카시아꽃마저도 거의 떨어져 가는 5월의 끝자락, 천지의 연초록이 깊은 색의 푸름으로 짙어갈 때다. 나는 산행을 하거나 여행을 할 때 될 수 있으면 천천히 가려고 한다. 행선지에 따라 목적지까지 승용차로 가는 일이 있는데, 운전하다 차창 밖으로 아름다운 풍경을 만나면 빠르게 지나가지 못한다. 그러다가 뒤차의 신경질적인 클랙슨 소리를 들을 때가 많다. 손을 흔들어 미안함을 표시해보지만, 그게 안 될 때가 있다. 그러면 적당한 곳에 차를 세우고 내려 한동안 주변 경치를 감상하곤 한다. 편한 마음으로 눈앞에 펼쳐진 풍경을 바라보며 그 자리에 머물다 간다.

　아름다운 꽃이 만발한 산기슭을 지나는 오르막에서도 예외 없이 차를 세운다. 언제부턴가 산악회 모임에서 산행을 할 때면 내가 지나온 길을 뒤돌아보는 것이 습관이 되었다. 그런 일로 동행한 일행들에게 싫은 소리는 듣지 않으려고 애를 쓴다. 시간을 정해놓지 않는 한 여행이나 산행은 가능한 정해진 틀에서 벗어나 여유로운 기분으로 하는 편이다. 그런 이유로 나는 산을 혼자 갈 때가 많다. 혼자서 하는 여행이나 산행의 즐거움은 해본 사람만이 그 자유로움을 알 것이다.

그러나 딱 한 곳, 천천히 가는 것이 예외가 되는 산이 있다. 바로 내가 사는 창원의 정병산이다. 정상을 오르는 길은 여러 곳에 있지만 나는 항상 사림동 사격장에 차를 세워놓고 올라간다. 사격장을 끼고 가는 코스로 계단이 많은 가파른 길인데, 나는 이 길을 유난히 좋아한다. 산으로 들어가는 얼마 동안은 경사가 완만해 걷기 편하다. 한참을 가다 산 입구에서부터 정상까지는 깔딱고개 같은 오르막이다. 거의 돌계단으로 이어진 등산길은 100m 트랙처럼 시간을 측정해보고 싶은 욕심이 생기게 한다. 험준하고 큰 산을 가기 전 전지훈련 코스로는 그야말로 딱이다.

거의 40도 이상 되는 가파른 오르막을 턱밑까지 차오르는 가쁜 숨을 몰아쉬고 땀 흘리며 올라가면 통쾌한 기분마저 든다. 뻐근하게 전해지는 두 다리근육의 움직임이 온몸으로 전해지는 느낌도 좋다. 바로 눈앞의 계단을 한 걸음씩 내딛는 발걸음이 내 건강함을 말해주는 것 같아 계속 산을 찾게 된다. 그 시간 아무것도 생각지 않으려 하고 뭉쳐있던 머릿속 골칫덩이가 바람에 날리어 흩어지는 것 같다. 마음속 온갖 찌꺼기들이 땀과 함께 떨어질 때는 걸으면서 하는 수행과도 같다는 생각이 든다. 가슴속 머물던 어수선한 생각과 온갖 잡념은 내뿜는 거친 숨결에 섞여 바람에 날아가고, 그 후련함은 무엇과도 바꿀 수 없는 즐거움이다.

10여 년 전, 아내와 함께 처음 그 길로 오르고 난 다음 줄곧 그곳으로 올라갔다. 컨디션이 좋은 날은 용추계곡을 지나 비음산 정상까지 가곤 했다. 그러나 대부분 그곳 정자에서 땀을 씻고 내려오는 경우가 많았다. '1시간 40분', 이 시간은 아내와 내가 처음 그 길로 정상에 올랐을 때 확인해 본 시간이다. 끙끙대고 올라가는 우리 옆을 성큼성큼 올라가는 사람들을 부러운 눈으로 쳐다보았다. 힘들게 정상에 오른 아내와 나는 그래도 빨리 왔다며 서로를 다독거렸다. 산행이 더딘 친구 부부를 끌어들이며 우리와 비교하고는 서로 얼굴 쳐다보고 바보처럼 웃기도 했다.

그다음 산을 오를 때도 운동장에 걸려있는 시계를 보게 되고, 정상에 도착하면 시간을 확인하는 것이 산행의 습관이 되었다. 어쩌다 10분 정도만 시간을 앞당겨도 큰 기쁨이 되었고 운동선수가 자신의 기록을 깨는 것처럼 의미 있었다. 다음 산행에서 앞당겨질 시간이 몇 분이나 될까, 하고 기대하며 시간을 더 줄일 것을 생각하고 마음을 다잡는 것이다.

나는 먼 산이나 험준한 산으로 가기 전 항상 그 길로 산을 올랐고, 그때마다 시간을 보았다. 생각했던 것보다 시간을 줄이는 것이 힘들어지고 체력이 따라주지 않았다. 마음만으로는 시간을 줄일 수 없었다. 내가 전문 산악인이 아닌 다음에야, 계속 욕심을 부리며 내 나이와 체력을 생각하지 않고 무리한 산행을 한다면 좋은 결과가 나올 것 같지 않았다. 그다음부터 더는 욕심을 부리지 않고 조금씩 시간을 줄여가다 1시간 안에만 정상에 오를 때가 되면 시간 단축을 멈추기로 했다. 하지만 바쁘게 살면서 게으름도 피우느라 자연히 그런 열정이 식어 산행이 뜸해지게 되었다. 어쩌다 한 번이라도 사격장에서 정병산을 갈 일이 생기면 어김없이 시간을 점검하게 되고 그것이 내 체력 측정의 잣대가 되었다.

몇 년 동안, 산행시간이 조금씩 줄어들어 작년 봄에는 1시간 10분으로 줄어들었다. 가을에는 지리산 산행을 여러 차례 하고 난 뒤라 거의 1시간 즈음에 정상에 오를 수 있었다. 나는 산을 오르며 내 몸의 근육과 머리에 새겨진 평범한 사실 하나를 알게 되었다. 세상 어떤 일에도 공짜는 없다는 것이다. 노력하고 경험을 쌓지 않으면 제대로 되는 일은 아무것도 없다. 내가 어떤 것을 성취하기 위해 길을 나선 이상 계속 가지 않으면 안 된다는 것이다. 자전거가 가다 멈추면 쓰러지듯 안장에 올라앉은 이상 계속 가야만 한다. 멈추는 순간 자전거에서 내려와야 한다.

세상의 많은 일이 이 같은 원리로 움직이는 것이 아닐까. 내가 비록 많이 안다고 할 수는 없다. 그러나 살다 보면 대단한 일에서보다 이처럼 보잘것없어 보이는 평범한 일상에서 더 깊은 것을 얻는다. 유난히도 먼 산을 여러 곳 다녀온 오늘 58분 만에 정상에 올랐다. 정상에서 불어오는 바람을 맞으며 뿌듯한 마음으로 산 아래를 내려다보았다. 그 시간 내 마음은 세상 아무것도 부러울 게 없었다.

사격장에서 정병산 가는 길

매일 가는 산도 날마다 느낌이 다르고 계절마다 풍경이 바뀐다. 갈 때마다 느낌이 다른 것은 내 마음이 수시로 변하는 탓일게다. 어쩌면 산의 표정도 내 기분에 맞추느라 그때마다 달라지는 것 같다. 슬프면 슬픈 대로, 기쁘면 기쁜 대로, 내가 어떤 꼴을 하고 있든 아무 말 없이 반겨주는 고향 마을 오랜 친구처럼 편하고 정겹다.

오랜만에 정병산을 찾았다. 사격장 아래 주차하려고 빈 곳을 찾으니 전보다 주차장이 좁아졌고 한가운데로 가림막이 쳐져 있다. 사격장 건물 전체를 허물고 공사가 한창이다. 운동장으로 가는 길은 철문으로 막아놓았고 오른쪽으로 좁은 길 하나가 만들어져 있다. 예전에는 정문을 들어서면 곧바로 정병산 자락과 푸른 하늘을 배경으로 파란 잔디 깔린 넓은 운동장은 답답한 가슴을 탁 트이게 했다. 건물 한가운데 걸린 시계를 보며 정상까지 오가는 시간을 재던 재미도 없어졌다. 오래전 총소리를 들으며 사격장을 끼고 오르는 길옆 작은 연못에는 팔뚝만 한 잉어가 일렁이며 떼 지어 몰려다녔다. 과자 부스러기를 던져주면 물 위로 떠올라 받아먹는 것을 보는 즐거움도 이제 사라졌다.

지난 세월 10년이면 강산도 변하게 마련인데 옛 기억을 더듬어 그때 모습을 그리워하는 것은 부질없는 일이다. 아쉬운 마음으로 없어진 곳이 어디쯤인지 울타리 너머로 찾았지만, 흔적도 없다. 투명하게 맑은 하늘에 울려 퍼지는 총소리와 그 소리에 놀라 푸드덕거리며 날아가는 새의 날갯짓 소리는 기억 속에 고스란히 남아 내 귀를 간질인다. 조용해진 숲에는 조롱거리는 산새 울음소리, 머리 위를 흘러가는 초여름 하늘의 구름 덩이가 산을 넘어가고 있다. 여름 뜨거운 햇볕을 피해 걷던 들머리 길도 이젠 나무가 울창이 자라 숲 그늘을 만들고, 아무 데를 걸어도 햇볕에 따갑지 않다. 깔딱고개 같은 오르막이 시작되는 입구, 쉼터에 앉아 바라보는 주변 모습은 그때와 똑같다.

가파른 산길로 접어드는 길목에서 조금 비켜선 곳에 무덤이 있다. 얼마 떨어지지 않은 곳에 긴 의자가 있어 사람들이 앉아 물 마시며 쉬어 가기도 한다. 나는 그곳을 지날 때마다 무덤을 향해 마음속으로 알은체한다. 양지바른 이곳 무덤 주인은 참 복 많은 사람이다. 오가는 수많은 사람을 맞아들이고, 돌려보내며 뒷모습을 바라본 세월이 오래일 것이다. 어떤 날은 자신의 무덤 앞 의자에 앉은 사람들이 도란거리며 주고받는 세상 이야기에 귀 기울일 그 사람은 죽었어도 실은 죽은 게 아니다.

산을·오가는 사람들이 갖춰 입은 옷은 예전보다 화려하다. 몸에 꼭 맞게 끼어 입은 여성들의 등산복은 숲속에 핀 꽃처럼 예쁘고 전에 없던 또 다른 풍경이다. 오늘은 체력이 달려 여기서 멈추지만, 올가을 지리산을 가기 전, 지난날 밥 먹듯 찾았던 정병산 속 가파른 길을 이번 한여름이 지나고 나면 씩씩거리며 오를 것이다. 정상으로 난 길 따라 용추계곡까지 갔다 돌아오면 체력은 저절로 쌓인다. 그런 다음 이번 가을에도 지리산 둘레길을 갈 것이다. 혼자 걸으며 뭇 사람들을 만나고, 아름다운 풍경에 취하기도 하며 내 인생 또 한 번 맞는 가을을 남김없이 가슴에 담아내고 싶다.

장유사 가는 길

김해 불모산에 있는 장유사 가는 길은 제법 먼 길이다. 승용차로는 얼마 안 되지만 걸어서 가면 시간이 걸린다. 계곡을 끼고 구불구불 정상까지 이어지는 길은 절이 있는 곳까지 한참을 걸어야한다. 입구부터 좁은 길을 따라 펼쳐진 숲과 계곡은 도시를 끼고 있는 산으로는 제법 깊고 숲은 울창하다. 불모산 터널을 지나 부산이나 김해 쪽으로 갈 때는 좌측으로 보이고 반대로 창원으로 올 때는 오른쪽이다. 그 길을 오갈 때면 어김없이 그쪽으로 고개 돌린다. 계곡 양쪽으로 소나무와 잡목이 울창한 숲은 계절마다 색깔을 달리하며 멀리 보이는 능선은 편안하고 아름답다.

계곡을 끼고 있는 오르막길을 따라 정상 부근에 이르면 그곳에 절이 있다. 멀리 김해평야와 주변 산들을 내려다보고 있는 절의 모습은 당당하고 근엄해 보인다. 대웅전 앞마당에서 바라보는 탁 트인 풍경은 처음 온 사람들 마음을 사로잡고도 남을 만하다. 특이하게 산 정상에 자리 잡은 절은 뒤로 보이는 건 하늘뿐이다. 사시사철 사방에서 불어오는 맑은 바람으로 뎅그렁거리며 우는 풍경 소리가 바쁘다.

장유사의 유래가 되는 아유타국 태자인 장유화상과 허왕옥은 인도에서 건너왔다고 한다. 허왕옥은 김수로왕의 왕비가 되고, 장유화상은 매제의 왕국이 훤히 보이는 불모산 꼭대기에 지은 절이 장유사라 전해진다. 이야기가 사실이든 아니든 이런 이야기는 먼 과거의 신화가 아니라 우리 생활 속에 깊숙이 자리 잡고 있다. 이같은 이야기는 단순히 신화로 그치지 않고 자신을 찾고 이해하게 하며 번잡한 세상에서 중심을 잃지 않고 살게 해주는 힘이다. 내가 장유사를 찾는 이유는 허왕후와 장유화상의 이야기가 얽힌 장유사로 가는 길을 걷는 것이 좋아서다. 길옆으로 이어지는 계곡에는 아직 오염되지 않은 맑은 물이 흐르고, 물속 돌멩이에는 다슬기도 많다. 맑은 물속 작은 물고기들이 떼를 지어 다니는 것을 보는 것도 도시에서는 느낄 수 없는 여유로움이다.

또 한 가지는, 산길을 걸으며 옛날 절을 짓기 위해 나무와 기와를 지고 줄지어 오르내리던 사람들을 생각하기 위해서다. 그들의 숨소리와 두런거리는 이야기를 들으며 먼 옛날 그 시간으로 들어가 그들과 함께하는 시간이 좋다. 매제 김수로왕과 여동생 허왕

후가 있는 궁궐 쪽을 바라보는 장유화상의 마음이 되어보는 것도 즐거움이다. 나는 오래된 유적이나 고찰을 찾을 때는 주변을 서성거리며 돌 위에 앉거나 절집 기둥을 쓰다듬기도 하고, 부도 탑 앞에서 먼 옛날 이곳에서 수행하던 스님들을 떠올려본다. 때로는 그런 생각에 빠져있다가 깜박 정신을 차려보면 먼 옛날이 오늘 같을 때가 있다. 그 시간은 세월 흐름이 느껴지지 않는다.

장유계곡과 절은 마음만 먹으면 언제든 갈 수 있는 곳이다. 그곳은 특별할 것도 없고 기묘한 풍경에 흥분할 일도 없지만, 어머니 품처럼 마음 편하다. 가쁜 숨을 쉬며 오르는 고갯길도 없고, 앞을 가로막는 높은 바위도 없다. 고향 마을 뒷산처럼 뒷짐을 지고 편안하게 걷는 길이다. 어느 날 해 질 무렵 천천히 그 길을 걷다 절에서 들려오는 범종 소리를 듣는 날이 있었다. 그 순간 몸 안에 있던 혼탁한 기운들이 종소리에 떠밀려 나가는 것 같아 온몸이 맑아지는 느낌이 들었다.

오래전부터 부산이나 김해에서 일을 보고 창원으로 넘어오는 날이면 늘 불모산 휴게소에 차를 세운다. 휴게소 담벼락에 기대 장유사가 있는 산을 오랫동안 바라보는 것이 좋았다. 한참을 보고 있으면 불모산 풍경이 마음 안으로 들어와 자리 잡는다. 그러면 일 보러 다니며 헝클어졌던 마음이 가라앉고 걱정도 사라진다. 마치 울던 아기가 엄마 젖을 물고 울음을 그치듯 마음이 편안해진다.

　지금은 휴게소 앞에 고가도로가 가로막고 있어 전과는 비교할 수 없이 바라보는 즐거움이 많이 사라졌다. 이렇게 사라지는 풍경이 이곳뿐일까마는 눈앞을 가로막는 흉측한 고가도로를 볼 때마다 눈에 걸리는 것 없던 지난 모습이 그립다. 다행히 그곳을 조금 벗어나 바라보면 산과 계곡은 옛날 모습 그대로다. 입구 주변의 다른 곳은 몰라도 절로 올라가는 그 길만큼은 변하지 말았으면 하는 바람이다. 계곡 물속을 떼 지어 다니는 작은 물고기와 돌에 붙은 다슬기도 오래오래 사라지지 않았으면 하는 마음도 간절하다. 제발 이곳만큼은 사람의 이기심이 만들어낸 흉측한 모습을 더는 보지 않았으면 싶다.

용추계곡 · 1

　　창원병원 앞. 잎 하나 달리지 않은 벌거벗은 벚나무 가로수가
건물 사이로 신비롭게 보이고 풍경을 겨울답게 만든다. 좌회전 신
호를 받아 끝까지 가면 도청을 지나 계곡 입구로 들어선다. 정말
오랜만에 혼자 용추계곡을 간다. 옛 모습은 사라졌지만, 역이 생
기기 전 국수나 파전, 동동주 파는 집이 늘어선 공터와 저수지가
어디쯤인가 생각해보았다. 조금 더 걸어 입구로 들어서니 계곡 따
라가는 길은 옛날 그대로다. 지금은 역이 들어서며 땅속에 묻히
고 말았지만, 길상사로 가던 저수지 둑길이 생각난다. 오래전부터
차를 몰고 지나갈 때마다 눈길을 잡아당기며 머릿속을 간질였다.
자꾸만 한번 오라고 나를 부르는 것 같아 오늘은 마음먹고 그곳
으로 차를 몰았다. 계곡을 오르다 오른쪽으로 꺾어 비음산 정상
까지 가볼 생각이다.

"계곡의 자연미는 사람의 재주와 기능만으로 이루어 놓을 수 없는 경지였다. 산의 명상과 물의 흐름과 나무의 순리와 바위의 인내가 한데 어우러져 이뤄낸 조화의 극치라고 할 수밖에 없다." 정목일 수필가의 글이다. 아름다움을 느끼는 것은 조건이 아니라 내 마음의 선택이다. 깊지 않은 계곡이지만 용추계곡은 내게 의미가 있는 곳이고 이미 의미화된 곳이다. 계곡은 누구나 받아주고 말없이 돌려보낸다. 어떤 어려움이나 고통이 삶을 뒤흔들 때도 계곡 길을 걸으며 일의 순서를 정하고 다음 일을 생각하곤 했다. 절경은 아니어도 단순한 아름다움이 마음을 편하게 한다. 몇 번을 반복해서 보아도 싫증나지 않는다. 그런 계곡은 계절마다 또 다른 즐거움을 만들어주었다.

계곡 물소리는 창원에 사는 수많은 사람의 소리가 실려 있고 바위와 숲에는 삶의 숨결이 스며있다. 인간의 오욕칠정(五慾七情)과 팔고(八苦)가 바람에 실려 날아갔거나 계곡 물과 함께 흘렀을 것이다. 물과 바람을 사랑했다면 내 마음 안에 있을 것이고, 숲과 나무를 사랑했다면 끌어안고 어루만진 그 흔적은 나무의 나이테 안에 들어있을 것이다. 오래전 나와 가까이 지내던 나이 든 여성 한 사람은 저수지에 빠져 죽으러 갔고, 그것이 어려워 또 한 번은 계곡 쪽으로 올라갔다가 결국 죽지 못하고 내려왔다고 하소연하며 울던 기억이 난다. 아마 그 여인도 계곡을 무척 사랑했을 것이다.

사람들은 계곡을 온갖 사연을 가슴에 담아 찾았을 것이다. 등에 짊어진 힘겨운 삶을 내려놓기도 했을 것이고, 새로운 삶을 발견하고 또 다른 삶을 짊어지고 오기도 했을 것이다. 심지어 나는 담배 끊고 금단현상을 이기려고 계곡을 돌아다닌 적도 있다. 살면서 수만 가지 이유로 계곡을 찾았다. 어쩌면 오늘 나를 있게 한 어느 한 부분은 용추계곡 때문인지도 모른다. 계곡은 사는 게 어려울 때 언제라도 찾아가 안길 수 있는 어머니 품처럼 든든하다. 때로는 내 가슴속 고향 같은 곳이다.

용추계곡·2

　며칠 전 내린 비로 바위에 부딪혀 돌아가는 계곡물이 제법 세차게 흐르는 물소리를 낸다. 일찍 피어난 봄꽃들은 꽃잎이 떨어지고 그 자리에 또 다른 생명을 품었다. 신록의 산그늘에 있는 나뭇잎이 자줏빛으로 푸르다. 4월에서 5월로 달이 바뀔 즈음이면 풍경은 이렇게도 달라지는가. 오랜만에 찾은 용추계곡이 가는 곳마다 변했다. 전에 없던 다리가 몇 개나 생기고 흔들다리도 있다. 오래전 나는 계곡을 따라 걸으며 정병산, 비음산을 그날 기분에 따라 마음대로 골라 다녔다. 그게 싫으면 물이 시작되는 곳까지 갔다 다시 내려올 수도 있고, 아니면 마음 내키는 어디를 가도 풍경을 달리하는 숲은 언제나 마음 편했다. 날이 흐리고 옅은 안개가 낀 날에 진래산성 돌무더기에 가면 그 시절 사람들이 돌성을 쌓으며 두런거리는 소리가 들리는 환상에 젖기도 한다.

오랜만에 찾은 계곡 길은 곳곳에 다리를 만들어 놓았다. 물속 바윗돌에 한발을 올려놓고 다음 돌을 찾아 건너던 재미도 사라지고 그저 편하게만 되어있다. 길이 갈라지는 곳마다 다리가 놓인 지금은 사람들이 보기 좋게 다듬어놓은 넓은 정원 같은 풍경이다.

마치 키우던 강아지를 이웃집에 며칠 맡겨놓고 갔는데, 돌아와 보니 개를 맡은 사람이 털도 깎고 목욕을 시켜 전혀 다른 개로 만들어놓은 것만 같아 낯설다. 전처럼 털이 헝클어진 채 주인을 보며 좋아 날뛰던 똥 묻은 강아지가 정말 좋은데……. 그 모습이 사라졌으니 지금 계곡 모습은 달라진 강아지와 다르지 않다. 변한 그 모습에 정붙이려면 얼마만큼의 시간이 흘러야 할까. 산은 옛날 그대로인데 계곡 풍경은 그때 모습을 잃고 말았다.

그래도 변하지 않은 건 물소리와 여기저기 들리는 새소리다. 사람 손 가지 않은 깨끗한 모습이 그립기 때문일까, 오래전 처음 보았던 계곡 모습이 달라진 것들 위에 자꾸만 겹쳐진다. 예전 모습을 떠올리며 추억하는 건 괜찮은 일이다. 하지만, 지난 그 모습에 계속 빠져들다가는 하릴없이 마음만 상할 것 같다. 없어진 것을 그리워하느라 지금 내 귀를 간질이는 물소리를 듣지 못한다면 얼마나 안타까운 일인가. 이제 과거에 대해 그리움일랑은 접고 눈에 보이는 지금 모습에 정붙여야 한다. 물소리 바람 소리는 그때와 똑같으니까. 이전으로 되돌아갈 수는 없지만, 지난 모습을 애틋하게 추억하는 것은 아마 다시는 돌아갈 수 없는 그리움 때문일 것이다.

계곡 너머로 보이는 하늘에는 몇 조각 흰 구름이 멀어져가고 있다. 계곡을 벗어나는 길이 아까워 천천히 걸어야 하는데, 조롱거리는 산새 울음소리, 바람 소리, 들리는 물소리가 너무 좋아 흐르는 물결 따라 발걸음이 빨라지는 것이다. 불어오는 바람을 맞으며 뒤로 남겨지는 계곡과 앞으로 다가오는 숲길을 온몸으로 느끼며 계곡을 벗어난다.

자연은 제 모습 그대로 둘 때 자연이다. 한동안 세월이 흐르고 내가 다시 찾아올 때는 지금 이 모습만이라도 변하지 않았으면 좋겠다. 언제 올지 모르는 계곡을 벗어나며 자꾸만 뒤돌아보게 되는 것은 집을 떠나며 어린아이 혼자 두고 오는 마음 같아서다. 계곡과 겨우 사랑을 맺어 즐기려는 순간에 벌써 저녁 해가 찾아온다면 내가 얼마만큼 슬퍼질까. 못 보는 동안 또 무슨 개발이라는 이름으로 이별의 냉정한 손목이 뻗치는 것은 아닌지……. 생각할수록 그것이 두렵다.

고비사막을 여행하며

중국 고비사막을 여행하며 사막 한가운데를 달리던 차 안에서 현지 가이드에게 들은 이야기다. 이야기가 시작되자 밖을 내다보던 사람 모두 귀 기울여 가이드 입을 쳐다보고 있었다. 이야기 속에는 현재 우리 모습이 고스란히 담겨있어 재미를 떠나 인간에 대해 사색하게 만들었다.

우연히 만난 세 사람이 사막을 걷고 있었다. 한 사람은 미국인 또 한 사람은 일본인 그리고 중국인이다. 며칠을 걸어 사막 깊은 곳에서 물과 식량이 바닥이 나고 몸도 지쳐 더는 갈 수 없을 즈음 사막에 버려진 깡통 하나를 발견했다. 그 속에 틀림없이 먹을 것이 들어있을지도 모른다며 깡통을 여는 순간 속에서 흰 연기와 함께 신선이 나타났다. 놀라 입을 다물지 못하는 그들에게 신선은, 오랜 세월 갇혀있던 나를 구해주어 고맙다며 보답으로 세 사람에게 각자 소원 한 가지를 들어주겠다고 했다.

첫 번째로 미국인은 부자가 될 만큼의 돈과 자신을 집으로 데려달라고 하자 그렇게 되었다. 두 번째, 일본인은 세상에서 제일 예쁜 여자와 함께 집으로 갈 수 있게 해달라고 하자 신선은 그 소원을 들어주었다. 마지막으로 중국인 차례가 되자 그는 우선 목이 마르니 세상에서 제일 맛있는 술을 달라고 했고 신선은 술을 한 병 가져다주었다. 한 병을 마시고 나서는 부족하다며 한 병 더 달라고 했다. 가져온 술을 마시던 중국인은 신선에게 자신의 마지막 소원은 이렇게 맛있는 술을 함께 마실 사람이 있어야 하지 않겠느냐고 했다. 그러니 같이 있던 친구를 데려와 달라고 하자 먼저 가버린 두 사람이 돌아왔고 그 순간 신선은 연기와 함께 사라져버렸다. 그렇게 세 사람은 처음으로 돌아가고 말았다.

세 사람은 다시 길을 가다 또 깡통 하나를 만나게 되었다. 뚜껑을 열자 첫 번째 깡통처럼 연기와 함께 신선이 나타나서는 전번과 같이 소원을 말하라고 했다. 그러자 미국과 일본인 두 사람이 서로 소곤거렸다. 이번에는 전번처럼 중국인이 또 우리를 불러들일지 모르니 그에게 소원을 먼저 말하게 했다. 뚜껑을 당신이 열었으니 먼저 소원을 말하라고 했다. 중국인은 신선에게 말하기를 저는 바다를 건널 일도 없고 이젠 집도 멀지 않았으니 신선이 필요 없다며 그냥 가버리는 게 소원이라고 하자 신선은 사라지고 말았다. 결국, 세 사람은 처음 만났던 그 모습으로 길을 가게 되었다.

고비사막을 가로질러 둔황 명사산으로 향하는 날, 달리는 차창 밖으로 보이는 황량한 사막의 풍경은 태초의 침묵을 간직한 채 그냥 무심하다. 끝없이 이어지는 사막은 사람들을 침묵하게 한다. 이 이야기는 사람들이 사막의 침묵에 젖어있을 때, 그런 분위기를 깨고 달리는 차 속에서 현지 가이드에게서 들은 이야기다. 수수께끼를 만들어가며 하는 이야기에는 재미로 듣고 흘려버리기에는 묘한 여운이 남았다. 멀리서 가물거리다 금세 가까이 다가와 눈앞을 지나가는 모래언덕을 바라보며, 이곳 사람들이 지어낸 우화 같은 이야기 속에 어떤 은유가 숨어 있을까를 생각했다.

나 역시 그들과 일행이 되어 신선에게 소원을 말하는 차례가 되었더라면 내 소원은 무엇이라 말했을까. 여러 가지 소원을 떠올리며 상상 속의 신선과 함께 이야기하다 보면 사막 모래처럼 마른 내 마음에 작은 물결이 일렁거린다. 결국, 이것은 이야기로만 그치는 것이 아니라 수만 갈래의 길을 유추(類推)하며 만들어내는 사람의 이야기다. 아무리 이야기라고 하지만 사람이 만들어낸 이야기 속에는 사람이 적용할 수 있는 현실이 있고, 또 공감하며 실천할 수 있는 교훈이 담겨있는 것이다.

선암사(仙岩寺)에서

선암사는 조계산 동쪽에 있는 절로 529년(백제 성왕 7년) 아도화상이 창건하였다고 전한다. 처음은 암자 규모의 비로암(毘盧庵)이었으나 742년(신라 경덕왕) 도선 국사가 중창하고 선암사라 하였다. 신선이 내린 바위로 선암사라는 이름을 얻었다고 한다.

이른 아침 절로 가는 길에는 옅은 안개가 깔려 조용하다 못해 적막하다. 사람기척에 놀란 듯 나뭇가지 사이로 날아다니는 작은 새의 지저귐이 귀를 간질인다. 5월의 숲은 신록의 싱그러움 속에 짙은 초록으로 물들고 있다. 계곡을 흐르는 물소리가 세상 온갖 소리에 찌든 내 마음을 씻어 내어 눈까지 맑고 평화롭다. 빠른 걸음이 싫어 가다 멈추고 또 멈추기를 여러 차례, 안개비에 젖은 길 옆 부도탑에 멈추어 두 손 모은 채 한동안 바라보았다. 옅은 안개의 일렁거림 속에 옛날 스님의 경 읽는 소리가 들리는 것 같았다.

그 환청은 안개와 같이 흩어졌다가는 안개와 함께 다시 들리곤
했다.

　숲속에 퍼져있는 안개 때문일까. 잔잔한 바람에도 흔들리며 흩
어지는 안개 사이로 언뜻 보이는 사방의 풍경은 이승이 아닌 듯
하다. 오늘처럼 안개 낀 이 길을 걸어 부처님을 찾아가는 사람들
이라면, 지난날 살아온 수많은 추억과 영영 보지 못할 그리운 얼
굴들이 생각날 것이다. 곁에 있을 때는 모르다가 그것이 없어지고
나면 더 간절히 생각나는 게 나와 함께했던 사람들이다. 그런 까
닭으로 가버린 인연들이 떠올라 한동안 마음이 애틋해지겠지만
어쩔 수 없는 일이다.

　무상(無常)의 진리를 모른다고 하더라도 누구나 무상감을 가질
수 있다. 그런 허무감을 가지고 선암사를 찾아가는 것도 얼마나
사람다운가. 무상은 슬픔에 앞서 진리다. 제행무상(諸行無常)에 의
해 세계는 엄연히 무상하므로 슬픈 것이다. 또한, 이 슬픔이야말
로 사람이 사람다운 비애를 가질 수 있게 한다. 무상을 슬퍼하는
것이 부질없는 일이다. 그러나 우리 인생에 허무와 슬픔을 가지는
것은 사람 본래의 모습 아닌가.

　1,500년 전, 주변에 흩어져 있던 돌로 정교하게 만든 승선교(昇
仙橋)를 건너 절로 들어섰다. 조계산의 아름다운 산들이 한눈에

들어오고 산기슭을 가득 채운 건물과 법당이 서로 이가 물린 것처럼 안개 속에 서있다. 대웅전의 거대한 위엄과 법당에 계신 부처님을 올려다보는 시간, 대웅전 뜰 벚나무의 자태를 똑 닮은 스님이 안개처럼 들어와 향을 사르고 경 읽는 소리를 꿈결처럼 듣는다. 문밖에 서있는 나도 서툴게 외우는 경일지라도 스님의 목소리를 따라가며 외워보는 것이다. 목탁 소리와 함께 안개와 뒤섞여 퍼지는 향내와 숲의 냄새가 좋다. 몸속 깊은 곳까지 늘이마시며 조용히 눈감고 내 안의 나를 들여다본다.

살갗을 스치는 안개와 향냄새가 절을 휩싸고 돈다. 절 마당을 쓸고 지나가는 바람과 이른 아침 안개 속에서 새소리와 함께 절 옆을 흐르는 도랑물 소리로 온몸이 정화되는 느낌이다. 처마 끝 작은 바람에 우는 풍경 소리에 마음은 끝없는 바닥으로 가라앉는다. 삶이라는 것은 언제라도 바로잡을 수 있다는 사실에 귀 기울이는 시간이다. 내가 병들지 않기를 바라고. 가진 것을 잃지 않기를 바라고. 끝없이 혼자서 많이 가지기를 바라고. 늙지 않기를 바랐다. 오래 살기를 바라는 반무상(反無常)의 제행(諸行)에 의해 내 삶은 얼마나 황폐하고 슬펐는가.

앞으로 생이 얼마나 남았는지 알 수는 없다. 삶을 직접 대면하고 가치 있게 만들고 싶다는 마음 때문에 다급해지는 건 누구나 마찬가지다. 사람에겐 저마다 타고난 한계가 있게 마련이고, 어쩔 수 없이 그걸 운명적으로 떠안고 살아갈 수밖에 없는 듯하다. 오늘은 아무리 허무감을 다독거려도 깊이를 알 수 없는 희한한 슬픔이 어디서 오는 것인지 스산한 마음을 종잡을 수가 없다. 작든 크든 모든 깨달음의 길은 평생이 걸리는 배움의 길이다. 그 길을 따라 열심히 가다 보면 삶의 조각들이 어느덧 모양을 갖추고, 점차 내 존재에 대해서도 깊은 이해에 도달하게 될 것이다. 그때가 되면 산다는 게 무엇이고 실제로 어떻게 살아야 하는지 자각할 수 있지 않을까.

느린 걸음으로 절을 벗어나 아쉬운 마음으로 왔던 길을 되돌아 걷는다. 앞으로 가야 할 나의 인생길에서 펼쳐질 일들을 더듬어 보고 선지식을 찾아 떠돌며 만행(萬行)하는 방랑승이 되는 내 모습을 상상하기도 한다. 되돌아오는 길에는 엷은 안개도 걷히고 숲에서 불어오는 산바람 소리가 유장하고 애절하다.

성주사

　　이번 책에는 성주사에 관한 글이 유난히 많다. 내가 성주사를 좋아한 탓도 있지만, 살던 곳과 가까운 데 있어 손쉽게 갈 수 있었다. 그러다 보니 자연히 정들어 내 집처럼 드나들었다. 성주사에 관한 글이 10편에 가깝다. 흩어져있는 것보다 연작으로 묶어 보는 것이 좋을 것 같아 한곳에 모았다.

　　성주사를 소재로 쓴 글 속에도 나의 외로움과 고독의 사유가 곳곳에 스며있을 것이다. 고독을 표현하는 것은 나에게는 가장 즐거운 문학 활동의 하나다. 고독을 통해 나 자신의 참된 본질을 알아가는 것이다. 내가 만나는 사람과 사물의 깊은 곳으로 들어가는 과정에 성주사는 사색과 사유의 공간이었다. 이곳에서 하는 마음의 여행 또한 세상 어떤 것과도 바꿀 수 없는 내 삶의 소중한 부분이다.

　　이 글을 읽는 독자들은 종교가 저마다 다를 것이다. 각자 믿는 신은 다를지라도, 인간을 깨우치게 하는 본질은 결국 하나다. 그러하기에 믿음과 상관없이 구별 없는 마음으로 읽었으면 싶다. 만약 불교 신자라면 자기가 좋아하는 절이 있을 것이고 전국 어디든 부처님 안 계신 절은 없다. 그러니 어떤 절을 떠올리며 읽더라도 글을 읽는 사람이나 내 마음이 크게 다르지 않을 거라는 생각이다.

성주사와 함께한 시간

20여 년 전, 처음 성주사를 찾아가던 날과 절로 올라가는 길 풍경을 또렷하게 기억한다. 지금은 처음 볼 때 모습과는 많이 달라졌다. 하지만 절로 가는 길 입구에 들어서면 불모산 맑은 계곡물을 담은 저수지 둑이 보이고, 길옆으로 계절마다 달라지는 들판 풍경은 여느 시골과 다름없다. 그저 평범한 모습은 언제 보아도 푸근하고 마음 편하다. 입구에 들어서면 머릿속에 거미줄처럼 얽혀있던 복잡한 생각들이 사라져버린다. 숲길을 걸어 절로 가는 동안 마음이 가라앉는 것이다.

주차장에 차를 세우고 올라가는 길에는 오래된 고목이 늘어서 있어 늦가을, 바람 부는 날에는 떨어지는 낙엽들이 눈송이처럼 흩날렸다. 마른 솔잎이 비 오듯 떨어지는 그 길은 깊은 숲속 오솔길처럼 운치 있다. 사방으로 숲이 우거져 계절마다 달라지는 풍경에 눈은 즐거우면서도, 작년 봄이 바로 엊그제인 것 같아 때로는 세월의 흐름에 허무해지기도 한다.

성주사는 일주문이 없는 절이다. 나는 마음으로 여기쯤이라고 생각되는 자리에 일주문이라 정한 곳이 있다. 일주문을 지나 가까이 다가갈수록 바람에 묻어오는 향냄새가 내 가슴속을 정화하는 기분이다. 계단을 올라 멀리 호젓하게 보이는 큰 법당과 삼성각, 영산전은 섣부르게 무어라 표현할 수 없이 쓸쓸하고 고즈넉한 모습이다. 예나 지금이나 변하지 않은 것이 있다면 대웅전에서 바라보는 불모산 자락의 풍경이다. 깊지 않은 계곡을 만들며 부챗살 모양으로 갈라져 뻗은 산줄기는 그 모습이 지리산의 능선과 다를 것이 없다. 멀리 새가 날아다니는 하늘과 펼쳐진 산자락의 풍경은 언제 보아도 아름답다.

이런 풍경을 마주할 때면 20여 년 전, 기억 속에 남아 있는 모습이 선연히 떠오른다. 지금은 없어진 절 마당 모퉁이 고목과 그밑에 있던 너른 바위에 앉은 내 모습이 생각나는 것이다. 절에 올때면 법당에 들른 다음에는 늘 그곳에 앉아 먼 산을 바라보며 생각에 잠기곤 했다. 처음 성주사를 알게 된 것은 승용차로 길을 가다 우연히 눈에 띈 성주사라는 안내판을 보았을 때였다. 안내판을 보고부터는 그 길로 운전할 때면 자연히 절이 있는 쪽으로 고개가 돌아가고 멀리 보이는 산들이 아늑하게 느껴졌다.

그 속에 자리 잡은 절이라면 한번 가보고 싶다는 생각이 들어 한가한 날 안내판이 가리키는 대로 찾아갔다. 들어가는 길과 처음 보는 절은 특별히 눈길을 끄는 것 없이 그냥 여느 절과 다름없는 풍경이었다. 그런 평범한 모습에 오히려 마음 편했다. 그때는 부산으로 가는 일이 많았고 창원에 와서는 늦은 시간이라도 들리곤 했다.

처음 간 그날, 편했던 그 느낌 때문인지 자주 절을 찾게 되었다. 일하다 힘들고 나 자신이 서글퍼지는 날은 여기저기 거니는 것이 좋았다. 한동안 주변을 서성이다 보면, 나도 모르게 마음이 가라앉고 새 힘을 얻는다. 그러면 올 때와는 다른 마음이 되어 내려가는 것이다. 그곳은 내가 힘들고 고단할 때 헝클어진 생각을 가다듬고, 사그라지려는 마음을 다잡으며 추스르던 곳이다. 이제는 이런저런 이유를 갖지 않고 절을 찾는다. 사람이 살다 보면 누구나 정든 곳이 생기고 유난히 좋아하는 곳이 있게 마련이다.

지금은 들어갈 수 없지만 몇 년 전까지는 절 오른쪽으로 숲길이 있었다. 계곡을 따라 물소리 들으며 불모산 정상으로 오르는 길은 경치가 좋았다. 성주사를 둘러싼 숲과 오솔길은 사색의 공간이었고 내 삶을 지탱해 주는 의지처였다. 그곳에서 얻은 힘은 잠시 내려놓은 삶의 지게를 다시 질 때 일어서게 하는 지겟작대기였다. 절은 처음보다 많이 변했다. 하지만, 내가 성주사를 좋아하다 보니 새로운 것에도 쉽게 정들고 마음이 열리는 것이다. 다른 것이 아무리 달라져도 숲에서 부는 바람과 골짜기를 흐르는 계곡물은 항상 맑고 깨끗하다.

 세월이 흘러 혼자 성주사에 갈 수 없을 때가 되면 그때는 무엇을 할 수 있을까……. 나는 오래전부터 그때를 생각해보았다. 지금은 그때가 훨씬 가까워지고, 이제부터는 뭔가를 준비해야 하는 것 아닐까 하는 조급한 생각도 든다. 언젠가 성주사와 함께한 시간을 떠올리며 글 쓰는 내 모습을 생각하면 늘 행복하고 감미롭다.

성주사의 이른 봄

성주사에 갈 때마다 빼놓지 않고 가는 곳이 있다. 이곳저곳 돌아다니다 항상 앉아 머무는 자리는 계곡을 가로지른 짧은 돌다리 입구다. 예전에는 다리를 건너 숲 안쪽까지 들어갈 수 있었지만, 지금은 철조망으로 막아놓았다. 무슨 이유인지는 몰라도 나는 그것을 볼 때마다 비무장지대에 쳐놓은 철조망 같아 보기 싫었다. 신도를 위해 지어놓은 기와집 쪽마루에 걸터앉아 앞에 보이는 계곡을 따라가며 멀리 보이는 불모산 자락과 능선은 맑은 하늘을 배경으로 아늑하다.

물기 오른 숲은 싱그럽고 비가 온 뒤라 소리 내며 흐르는 물소리가 들을 만하다. 철조망 건너편에는 10여 년 전 이곳에 올 때마다 거닐던 오솔길이 있다. 입구에 있던 큰 구들장 같은 넓은 바위는 다른 곳으로 옮겨지고 없지만, 다른 것은 그때 그대로다. 철조망 너머 오랫동안 인적 끊긴 숲에는 풀이 무성하고 낙엽이 쌓였다. 그 속에서 자란 어린나무는 아직 애처롭지만, 사람 발길이 닿지 않은 곳이라 금방 가지와 잎이 무성해질 것이다.

작은 툇마루에 앉아 눈 감고 듣는 새소리 물소리는 가야산 홍류동계곡과 다를 것이 없다. 따뜻한 봄날, 귀를 간질이며 흐르는 물소리는 맑고 청량하다. 양지에는 나뭇가지마다 연한 연두색 잎들이 고개를 내밀고, 그 사이로 벌써 때 이른 벌레도 날아다닌다. 벚나무 꽃망울 돋아나는 절집 뒷마당 툇마루에 걸터앉아 눈앞의 풍경을 핸드폰에다 글로 옮기며 다리 저린 줄도 모른다. 주차장에서 절에 들어올 때는 머리가 무거워 도리질했지만, 계곡의 청량한 기운으로 씻은 듯 맑고 명징하다.

돌다리 난간 사이로 다람쥐 두 마리가 재주를 부리며 뛰어다니고 저희끼리 장난친다. 사람을 보더니 쪼르르 다리를 건너가서는 신기한 듯 이쪽을 보고 고개 갸웃거린다. 아직은 먹을 것 없는 나무 위로 바쁘게 오르내리며 재주 부리는 모습이 귀엽다. 따뜻한 봄날, 다람쥐와 나는 서로 쳐다보며 눈 맞춤하고 다가오는 봄을 기다린다.

먼 곳에서 울음소리가 들리더니 까마귀가 떼를 지어 내려앉은 나무는 몇 년 사이 가지가 많아지고 둥치도 굵어졌다. 그것을 보면 사람이 다니지 않는 동안 이곳과 저곳은 많이 달라졌다. 새도 다람쥐도 그곳이 살기 편한지 사람 사는 이곳으로는 건너올 생각을 않는다. 계곡 돌담 사이로 뿌리내려 가지를 힘껏 뻗은 고목은 아직도 겨울이다. 이제 밑으로 흐르는 물소리를 들으며 며칠 후 다시 올 때면 물이 오르고 가지에는 움이 돋을 것이다.

절 밖으로 나오는 줄입구에서 다시 돌아보면 멀리 보이는 하늘은 티 없이 맑다. 길게 이어지는 숲 위로 햇살이 부서져 반사된 빛이 옅은 안개처럼 깔렸다. 계곡 어딘가에는 친구도 있는데……. 지금은 갈 수 없어 멀리 쳐다만 볼 뿐이지만, 바라보는 것만으로도 사랑은 남는다. 인생이란 때로는 봄 세상의 잠깐 나들이 같은 것, 오래 전 환한 물살의 그리움이 되살아난다. 숲속에 잠든 사람도 다람쥐나 새처럼 사람 소리 들리지 않는 그곳이 좋을 것이다.

성주사에서 또 한 번 맞는 봄은, 오늘처럼 이렇게 왔다가 꽃 떨어지고 나면 간다는 말없이 속절없이 가버릴 것이다. 주차장에 세워둔 차 문을 열며 눈앞에 활짝 핀 목련꽃을 보니 몇 마리 벌들이 꽃잎 사이로 분주하다.

성주사 고목

여행 중 여러 곳을 돌아다니다 보면 오래된 마을 입구에는 마을의 역사와 함께하는 고목이 있다. 사당이나 고옥(古屋) 마당에도 어김없이 그 집과 함께하는 나무가 있다. 요즘은 그런 고목이나 숲의 큰 나무와 마주하게 되면 땅에 뿌리를 내리고 환경에 맞춰 살아가는 모습이 사람 모습을 보는 것 같다. 어쩌면 사람도 한 그루 나무라는 생각이 든다. 고목을 볼 때면 세상에 살아있는 지금 시대의 큰 사람을 보는 것 같다. 고사목이 된 나무는 한 시대를 영웅처럼 살다간 사람의 흔적 같아 마음이 숙연해진다.

어제 연합회 카페에 올라온 보름달 님의 "성주사의 '미인 송'"이라는 글과 사진을 보았다. 나무가 있는 그 길을 수없이 오르내려 주변의 나무들이 내 눈에 거의 익었다. 그런데 어디쯤 그런 나무가 있었을까, 사진에서 본 것과 같은 나무일까, 궁금했다. 내가 얼마 전 심은 나무가 어떻게 되었는지도 볼 겸 성주사를 찾았다.

나무를 찾아보니 항상 쉽게 눈에 뜨이던 곳의 소나무였는데, 큰 줄기가 사람의 다리처럼 밑에서부터 뻗어있었다. 몇 달 전 앞에 있는 바위에서 지인과 기념사진을 찍은 곳이다. 오늘 나무를 뒤집어서, 말 그대로 물구나무를 서서 볼 때처럼 보면 미인의 멋진 다리를 닮은 모습이었다. 시선을 살짝만 비틀면 풍경이 이처럼 달라진다. 사물에 대한 호기심을 갖고 생각이 조금만 더 부지런해져도 그 속에 숨어있는 것을 볼 수 있다. 평소에 우리는 그것을 보지 못하고 보이는 대로 그냥 무심히 바라보기만 했을 뿐이다. 나무를 뒤집어 볼 수 있는 보름달 님의 시선이 놀랍다.

아름다움이란 바라보는 사람의 눈과 마음에 있듯이 생각을 바꾸면 다른 사람이 보지 못하는 것을 보게 된다. 같은 풍경이라도 어떻게 바라보느냐에 따라 느낌이 전혀 다르다. 세상 사물의 모습은 보는 사람과 보이는 것 사이의 관계에서 어떻게 교감하는가에 따라 달라지는 것이다. 뒤집어본 미인 송 한복판에는 잡초 같은 풀이 사람의 그것처럼 돋아나 잎을 살랑거리고 있었다. 미소 지으며 상상해보는 것도 덤으로 얻은 즐거움이다.

스마트폰으로 그 모습을 사진에 담았다. 석 달 전 나무 심어놓은 곳으로 가보니 몇 그루는 없어져 버렸다. 입구에 누군가 심은 나무는 제대로 자라지 못해 반쯤 말라버린 잎이 달려있었다. 나머지 두 그루는 키 큰 잡초에 묻혀 갈대처럼 가냘프게 서있는 모양이 측은했다. 한참을 서성거리며 생각해보아도 지금 당장 내가 해줄 수 있는 것이 아무것도 없었다. 그냥 내버려 둘 수밖에……. 이성복 시인의 "네 고통은 나뭇잎 하나 푸르게 하지 못한다."라는 말처럼 바라보기만 할 뿐이다. 어쩌면 땅에 뿌리는 내렸으니 사람들이 가만히 내버려만 둔다면, 끈질기게 살아남아 키 크고 둥치도 굵은 나무가 될지도 모른다며 나 스스로 위로했다.

  절 주변 고목의 매미 울음소리에 묻힌 지장전(地藏殿) 앞마당, 아름드리 고목 그늘에 앉아 여태 무심히 보았던 오래된 나무들이 오늘따라 또 다른 의미로 눈에 들어온다. 이처럼 큰 나무도 처음에는 저쪽 어린나무처럼 애처롭고 안쓰러웠을 것이다. 나무 한 그루가 그 자리에서 고목이 되기까지를 생각해 보면, 나무의 일생이 사람의 인생과도 크게 다르지 않다. 그런 생각이 들자, 내가 살아온 세월을 나무에 견주어 나는 얼마만큼의 나무일까를 더듬어 보았다. 불모산 자락에 어둠이 깔리고 저녁 예불 소리가 들린다. 절을 벗어나기 전 나무를 올려다보며 두 팔을 크게 벌리고 오래도록 안아보았다.

성주사에 심은 나무

생일인 어제 아내와 함께 지리산 천왕봉 산행을 했다. 힘들게 일하고 월급봉투를 받아든 사람처럼 마음 뿌듯하고 배낭을 멘 어깨와 다리는 기분 좋을 만큼 뻐근하다. 지리산 맑은 기운을 원 없이 들이켰기 때문인지 가슴은 빈 항아리처럼 맑고 평화롭다. 점심이 이른 시간 자주 가는 서점에 들러 필요한 책을 주문하고 서점을 나와, 멀리 불모산 쪽 하늘을 보니 이곳 하늘도 지리산 하늘만큼이나 푸르다. 그러다 문득 오랫동안 가지 못했던 성주사가 생각났다. 서너 달 전 그곳에 심어놓은 어린나무들이 갑자기 궁금해졌다.

한참을 기억 속에서 사라졌다가 오늘 뜬금없이 떠올라 그 어린것들이 그동안 어떻게 되었을까 싶었다. 눈으로 확인도 하고 보고싶다는 생각이 들어 마음이 조급해졌다. 성주사 주차장에 차를 세우고 천천히 걸어가도 잠깐인데, 궁금한 것을 못 참는 성급한 기질 때문에 뛰다시피 그곳으로 갔다. 심은 곳을 둘러보는 순간 모두가 꼿꼿하게 기를 쓰고 보란 듯이 살아있는 것이 한눈에 들어왔다.

여성 회원 두 사람이 끙끙거리며 땅을 파고 심은 나무도 잎을 살랑거리며 쭈뼛하게 살아있었다. 또 다른 회원이 이 나무는 내 것이라고 고집하며 입구 왼편에 심어놓은 것은 키 작지만 오목하게 잎이 번져 뿌리를 내렸다. 어느 여성 회원이 심은 나무, 파랑새 님이 직접 땅을 파고 심은 나무도 뿌리를 내리고 작은 가지까지 뻗어 의젓한 티를 내고 있다. 돌멩이가 많았던 탑 뒤편에 돌덩어리를 들어내고 땅을 깊이 파낸 다음 내가 심은 나무는 제법 커서 잎을 많이 달고 늠름하기까지 했다.

아직은 어리고 나약하지만 모두 살아나 여린 잎을 바람에 하늘거리고 있었다. 여태껏 그것들을 잊고 있었던 무심함에 미안한 생각이 들었다. 우리가 진정으로 사랑하는 것들은 이렇게 그냥 혼자 내버려두는 것도 더 깊은 사랑의 방법이라고 스스로 미안함을 씻어보려 했다. 아직은 어린나무들을 바라보며 탑을 몇 바퀴나 돌았을까. 부디 큰 나무가 되어 작은 숲을 이루게 해달라고 빌면서 머릿속으로는 그때를 생각해보았다. 대견하고 고마운 마음에 어린 나뭇잎을 살짝 건드려보기도 하며 주변을 한동안 서성거렸다.

저 어린나무들이 땅속 깊이 뿌리내린다면 한 그루 나무의 모습을 갖추어 가지와 잎이 무성해질 것이다. 그곳에 새들이 찾아와 둥지를 틀고 사람들이 비를 피하고 쉴 수 있는 그늘을 만들게 될 때가 되면, 우리는 아마 이곳에 없을지도 모른다. 그런 생각에 젖어들면 내 마음은 다음 세상으로 나를 가만히 데려가는 것이다. 아마도 그때가 되면, 우리는 모두 임형주의 〈천 개의 바람이 되어〉 노랫말처럼 바람이 되어 우리가 심어놓은 이곳 나무 위에 내려앉아 살랑살랑 나뭇잎을 간질이며 장난치기도 할 것이다. 때로는 큰 바람에 실려 또 다른 곳으로 가기도 하고, 또다시 찾아오기도 하는 안개가 되거나 아니면, 비나 눈이 될지도 모를 일이다.

성주사에 있는 사람

　가깝게 지내던 지인이 갑작스레 세상을 떠났다. 본인과 지인의 가족 주변 사람 누구도 생각지 못한 일이었다. 아들과 함께 친척 결혼식장에 다녀오다 가슴 통증 때문에 약을 지어 먹고 잠들었다고 했다. 다음 날 아무런 기척이 없어 아들이 방에 들어가 보니 이미 숨져있었다고 한다. 그 소식을 들으며 기가 막혔고 며칠 전까지 함께 했던 사람이라 믿어지지 않았다. 즉시 병원으로 갔으면 살 수 있었을 텐데, 평소 몸에 전조 증상이 있었을 터인데 왜 몰랐을까…… 하는 주변 사람들의 아쉬움이 컸다. 평소 자기 몸에 조금만 신경을 썼다면 얼마든지 막을 수 있었겠지만, 이 같은 일을 당한 것은 본인의 운명이라고 할 수밖에는. 문상을 다녀오고 나는 한동안 울렁거리는 가슴이 가라앉지 않았다.

　만약, 생각지도 못한 갑작스러운 죽음이 내게도 찾아온다면 과

연 나는 어땠을까. 아무리 생각해도 이별한 지인과 별로 다르지 않을 것이다. 죽음이란 이렇게 내 곁에서 삶과 함께하는 것이다. "병상에서 줄곧 생각한 일인데 생로병사란 순차적인 것만 아니라 동시적인 것이기도 하다. 자연사의 경우에는 생로병사를 순차적으로 겪지만 뜻밖의 사고나 질병에 의한 죽음은 차례를 거치지 않고 生에서 死로 비약하기 때문이다. 그렇기 때문에 순간순간의 삶이 중요하다. 언제 어디시 인생을 하직하더라도 후회 없는 삶이 되어야 한다. 돌이켜보면 언제 어디서나 삶은 어차피 그렇게 이루어지는 것이므로 그 순간들을 뜻있게 살면 된다. 삶이란 순간순간의 존재이다." 이 글은 법정 스님의 글이다.

묘하게도 지인이 세상을 떠나기 얼마 전 내 몸에 이상이 생겨 불안한 마음으로 병원을 오가며 읽은 책이다. 그때는 글이 내 마음에 가깝게 다가와 이후에도 몇 번을 되풀이 읽었다. 스님의 글은 깨어있는 삶이란 죽음을 정면으로 마주하며 지금의 삶과 함께해야 한다는 생각을 하게 했다. 스님의 마음은 가을 하늘처럼 저리도 투명하고 맑은데, 나는 영원히 살 것처럼 아무런 생각 없이 살고 있었다. 내 주변에서 일어난 일을 찬찬히 살펴보면 이 같은 일이 얼마나 많은지 모른다. 그동안 내 일 아니라고 무관심했던 일이 오늘 당장 내가 겪을 수도 있는 일이라는 걸 실감하는 것이다.

죽음은 먼 곳에 있는 것이 아니고 바로 내 곁에 있음을 모른다.

현재의 삶에 눈이 어두워 우리는 언제나 내일을 꿈꾼다. 사람은 자신에게 죽음이 올 것을 미리 내다보며 알고 있는 죽음을 사유(思惟)하는 존재다. 죽음은 이렇게 가까이 있는데 우리는 그것을 왜 알지 못할까. 알지만 애써 외면하는 것인가. 아니면 다른 사람에게 생기는 일이 내게는 절대로 일어나지 않는다는 어리석은 생각 때문일까.

생과 사를 똑같이 내 안에 갖고 있으면서도 우리는 어떤 경우든 삶만을 생각한다. 만약 내가 곧 죽을 것을 안다면 아마 그 순간 세상 모든 일이 부질없어질 것이다. 사람들이 무관심한 것 같아도 실제 마음은 자신이 언젠가는 죽는다는 사실을 알고 있다. 그러니 지금보다 좀 더 가까이에서 죽음을 생각해야 한다. 그럴 수만 있다면 여태 느슨하게 풀어졌던 삶이 확 달라질 것이다.

지인은 먼저 간 친구와 함께 흙 속에 누워 영원히 깨지 않을 잠을 성주사 옆에서 자고 있다. 언제든 생각날 때 가면 된다. 진정으로 그리운 것은 멀리 있어 그리운 것이다. 우리가 살면서 정들었던 사람은 세상을 떠나고 나면 영원히 못 만나지만 그래도 항상 내 마음속에 있다. 멀리 있는 것은 자주 보기 힘들어서 더 보고 싶은 법이다. 만약 바로 곁에 있어 매일 볼 수 있으면 지금처럼 그립지 않을지도 모른다. 사랑하는 것은 멀리 있어야 참으로 보이는가 보다. 영원히 볼 수 없는 것은 더 그렇다.

성주사와 친구

　평생 성주사를 좋아하던 친구가 세상을 떠났다. 떠나기 전 유언을 남기지 못했지만, 평소 친구의 바람대로 막아놓은 철조망을 넘어가 절 옆 계곡 숲속을 다니며 이별했다. 그는 바람으로, 맑게 흐르는 계곡물로, 나무 밑 흙으로, 친구는 온몸으로 나와 악수하며 그렇게 가버렸다. 가까운 사람을 보내고 절 밖으로 나가며 언젠가는 나도 이 세상을 떠나 저들과 함께하는 시간이 오면 오늘 떠난 친구처럼 영원으로 사라질 것이다. 그런 다음 내게 남는 것이 무엇일까. 두려운 생각이 검은 소나기구름처럼 몰려왔다.

　사람이 산다는 것은 참으로 아무것도 아니라는 허무한 생각이 들었다. 친구의 이른 죽음은 인생의 저녁이 돌아와 어두워지자 친구가 나보다 조금 일찍 자리에 든 것뿐인데도 오늘은 그렇게 받아들일 여유가 생기지 않는다. 나도 언젠가는 잠들기 위해 자리를 펴야 한다는 생각을 하면 지금 삶이 말할 수 없이 허무해지는 것이다.

내가 영원히 잠들고 난 뒤, 절 마당에 피어있는 백일홍과 땅 위에 흐드러지게 피어 있는 봄꽃들, 줄기차게 울어대는 매미 울음소리, 불모산 깊은 숲에서 영롱하게 우는 여름 뻐꾸기, 온 산을 물들이는 가을 단풍, 겨울날 산골짜기 숲과 산사에 내리는 싸락눈처럼 아름다운 것들은 내가 떠난 뒤에도 그대로일 것이다. 사랑하는 것을 다시는 볼 수 없다는 생각이 들면 마음이 바닥으로 가라앉는다. 지금까지 내가 뭘 하고 살았나 생각하면 한 게 아무것도 없다. 안타까운 생각에 가슴에 마른 바람이 불고, 내게 남은 시간을 생각하면 걷잡을 수 없는 허무감으로 마음 갈피를 잡을 수 없다.

허망할 수밖에 없는 것이 인간의 본질인 줄 알면서도 가깝던 사람과 갑작스러운 이별을 할 때는 마음을 추스르기가 힘들다. 집으로 가던 걸음을 되돌려 법당에 앉아 아무런 생각 없이 멍한 눈으로 촛불의 일렁임을 본다. 무엇을 생각하는 것이 아니라 어둠의 호수에 가만히 잠긴 채 산만하고 두려운 생각들이 지나가도록 그냥 내버려 두는 것이다. 항아리 속에 흔들린 흙탕물이 가라앉기를 기다리듯 가만히 있다. 나는 아직 가야 할 길이 남아있고, 그 길을 가다 내 곁을 떠나는 사람이 있는 것은 자연스러운 일이다. 나도 언젠가는 함께 가던 사람들 곁에서 떨어져야 하니까.

만약 죽음을 두려워하고 거부한다면 삶까지 막아버리는 일이 될지 모른다. 집에 돌아와 책상 앞에 앉아 친구에게 얻은 작은 돌 하나를 바라보았다. 나와 오랫동안 함께하던 것들이 전과 다른 의미로 다가온다. 컴퓨터를 켜고 글을 쓰며 얼마간 시간이 지나면 신기하게도 그토록 술렁대던 마음이 조금씩 가라앉는 것이다.

한바탕 허무감이 마음을 휘젓고 지나간 다음이면, 긴 겨울을 이겨낸 나무들이 새싹을 틔워내듯 동트는 새벽처럼 따뜻한 햇볕이 내 안으로 들어오는 것이다. 그러면 마음도 상실감을 떨쳐내고 앞으로 펼쳐질 삶의 길을 찾는다. 왜 살아야 하는지를 아는 사람은 어떤 상황도 감당할 수 있는 것처럼. 진정한 삶의 의미를 가지고 사는 사람은 어떤 경우에도 절망하지 않는다. 고목처럼 단단하게 뿌리 내리고 주어진 삶을 살아가야 한다.

오늘 같은 일을 겪으며, 언젠가 덧없이 사라진다는 이유로 허무하다고 생각하는 것은 부질없고. 죽고 난 다음을 생각하는 것도 소용없는 일임을 깨닫는다. 이제부터는 거창한 뜻을 세울 것도 없고 살 수 있는 그 시간까지 주어진 삶을 제 몸대로 살아갈 것이다. 산다는 것은 삶이 어떤 것과도 바꿀 수 없는 고유한 나만의 것이라는 사실을 알아가는 것이고, 결국은 나 자신을 찾아가는 일이다. 바로 이게 참된 부처님의 가르침 아니겠는가.

성주사 풍경 소리

　알 수 없이 마음이 바닥으로 가라앉는 날은 풍경 소리가 듣고 싶어 절을 찾는다. "뎅그렁 울릴 제면 더 울릴까 맘 졸이고 / 끊일 젠 또 들릴까 소리 나기 기다려져……"〈성불사의 밤〉 노랫말이다. 내가 좋아하는 풍경 소리는 밀양 표충사 큰 법당 뒤편으로가 부처님 등 뒤 돌받침에 앉아 있거나 서성이며 듣는 소리다. 그소리도 장소에 따라 울리는 느낌이 다르다. 도시에 있는 사찰에도 풍경이 달렸지만 깊은 산 산사에서 듣는 소리와는 다르다. 듣는 마음 따라서겠지만, 나는 숲속 바람에 흔들려 우는 소리가 좋다.

　표충사 법당 뒤쪽에는 울창한 대나무 밭이 있다. 주변 숲에서불어오는 바람 소리와 함께 들리는 소리는 그야말로 맑고 청아하다. 대나무 숲에서 불어오는 바람과 풍경 소리의 만남은 공중에서 서로를 끌어안고 천상의 소리를 만들어낸다. 소슬한 가을바람이 불거나 계곡 바람이 불어올 때, 뎅그렁거리는 맑은 소리는 노랫말처럼 또 들릴까 마음 졸이며 기다려지는 소리다.

풍경이 있는 곳에는 맑은소리가 울려나고 궁노루가 있으면 향내가 풍긴다고 한다. 처마 끝에 달린 풍경을 볼 수 있는 곳은 대부분 산속에 있는 절이나 암자다. 가는 사찰마다 풍경은 울리는 소리가 저마다 다르다. 풍경이야 눈 속에 있지만, 소리는 마음 안에 있기 때문 아닐까. 봄날에는 공중에서 엇갈려 부는 바람에 우는 소리가 바쁘다. 비나 눈이 오는 날은 잊은 듯 있다가도 지나가는 바람에 마지못해 성가신 듯 뎅그렁거리며 운다. 법당 지키던 개는 오가는 사람은 본체만체하면서도 그 소리에는 졸린 눈을 뜨고 먼 산을 보고 소리 내며 짖는다. 그때는 개 짖는 소리도 풍경 소리만큼이나 듣기 좋다.

내 기억에 남는 풍경 소리는 깊은 가을 늦은 밤, 달빛에 젖은 성주사 마당을 거닐며 들은 소리다. 유별나게 마음이 허전한 가을 보름날, 무언가에 끌리듯 절을 향해 차를 몰았다. 밝은 달빛 아래 절집은 고즈넉하고……. 가슴으로 스며드는 풍경 소리는 바람과 함께 맑고 서늘했다. 그 소리는 달빛 너머 보이지 않는 곳에서 나를 부르는 것 같아 소리에 실려 내가 나를 잊어버렸다. 내가 나에게 한없이 낯설어지는 순간, 지금의 삶이 내 것이 아닌 것 같다. 우리의 깨달음이라는 것은 결국 자신의 삶과 일상 속에서 길어 올려야 한다. 그나마 한 번의 깨달음으로 얻을 수 있는 것도 아니다. 그것을 쌓고 쌓아감으로써 높여나가는 과정일 것이다.

노랗게 물든 은행나무는 달빛에 금빛으로 물든 잎을 몇 잎씩 떨구며 섰다. 나무 옆 돌의자에 앉아 듣는 계곡물 소리는 세상 너머 사랑하는 사람이 언젠가 찾아올 나를 기다리며 부르는 소리 같다. 뎅그렁거리는 소리는 바람에 몰려다니다 구석에 쌓인 낙엽 속으로 가을 달빛과 함께 스며든다. 잎 떨어진 가지 끝에 바람이 불고 바쁘게 우는 풍경 소리를 듣고 있으면, 여태 기도가 말을 하는 것인 줄 알았는데, 듣는 것도 간절한 기도임을 그때 처음 알았다.

겨울비와 성주사

계절과 상관없이 비 오는 날 성주사에 가면 길은 짧아도 왼쪽 오솔길을 걷는다. 어린 시절 사탕을 입안에 굴리며 녹여 먹듯 천천히 걷는다. 겨울비 오는 날은 더 그렇다. 겨울비는 가난한 사람의 옷깃을 여미게 하고 땅에 있는 온갖 것들 속으로 스며든다. 쌓인 낙엽 위로, 땅속으로, 발가벗은 나무 위로 떨어져 스펀지에 물이 스미듯 이내 사라진다. 겨울비는 나를 내 안으로 조용히 돌아가게 한다. 그런 날은 눈에 보이는 모든 것에 진지해지고 싶다. 신성한 것에 대한 오랜 사색과 내게 허용될 가능성 안에서 나오는 다른 많은 것들을 이해하는 존재가 되고 싶다. 겨울비는 다른 계절에 느낄 수 없는 사물의 더 깊은 곳까지 들여다보게 한다.

"소백산 기슭 부석사의 한낮 스님도 마을 사람도 인기척이 끊어진 마당에는 오색 낙엽이 그림처럼 깔려 초겨울 안개비에 촉촉이

젖고 있다."『무량수전 배흘림기둥에 기대서서』라는 최순우 선생의 책에 있는 글이다. 이럴 때 나는 '부석사를 성주사로' 바꾸어보고 작가가 안개비 오는 날 멀찍이 떨어져 무량수전을 바라보던 마음을 상상해본다. 그러면 성주사에 내리는 비도 부석사 안개비와 다르지 않고 어떤 날은 더 호젓하다.

비 오는 날은 온갖 사물이 비에 젖어 제 색깔을 드러낸다. 그런 날 성주사 주변을 서성이면 절집과 길 곳곳에 묻어있는 내 삶의 흔적도 더 뚜렷하게 보인다. 이곳에는 사는 게 힘들어서도 오고, 기뻐서도 오고, 슬플 때도 오는 곳이다. 그때 마음 따라 성주사는 나와 같이 기뻐하고 슬퍼하기도 했다. 내 마음 따라 슬플 때는 꽃이 피어도 슬펐고, 기쁠 때는 바람 불고 비가 와도 쓸쓸하지 않았다.

흩어져있어도 정돈된 절집은 멀리 떨어져서 보면 숲속 나무와 바위처럼 그것과 하나라는 느낌이다. 빗속에 주변의 풍경과 하나 되어 저리도 호젓하고 단아한 자태를 내가 앞으로 얼마나 더 보게 될까 싶을 때면 자꾸만 서글퍼진다. 지금 내 삶이 겨울비처럼 땅속으로 조금씩 잦아들고 있다는 허무한 마음 탓일 게다.

세상에 서글프지 않은 인생이 어디 있겠는가. 허무하지 않고 늘 행복으로 이어지는 인생이 또 어디 있을까. 내 인생에 깊은 비애를 느낄 때 그래도 삶이 달콤하다면 그것은 성숙해진 내 삶의 자각일 것이다. 겨울비 오는 날, 성주사를 거닐며 생각하는 것은 나에겐 아직도 가야 할 길이 남아있다는 것과 산다는 것은 삶이라는 바위를 끝없이 산 위로 밀어 올리는 것임을 깨닫고 그냥 받아들이는 것이다.

  인생을 많이 알고 열심히 사는 것은 소중한 일이다. 그보다 더 귀한 것은 언젠가는 내가 왔던 곳으로 빈손으로 돌아가는 것임을 알고 하나씩 털어버리는 것이다. 결국, 살면서 많이 갖는 것은 좋은 것이지만, 그보다 더 좋은 것은 나중에 하나도 갖지 않는 것이다. 이처럼 삶은 감사의 발견일수도 고통의 발견일 수도 있다. 내가 많은 것을 모르고 있음을 아는 것은 지혜롭다. 그러나 꼭 알아야 하는 것을 무시하면 그것은 병이 될 수도 있음이다. 병을 병으로 알 때만 병이 되는 것을 막을 수 있다. 나는 자연으로부터 삶이라는 선물을 받았고 나중에는 받았던 것을 돌려주어야 한다. 무엇보다 소중한 앎은 내가 그것을 깨닫는 일이다.

변해가는 성주사

내가 즐겨 찾는 성주사가 옛 모습을 하나씩 잃어가고 있다. 며칠 전 올라가 보니 탑이 세워져 있던 곳에 사천왕문 공사가 한창이다. 그 자리는 재작년 봄 열댓 그루 나무도 심어 그중 여섯 그루가 뿌리를 내렸던 곳이다. 나무는 쌓아놓은 자재 더미에 짓눌려 보이지도 않았다. 한참을 서서 지켜보다 법당 마당으로 올라갔다. 그런데 대웅전을 쳐다보다 깜짝 놀랐다. 대웅전을 중심으로 좌우로 서 있던 삼성각과 산신각 중 삼성각이 사라져버린 것이다. 마치 가지런하던 앞니 하나가 빠진 듯 너무 낯설고 처음에는 기이한 느낌마저 들었다.

설마 하는 마음으로 올라가니 삼성각은 왼쪽 조금 떨어진 곳에 옮겨져 외따로 있었다. 방향도 전과 달리 불모산 자락을 보고 있는 것이 아니라 대웅전 옆을 보고 있다. 주변에 올라가는 계단도 아직 만들지 않은 상태라 더 서먹한 분위기다. 새로 지어 단청도 없는 그 모습이, 오랜 세월 함께하던 조강지처가 떠나고 새사람이 들어온 집안 풍경과 다를 것이 없었다. 나는 그 자리에서 학교 갔다 돌아와 집에 있는 낯선 사람을 보고 어리둥절해하는 어린아이와 똑같은 모습을 하고 있었다.

이제 성주사에는 정들고 눈에 익은 것들이 하나씩 내 곁을 떠나려 한다. 절 마당에 올라설 때마다 나란히 서서 나를 맞아주던 호젓한 풍경은 이제 사라졌다. 그 모습이 아니면 다른 어떤 모습도 그때처럼 내 가슴을 따뜻하게 데워주지는 못할 것이다. 그런 생각을 하니 가슴에 구멍이 뚫린 듯 허전하다. 그 빈자리는 이제 다시 채워지지 않을 것이다. 절 마당을 가로질러 늘 서서 보던 불모산 자락 풍경도 곧 들어설 사천왕문에 많이 가려져 보일 것이다. 내가 그토록 즐겨 찾던 성주사는 젖먹이에게 젖을 떼듯 그렇게 나를 매몰차게 밀어낸다. 절 밖으로 나오며 가을바람에 잎이 떨어지듯 한 겹씩 정이 떨어지려 한다. 성주사와 나를 이어주던 인드라망 한 곳이 출렁거리며 요동치는 느낌마저 든다.

성주사는 내가 외롭고 힘들 때 삶의 의지처였고 내 삶을 추동하는 힘이 되었던 곳이다. 절이 갈수록 낯설어지면 이제는 어디로 갈까. 처음 성주사를 알고 그토록 좋아했던 계곡 옆 오솔길로 들어가는 입구는 오래전 철조망으로 막아버렸지만, 그래도 철조망 너머로 옛 모습을 그려보는 것도 좋았다. 그곳은 성주사를 들를 때마다 습관처럼 찾아가는 곳인데 이제 내 발걸음도 차츰 줄어들 것이고 그 마음마저 사그라진다. 성주사를 빼놓고 아무리 생각해도 내 주변에는 마땅히 갈 만한 절이 없다.

산 너머 장유사라는 절이 있지만, 산꼭대기에 있는 절이라 거리가 멀어 가는 것이 쉽지 않다. 성주사는 바로 옆집에 가는 것처럼 편하고 만만하다면, 장유사는 강 건넛마을로 가는 것이나 마찬가지다. 절을 빠져나오며 뒤통수가 허전하고 가깝던 사람에게 버림받은 것 같았다. 알 수 없는 어떤 배신감 같은 게 배어들어 서운함에 눈물까지 나려 하는 것이다. "겨우 사랑을 맺어 즐기려는 순간에 벌써 그들의 행복에는 저녁 해가 찾아오고 이별의 싸늘한 손목이 뻗쳐지는 것이다." 오늘따라 신동엽 시인의 산문시 한 토막이 어쩌면 이리도 지금 내 마음일까 싶어 오랫동안 머릿속을 맴돈다.

범종 소리

　석류알처럼 붉은 석양이 서쪽 하늘을 물들일 즈음 절이 있는 산에는 그 무렵 어김없이 들리는 것이 범종 소리다. 숲에 어둠이 내리는 시간, 크고 맑은 범종 소리가 골짜기와 산을 울리며 맑은 바람처럼 온갖 곳에 스며든다. 나는 이 소리를 오랫동안 들었지만, 범종 소리는 멀리 퍼져만 갈 뿐 메아리는 듣지 못했다. 종이 울리면 그 시간을 기다렸다는 듯 산속 모든 것들이 종소리를 제 속에서 붙들고 밖으로 내보내지 않는 것인가. 아니면 지하에 있는 영혼들을 위해 땅 밑으로 스며들어 되돌아올 소리가 없는 것일까.

　범종 소리가 밀물처럼 내 안으로 밀려드는 시간은 몸과 마음이 가을 하늘처럼 맑아진다. 종이 울리는 소리에 놀란 새들이 숲에서 날아오르고 종소리가 훑고 지나간 숲은 한참을 수런거리다 이내 적막해진다. 이따금 산꿩 소리가 골짜기를 한두 번 울리다 차즘 어둠이 내려앉는다. 종이 울리는 시간이면 종루와 멀리 떨어져 절 주변 담장을 끼고 있는 길이나 암자로 가는 호젓한 오솔길 걷는 것이 좋다. 범종 소리는 가까이서보다 멀리 떨어져 듣는 게 그윽하고 울림이 크다.

몇 해 전, 깊은 가을 단풍으로 물든 지리산 둘레길 오솔길을 혼자 걷던 날이었다. 선홍색 단풍에 취해 걷다 가까운 절에서 들리는 범종 소리에 그만 깜짝 놀라 온몸이 전율하듯 떨렸다. 그 소리가 잦아들 때까지 가슴이 일렁거리던 기억이 난다. "천석이나 되는 저 큰 종을 좀 보소 / 크게 두드리지 않으면 울리지 않는다오 / 하나 그것이 지리산만 하겠소 / 지리산은 하늘이 울어도 울리지 않는다오" 남명 조식 선생의 시다. 산길을 걸으며 종소리가 끝날 때까지 선생의 시를 떠올리며 중얼거렸는데, 그날 지리산은 범종 소리가 들리지 않을 때까지 오래도록 함께 울었다.

세상에서 가장 아름다운 소리를 내는 종이 우리 종이라고 한다. 범종 소리를 좋아하지 않는 사람은 없겠지만 나는 많은 소리 중에서도 이 소리가 유난히 좋다. 소리는 내 몸을 어루만지고 온몸을 쓰다듬는 느낌이다. 몸을 휘감고 어루만지는 느낌은 아무리 차갑게 언 가슴이라도 금방 온기가 돌고 언제 들어도 따뜻하다. 범종 소리를 듣는 시간은 내 속에 들어있는 온갖 찌꺼기가 밖으로 나와 숲으로 사라지는 정화의 느낌이다.

황혼녘 은은하게 하늘을 적시는 범종 소리가 차츰 잦아들어 소리가 사라질 즈음이면 숲은 종이 울기 전보다 더 조용해져서 숲속의 온갖 소리도 제 안으로 숨어버리는 것 같다. 그 시간 무엇을 잃어버린 것도 아닌데 알 수 없는 공허와 허무감이 가슴을 떠다닌다. 차츰 어둠이 내리고 적막해진 절 옆 개울에는 돌에 부딪히며 흐르는 물소리가 한낮보다 크게 들린다. 가만히 귀 기울여 듣고 있으면 그 소리기 미치 세월 흐르는 소리 같아 내 마음노 따라 흐르는 것이다.

두 번째 여행

　　매년 빠짐없이 지리산 둘레길을 걷는다. 올해도 예외 없이 갈 것이지만 아내와 함께 가는 것도 생각해보며 마음 설레기도 한다. 지리산은 사계절이 다 좋지만, 그래도 봄가을 두 계절을 골라 다닌다. 전문 산악인이 아니라 뜨거운 여름이나 한겨울에 혼자 가는 것이 조금 불안한 생각도 들어 봄가을을 택한다. 사람 많은 주말이나 공휴일보다 평일을 택해 걷는다. 이름 있는 곳에서 사람들과 부대끼며 번잡한 것보다는 혼자일 때가 좋다. 아무런 눈치 볼 것 없어 가장 편안하고 걸리적거리는 것이 없어 자유롭다.

지리산 둘레길과 알밤

    지리산 자락이면 어느 곳에서 어디를 가든 나는 무조건 좋다. 가을이면 혼자 둘레길을 가는 게 큰 즐거움이다. 일 때문에 가는 게 늦어지면 그곳이 눈앞에 아른거려 가고 싶어 안달이 난다. 지리산 둘레길을 처음 갔을 때, 길을 가다 보면 곳곳에 밤나무가 있었다.

    새벽에 길을 걸으면 밭두렁, 아니면 길가에 있는 밤나무에서 밤새 떨어진 알밤이 여기저기 흩어져 있다. 어떤 것은 새벽이슬이 맺혀 보기에도 탐스럽고 어린애 주먹만큼이나 커서 그것이 길가에 떨어져 있는 것을 보면 반가운 마음에 그냥 지나가지 못한다. 그걸 주워 주머니에 넣고 나면 주변에 또 다른 밤이 보이고 한참 주변을 살피며 줍다 보면 금방 양쪽 주머니가 불룩해진다. 그것을 배낭에 옮겨 담으며 걷는 재미에 눈에 밤나무밖에 보이지 않았다.

나중에는 욕심이 생겨 나무를 발로 차 흔들기도 하고 송이째 떨어진 것은 등산지팡이로 헤집어가며 주머니에 넣었다. 수철과 어천마을을 지나 웅석봉 입구에 왔을 때는 배낭에는 온통 밤이었고 바지 주머니도 밤으로 가득 찼다. 바지에 있는 것을 비닐에 담아 배낭 고리에 매달고 짊어지니 한 짐이다. 내 꼴이 둘레길을 왔는지 밤을 주우러 왔는지 모를 일이다. 밤을 덜어내 무게를 줄이는 생각은 하지 않고 그대로 웅석봉을 올라갔다.

산청군에 있는 웅석봉은 해발 1,000m가 넘는 높은 산이다. 길이 험하지는 않지만, 일반 등산객이 쉽게 오를 수 있는 산은 아니다. 그런 산을 무거운 배낭을 메고 오르니 정말 힘들었다. 중간쯤 가서는 너무 무겁고 힘들어 밤을 조금 버리고 갈까 하는 생각도 했지만, 아까워 도저히 버릴 마음이 들지 않았다. 한참을 올라가도 끝이 보이지 않았다. 그렇게 용을 쓰며 산을 오르다 보니 배가 고파 힘이 빠져 더 올라갈 수가 없었다. 도시락은 배낭 아래쪽에 있어 꺼내려면 밤을 모두 끄집어내야 한다. 할 수 없이 평평한 바위를 찾아 밤을 끄집어내니 배낭 안에 있는 것만 해도 거의 쌀 몇 되에 가깝다.

도시락을 먹으며 주변을 둘러보니 그곳에도 밤나무가 몇 그루

있고, 주변에는 떨어진 알밤들이 송이버섯처럼 탐스럽게 보였다. 그냥 갈 수 없어 그것마저 주워 배낭에 담았다. 이젠 물병 하나 들어갈 자리도 없었다. 어쩔 수 없어 물병을 손에 들고 배낭을 짊어지니 처음보다 배는 무거웠다. 있는 힘을 다해 웅석봉 헬기장에 올라갔을 때는 거의 탈진하기 직전이었다.

내려올 때는 좋은 경치노 눈에 늘어오지 않았다. 마을에 도착해 밥을 먹고 잠잘 곳을 찾아서 '민박'이란 팻말이 보이는 집으로 들어갔다. 마당 평상 위에 짐을 내려놓고 주인과 숙박요금 이야기를 하며 집안을 둘러보니 마당에도, 마루에도, 평상 위 소쿠리에도 온통 밤이었다. 배낭을 방으로 옮기며 큰 소쿠리에 담긴 것을 가리키며 아주머니 이 정도 양이면 돈으로 얼마나 할까요? 하고 물었다. "아~ 그거 돈 만 원 주고 가져가소." 배낭에 있는 것보다 알도 굵고 양도 많았다.

나는 목욕탕에서 몸을 씻다 터져 나오는 웃음을 참기 힘들었다. 저녁 먹을 때도 마루에 있는 밤을 쳐다보니 웃음이 나와 입안에 밥알이 튀어나올 뻔했다. 오늘 하루 내 눈에 알밤밖에 안 보이던 것을 생각하니 자꾸 웃음이 나왔다. 다음 날 아침. 밤을 어찌할까 고민하다 일단 민박집에 맡겨놓고 산행이 끝난 다음 찾아가기로 했다. 백운마을까지 둘레길을 걸은 다음 짐을 찾으러 다시 돌아가려니 택시비만 8,000원, 왕복 15,000원이다.

집으로 돌아오며 그래도 지리산 토종밤이니까 아마 아내도 좋아할 거라는 생각을 하니 어제 고생도 잊히는 듯했다. 집에 도착해 무거운 배낭을 소리 나게 쿵 하고 내려놓아도 아내는 배낭에 눈길도 안 준다. 서운한 마음에 거실에 밤을 쏟아놓았다. 그래도 아내는 별 관심이 없다. 아침에 일어나 화장실로 가는 나에게, 밤이 전부 벌레 먹었다며 나무에서 일찍 떨어진 것은 다 이유가 있으니 다음부터는 줍지 말란다. "소답동 장날에 가면 고봉으로 한 되 5,000원밖에 안 하는데 뭐 한다고 생고생을 해요." 아내의 말에 화장실에서 이를 닦다 또 웃음이 터져 나왔다.

이제는 밤을 보면 허리 굽히지 않고 그 시간 고개를 들어 하늘을 본다. 햇빛이 소나기처럼 쏟아져 나뭇잎들 사이로 반짝이고, 멀리 겹을 이루어 뻗어있는 산 능선이 길을 걷는 방향이 바뀔 때마다 달라지는 그 모습이 눈이 아프게 아름답다. 불어오는 바람은 내 가슴에 차오르고 걸음마다 내 마음 자국을 남기며 걷는다. 이제 떨어진 밤은 청설모나 다람쥐 몫이다. 더러는 성한 것이 허리 굽은 할머니 눈에도 띄어 장에 내다 판 돈으로 어린 손자의 장난감이 되기도 할 것이다.

지리산 둘레길·1

오랜만에 다시 만나는 지리산은 그때나 지금이 변한 게 없다. 둘레길이 시작되는 주천에서 다음 코스로 가는 길은 개미정자가 있는 산으로 가는 길이 있고, 육모정과 춘향 묘를 지나 왼쪽으로 빠지는 계곡 길 두 갈래다. 두 길을 다 가보았지만, 나는 산으로 가는 것보다 물길 따라 걷는 길이 경치가 좋아 그곳으로 간다. 계곡을 따라 걸으며 눈으로 본 것을 그냥 가슴에 담아두어야 한다. 말로 섣부르게 표현한다면 그 순간 진정한 아름다움을 잃게 될지도 모른다.

그래서인지 계곡 길을 택하는 사람이 많다. 숲과 계곡의 풍경에 빠져들며 길 따라 걷다가 오르막이 끝날 즈음 그곳을 벗어나면 차도가 나온다. 거기서 조금 더 걸으면 회덕이라는 마을이 나오는데 내가 처음 둘레길을 걸으며 이틀을 묵었던 곳이다. 민박

집(마을 이장 집)이 있는 이곳은 지리산 자락의 전형적인 시골 마을이다. 오늘은 거기까지만 가볼 참이다.

배낭 하나만 둘러메고 쏟아지는 가을빛을 온몸으로 받으며 계곡으로 들어섰다. 깊은 숲속 그늘진 곳에는 슬그머니 가을이 찾아들었다. 사방으로 우거진 숲은 산바람에 파도처럼 일렁이고, 수풀 사이로 간간이 보이는 하늘은 맑고 푸르다. 멀리 보이는 산마루에 큰 구름 덩이가 걸려있어 마치 그림 속 풍경을 보는 것 같다. 멀리 보이는 가을빛으로 들어가면 빛은 내가 걸어온 것보다 더 멀리 물러나거나 사라져버린다. 그런 애틋함으로 지리산 가을 하늘은 항상 먼 그리움으로 가슴에 남는다. 산등성이에서 불어오는 바람은 이제 가을을 묻혀오기 시작한다. 또 한 번 맞는 가을을 고마워하며, 경배하는 마음으로 길을 걸을 것이다.

지난날 둘레길을 걸을 때는 걷고 있는 길보다 내일 걸어야 하는 길에 마음이 앞섰다. 가다가 만나는 것들을 건성으로 보아 넘겼다. 빨리 가야 한다는 생각에 천천히 머물다 갈 곳마저 스쳐보았다. 지금 생각해도 왜 그랬는지 모른다. 다음 코스에 정신이 팔려 앞만 보고 걷기 바빴다. 지금은 생각이 다르다. 풀숲이나 바위에 앉아 숲의 마음속으로 들어가 쉬어도 가고, 지난날 이 길을 오가던 사람들을 생각할 것이다. 마을 입구에 자리 잡은 느티나무의 마음도 되었다가 내가 걸어온 길을 가끔 되돌아보고 싶다. 지나온 길이 더 아름다울 수도 있음을 알고 눈에 보이는 모든 것들을 찬찬히 살피며 걸을 생각이다.

길은 언제든 받아주고 말없이 돌려보낸다. 걷는다는 것은 내가 나를 가장 사랑하는 시간이다. 늘 바쁜 시간 속에 언제 한번 나를 돌아볼 시간이 있었을까. 내 속에서 우는 이야기에 귀 기울여 본 적이 있었는가. 이제는 길을 걸으며 내 안의 소리도 듣고 울음에 귀 기울일 것이다. 표지목 화살표를 따라가는 발걸음은 하늘을 나는 새처럼 자유롭다. 그 시간 세상 어떤 잣대도, 남과의 비교도 의식할 필요 없고, 마음 안팎을 마음대로 오가는 진정한 해방감을 느끼고 싶다.

그런 경험은 내가 일상으로 돌아와 바쁜 삶에 내몰릴 때 급한 길일수록 돌아가라고 한다. 그리고는 주변을 찬찬히 살펴가며 살라고 속삭인다. 사랑하는 것들은 되도록 멀리 떨어져야 참으로 보이는가 보다. 항상 곁에 있어도 있는 줄 모르다 혼자 걷는 외로움 속에 비로소 가까이 있는 것의 소중함을 깨닫는다. 길을 걷는 것은 그렇게 나를 위로하는 따뜻한 마음의 배려다. 사물을 생긴 대로 사랑하고 세상을 있는 대로 보기가 왜 어려운지를 길을 걸으며 깨닫는다. 세상일을 내게 맞추려 하는 것과 내가 만나는 사람들이 내 뜻대로 되길 바라는 마음을 내려놓을 때…… 진정한 마음의 평화가 올 것이다.

지리산 둘레길·2

억새 흩날리는 둑길을 걸으며 3년 전 우연히 길에서 만난 노인을 생각한다. 같이 걸으며 억새밭 옆에 앉아 사과를 나누어 먹던 기억이 어제 같다. 일흔이 넘은 그는 일본 열도를 남북으로 걸어보았고 스페인 산티아고 순례자 길도 걸어보았다는 여행자의 모습을 하고 있었다. 집에서는 자기가 늘 하고 싶었던 붓글씨 쓰는 일을 낙으로 삼는다고 했다. 붓글씨를 쓸 때와 혼자 길을 걸을 때가 제일 행복하다며 사과를 껍질째 베어 물던 노인이었다. 그 나이에 손으로 사과를 쉽게 쪼개는 것이 놀라웠고, 반쪽을 다 먹고는 또 한 개를 통째로 베어 무는 것을 보고 참 튼튼한 이를 가졌다는 생각이 들었다.

그는 여러 나라를 다니며 길을 걸어보았지만, 나라마다 길의 풍경이 다르고 자기가 느끼는 감정이 달랐다고 한다. 그래도 우리나라에 있는 길을 걸을 때가 가장 마음이 편하다고 했다. 외국을 여행하다 보면 입이 벌어질 만큼 뛰어난 풍경도 많이 보았다고 한다. 스페인 산티아고나 다른 나라의 길을 걷다 보면 한국에서는 볼 수 없는 기막힌 풍경과 마주할 때가 있지만, 지나고 나면 머릿속에 기억으로만 남을 뿐, 그 감흥이 오래가지 않았다고 한다. 아마 내 나라 게 아니어서 더 그럴 것이라며 나를 쳐다보았다.

노인은 내 나라여서 그렇기도 하겠지만, 한국에 있는 길을 걸으면 어머니 품 안에 있는 것 같아 그렇게 마음 편할 수 없었다고 한다. 그러면서 자꾸 외국으로만 눈 돌릴 것이 아니라 먼저 한국 땅에 있는 길을 걷는 것이 순서라고 했다. 이것은 자기 경험이라며 혹시라도 내가 먼 곳으로 나갈 일이 있을 때, 한국에서 길을 걷는 것은 바깥에서 만나는 외로움을 이기는 좋은 스승과 같다고 했다.

온종일 노인과 같이 걷다가 또 헤어졌다가는 다시 만나는 일을 거듭하며 걸었다. 그다음 날은 새벽에 일어나 노인에게 먼저 간다는 말도 없이 혼자 걸었다. 더디게 걸으며 구석구석 둘러보는 노인의 느긋함이 어쩌면 답답했다. 빨리 가야 한다고 조급해하는 내가 노인을 부담스러워했는지도 모른다. 솔직히 말하면 그렇다고 할 수밖에. 내가 보면 아무것도 아닌 것에 흥분하는 노인이 못마땅했다. 함께 걷다가 길가에 핀 들꽃을 쪼그려 앉아 들여다보고 감탄하며 떠날 줄 모르는 것이 노인의 궁상으로 보였다. 별것 아닌 경치에도 사진 찍는 노인을 기다렸다가 가는 것이 때로는 짜증스러울 때가 있었다. 다음 날 새벽에 눈 뜨자마자 서둘러서 짐을 챙겨 민박집을 나온 이유였다.

저녁 무렵 민박집에 배낭을 벗은 다음 궁금한 마음에 노인에게 전화를 걸었다. 새벽 말없이 혼자 나와 노인이 서운했을 거라고 생각하니 미안한 생각이 들었다. 노인은 아직 그곳에 있었다. 지금 어디쯤이냐고 묻는 나에게,

"아, 나는 지금 어제 내가 하룻밤 신세 진 곳에 있지. 주인 양반과 같이 호두나무에 호두를 따러갔는데 너무 재미있어 시간 가는 줄 몰랐네. 마을 뒤에 오래된 작은 암자가 있는데 가보았더니 스님 한 분이 책 읽고 있더군. 나보고 들어오라고 하더니 차를 끓여 주는데 얼마나 향기롭고 맛있는지 형용할 수 없었네. 차 한 잔 마시는 시간 어둠이 내리는데……. 그 지리산 능선의 아름다움은 차마 말로 할 수 없었네. 뜻하지 않았던 장소에서 스님이 손수 끓인 찻잔을 들고 산을 바라보았다네. 막 어둠이 내리는 지리산 풍경은 이렇게도 만나는 것 아니겠는가. 그러는 자네는 지금 어디쯤인가."

노인의 목소리를 들으며 내가 있는 곳이 어디라고 대답 못 하고

그만 맥이 빠져버렸다. 평소 아무것도 아닌 것에 아름다움을 보는 마음, 호두 한 알에 감사하는 마음, 별것 아닌 경치에 감탄하는 노인의 마음을 오늘에야 알 것 같았다. 노인처럼 그렇게 되기까지 내게는 얼마만큼의 시간이 흘러야 하는가. 지금에 와서야 노인의 그때 목소리가 내 귀에 제대로 들린다. 만약, 그때 노인을 만나지 않았더라면 길 걷는 여행자의 참모습을 아직도 몰랐을 것이다. 길 위에서 만난 인연 하나로 밀미암아, 내 삶의 길에서나 땅위의 길을 걸을 때, 진정한 여행자의 모습이 몸과 마음에 제대로 입혀지는 것이다.

지리산 둘레길·3

오늘은 둘레길 8구간인 운리에서 덕산(사리마을)까지 삼십 리를 넘게 걷는 날이다. 내가 처음으로 힘이 부쳐 그만 돌아갈까 하는 생각을 했던 곳이다. 혼자 길을 걷는다는 게 생각 밖으로 힘들었다. 항상 숲길만 가는 것이 아니라 지루한 차도를 걸어야 하는 일도 있다. 때로는 실망스러운 길을 만나 이런 게 둘레길인가 싶은 곳도 있다. 그럴 때는 이곳을 왜 왔나 싶은 생각도 들게 된다. 우리가 알아야 할 것은 늘 좋은 경치만 만난다면 둘레길이 아니라는 것이다. 이런저런 온갖 환경들이 함께 버무려져 지리산 둘레길만이 가진 고유의 풍경을 만들어낸다.

그런 생각조차 않은 채, 어느 날 문득 가고 싶다는 생각이 들어 무작정 둘레길이 시작되는 처음 코스인 주천으로 갔다. 산행이 아닌 둘레길이라 아무런 준비나 계획도 없었다. 지리산을 한 바퀴 걸어서 돌아보는 일이어서 혼자 완주하고 싶다는 마음만으로 길을 나섰다. 처음에는 어쩌면 이렇게 좋을 수가 있을까 싶었다. 하루 이틀 지나면서 처음 가졌던 마음은 사그라지고 몸과 마음이 지쳐 좋은 것도 눈에 들어오지 않았다. 마음만 앞서 무턱대고 도전하다 보면 누구나 그런 시간이 있다. 하지만 포기하고 싶다는 마음을 이겨내고 목적지에 도착했을 때는 먼 길을 달려온 마라토너의 심정과 같을 것이다. 배낭을 벗을 때는 내가 해냈다는 성취감으로 가슴 뿌듯할 것이다.

눈에 보이는 사물이 자유롭지 못할 때 우리 또한 자유롭지 못하다. 길을 걷는 것도 시작과 끝의 관계를 잘못 생각해서 나의 자유를 먼저 찾으려 하면 사물은 제 속을 열어 보이지 않는다. 그것을 억지로 열려고 하면서 과장된 몸짓과 어설픈 생각들이 머릿속에서 삐져나오는 것이다. 사물에 자유를 찾아주는 일은 내 안의 자유를 찾는 일이다.

그러기 위해서는 고향 마을 논둑길을 걸어보고 내 곁에 가까이 있는 길부터 걸으며 낯을 익히는 일이 먼저다. 그런 예비 동작이 없다면 내가 맞닥뜨리는 어떤 일도 좋은 결과를 기대하기 어렵다. 무턱대고 마음만 앞서 길을 가다가는 얼마 가지 못해 몸과 마음이 지치는 시간이 온다. 준비 없이 시작한 일이 얼마나 무모한가를 깨닫게 되고 후회하게 된다. 처음 생각과 달리 혼자 길을 걷는다는 것이 얼마나 어려운가를 알기까지는 그리 오랜 시간이 걸리지 않는다.

　며칠을 길에서 보낸다는 것은 생각보다 어렵다. 하루 서너 시간 걷는 가벼운 산행이나 운동 삼아 걷는 것처럼 만만치 않다. 오랜 시간 혼자 걸으려면 체력보다 중요한 게 마음이다. 혼자서 걷는다는 것은 동반자가 있거나 아니면 여러 사람과 함께일 때와는 전혀 다르다. 다른 사람과 함께할 때는 힘들어도 서로 의지할 수 있고 이런저런 이야기를 나누다 보면 지루함을 잊을 수도 있다.

　혼자일 때는 나를 지키는 것은 자기 말고는 아무도 없다. 모든 것을 혼자 감당해야 한다. 진정으로 길을 걷는 참맛을 느끼고 싶다면 혼자 걷는 것이 좋다. 만약 동반자가 있을 때는 자연과 교감하는 어떤 내밀한 즐거움을 포기해야 한다. 길을 걸으며 무언가를 얻기 위해서는 혼자 걷는 외로움을 두려워하지 않아야 한다.

　걷는다는 것은 자신을 세계로 향해 열어놓고 자기 스스로 길을 내는 일이다. 걷는 동안은 가져야 할 것도 잃을 것도 없는 자신을 향해 떠나는 일이다. 걷다 보면 지금까지 내가 할 수 있을 거라고 생각지 못했거나 하지 않았던 것을, 내가 하고 있다는 사실에 놀라게 될 것이다. 길은 나에게 계속 앞으로 가고자 하는 욕망을 만들어준다. 그때부터는 기대하지 않았던 순간과 예상치 못했던 것

들을 만나고, 세상 무엇과도 바꿀 수 없는 선물을 안겨주는 일도
있을 것이다.

지리산 둘레길·4

둘레길을 가다 보면 도시에서는 볼 수 없는 좋은 경치를 자주 만난다. 눈에 익은 풍경이라도 걷는 길의 방향이나 보는 각도에 따라 다르다. 때로는 날씨와 내 기분에 따라 풍경이 다른 모습으로 다가오는 날도 있다. 좋은 경치는 어딘가에 정해진 것이 아니라 내 눈에 들어와 좋으면 그것이 전부다. 다른 사람 눈에는 별것 아니어도 내가 좋아 감탄하게 되면 좋은 경치다.

이런 것을 보면 아름다운 풍경은 내 눈 속에 있는 것이고, 마음에서 만들어진다는 것을 깨닫는다. 그것을 알고 나면 뜻하지 않은 장소에서 뜻하지 않은 풍경을 만나게 될 때, 이리저리 틀어도 보며 나 스스로 풍경을 만들어내기도 한다. 그러다 보면 무심히 지나쳐버렸던 어떤 것들은 평소 알고 있던 것과는 전혀 다른 모습으로 눈앞에 다가온다.

요즘 사람들은 흔히 외국의 어떤 경치에 사로잡혀 남들에게 자랑하지만 절대로 우리나라 산의 풍경과 비교할 수 없다. 세상 많은 사람의 눈이 다 그렇게 되다 보면 지리산 따위는 눈에 차지 않을 것이다. 그것은 길가에서 본 멋진 여자들만 보이지 함께 고생하며 찌들어버린 아내는 돌아보지 않고 없는 것과 같다. 사람들은 어디가 좋다고 소문나면 우르르 몰려가서는 정작 봐야 할 것은 제대로 못 보고 사람만 보고 온다. 그보다 알뜰살뜰 걸으며 자연과 함께 행복을 누리고 오는 일은 좀처럼 없다. 적막한 길을 혼자 걸을 때 자연과 나의 간절한 화해가 이루어지는 것이다.

길을 가다 해 질 무렵 서쪽 하늘을 선홍색으로 물들이는 노을의 장관을 보거나 막 떨어지는 붉은 해의 장엄함을 보게 될 때가 있다. 그때는 자리에 멈춰 서서 경배하는 마음으로 바라보게 된다. 비할 바 없는 자연의 아름다움과 마주하며 입이 벌어지는 일도 있다. 그런 순간은 그냥 '아'라고만 할 뿐 입을 다물어야 한다. 말을 하지 않아야 할 때가 있다. 그래야만 그 시간이 고스란히 내 것이 된다. 말로 표현하는 순간, 아름다움은 김빠진 맥주가 되고 만다.

그것은 아무리 뛰어난 작가의 글이나 화가의 붓으로 표현할 수 없다. 그때는 주위가 사라지고 노을과 내가 하나 되는 시간이다. 자연의 마음과 내 마음이 접점(接點)의 경계에 있기 때문이다. 그것을 사진에다 담아 오래 기억하고 싶어도 얼마간 시간이 지나고 나면 잊힌다. 스마트폰에 담긴 사진 몇 장 보는 것만으로는 그때 감정이 되살아나지 않는다. 그 순간 감동은 내 마음 안에 각인되어 평생 기억되는 까닭이다. 그것을 깨닫고 길을 걸으면 알게 되는 것이 있다. 내가 만나는 풍경들 사이로 부는 바람도 그냥 지나가는 게 아니라는 것과 어깨에 멘 배낭에도 바람은 한동안 머물며 쉬었다 간다는 사실이다.

사람은 살면서 사람과의 관계이든 사물과의 관계든 입을 다무는 것이 훨씬 이로운 여러 상황과 마주한다. 혼자 여행하며 만나는 어떤 것들은 내 안에 담아놓아야 할 뿐 말로 표현할 수 없는 경우가 그렇다. 말하지 않는 침묵은 현명함이 머무는 성전과도 같다는 말과 같이 그것은 말보다 더 높은 차원의 표현이다.

지리산 둘레길·5

땀 흘리며 오른 산마루에는 사방에서 불어오는 맑은 바람에 가슴까지 시원하다. 그 시간은 머리카락도 흩날리고 땀 젖은 얼굴 말리며 걸어온 길이 아름답게 보이는 순간이다. '내가 저 길을 걸어왔나' 하며 스스로를 대견해 하는 곳이다. 길옆 바위에 앉아 멀리 바라보이는 길이 멀리 산모롱이를 돌아가고 있다. 저곳을 돌아가면 또 다른 어떤 풍경이 기다리고 있을까 싶어 궁금한 마음이 앞선다. 가을이 오면 나는 마음에 돛을 올리고 한 마리 고추잠자리나 새의 마음이 되어 억새 휘날리는 길과 수풀 위를 날아다니는 것이다.

모롱이를 돌아가면 마을로 가는 길이다. 산 밑으로 내려가며 구름은 계곡 위 빈 하늘을 떠가고 흐르는 계곡물은 나날이 가늘어진다. 갈수록 가을 산은 비어가는데 바위 사이에 단풍은 곱기만 하다. 아무도 없는 산길을 걸으며 가벼운 바람에도 비처럼 떨어지는 낙엽을 보면 자꾸만 쓸쓸한 생각이 든다. 늦가을 엷은 햇살 속 쐐기풀 우거진 숲길을 생각에 잠겨 걷다가 문득 눈 한번 맞추지 못하고 눈감은 형의 얼굴이 생각난다. 말 한마디 못한 채 바람처럼 떠나버린 형이 정말 그립다. 어디선가 불쑥 내 이름을 부를 것 같은 생각에 빠져들 때면 온몸을 열고 형의 목소리를 들으려 하지만, 그럴수록 멀어지고 내 가슴을 떠돌던 음성은 물소리에 실려 금방 사라지고 만다.

누구나 사는 동안에 한 번
잊지 못할 사람을 만나고
잊지 못할 이별도 하지
도무지 알 수 없는 한 가지
사람을 사랑한다는 그 일
참 쓸쓸한 일인 것 같아

사랑이 끝나고 난 뒤에는 이 세상도 끝나고
날 위해 빛나던 모든 것도 그 빛을 잃어버려

– 양희은, 〈사랑 그 쓸쓸함에 대하여〉

노랫말처럼 때로는 산다는 게 참 쓸쓸하다. 사람 한평생이란 날이 새고 저무는 것과 같고 불어오는 바람이거나 그 바람에 모였다 흩어지는 구름 같다는 것을 안다. 만물이 사라지는 것은 태어남과 같은 것이고 자연의 신비라는 것도 안다. 어떤 기운들이 결합하여 생겨남이 있다면 그와 같이 해체되어 흩어지는 것이 만물을 보듬은 자연의 순리라는 것도 안다. 가을 하늘 아래 하늘거리며 떨어지는 은행잎은 다가오는 계절 앞에 이제 가을의 뒷모습을 남기려 한다.

가을은 억새와 함께 조용히 생각하는 계절이다. 작은 바람에도 잎들은 힘없이 떨어지고 꽃보다 아름다운 단풍은 온 산을 불태운다. 싸늘한 바람과 가냘픈 햇볕 아래 산길을 걸으며 내 곁을 영 떠나버린 인연들을 생각하는 마음이 애절하다. 생기고 사라짐도 없고, 오고 가는 것도 없다는 불교의 사생관은 우리에게 제행무상(諸行無常)을 가르치지만, 그래도 떠나는 것에는 언제나 쓸쓸함이 묻어있다. 평소 곁에 있을 때는 모르다가 떠나고 없어진 다음에야 애틋해지는 것이 사람 마음이다.

이번 길은 걷는 내내 까닭도 모르게 쓸쓸한 생각과 인생의 허무감에 빠져든다. 봄과 다르게 가을은 떠나는 것에 대한 애잔함이 스며있다. 사람의 인생도 세상에서의 존재에만 머물지 않을 것이다. 살아있는 동안 이룬 흔적도 중요하지만, 유성의 배후처럼 남겨진 흔적도 소중하다. 사람은 누구나 죽음으로의 떠남이 이 세상 실체성의 끝이라 생각할지 모른다. 그러나 죽음으로의 떠남은 더 위대한, 더 뜻깊은 생의 시작일지도 모를 일이다. 때가 되면 떨어지는 낙엽처럼, 내 인생의 마지막도 다음을 위해 기꺼운 마음으로 떨어질 것이다.

아내와 걷는 지리산 둘레길

몸 고생에다 마음고생까지 내가 아내 고생시킨 것을 생각하면 열두 번도 더 눈시울이 뜨거워진다. 추석날 아침 아내와 나는 지리산 둘레길을 간다. 이날 지리산을 가자고 한 것은 순전히 아내 생각이었다. 이런 걸 보면 아내에게 그렇게 미움받지는 않았나 보다. 아침 승용차로 둘레길 처음 구간인 주천 육모정 입구에 도착해서 걷기 시작했다. 내가 바라던 것이었는데 자청해서 길을 나선 아내가 고맙다. 처음 둘레길을 걸으며 아내와 함께 걸었으면 하는 마음이 들었고 언젠가 꼭 해보리라 생각하고 있었다.

앞서 걷는 아내의 뒷모습이 살찐 사슴의 엉덩이와 다리처럼 실하고 튼튼해 보기 좋다. 그 모습을 보다가 문득, 내가 저 모습을 몇 번이나 더 볼 수 있을까 하는 생각이 들자, 금방 이별이라도 하는 사람처럼 외로운 생각이 들고 눈시울이 뜨거워진다. 앞서가는 아내는 이런 나를 보지 못하니 오늘만큼은 뒤에서 마음껏 슬퍼져도 괜찮을 것이다.

내가 먼저 죽어야
마누라가 깨끗이 치워주지
하지만 늙은 홀어미를 자식들이 얼마나 구박할까
마누라 병구완을 하고
무덤이라도 가꾸어주려면
그래도 내가 더 오래 살아야지
오늘따라 오르막길이 숨 가쁘다

내가 먼저 세상을 떠야
영감인 나를 묻어주지
하지만 늙은 홀아비를 누가 곰살궂게 돌봐줄까
수의라도 제대로 입혀 보내고
제사를 챙겨 주려면
그래도 내가 더 오래 살아야지

김광규 시인의 「약수터 가는 길」이란 시다. 나는 아내와 이렇게 살고 싶다. 아직은 그럴 나이가 아니지만, 머지않아 아내와 내가 이곳에 머물 수 없는 시간이 올 것이기에 오늘따라 이 시가 떠올라 자꾸만 슬픈 생각이 들고 눈물이 나오려 한다. 빨리 오라며 손짓하는 아내를 애써 모른 척하지만 아내는 이상한 느낌이 드는지 자꾸 돌아본다. 눈치채지 않게 돌아서서 얼른 눈물도 닦고 코도 풀며 뒤따라 걷는다. 이런 내 모습을 내가 봐도 우습다. 가슴속으로 실컷 운 다음이라 마음은 후련하다.

얼마 전까지만 해도 돈 없고 시간 없는 사람들은 해외여행 같은 건 꿈도 꾸지 못했다. 지금은 걸핏하면 해외여행을 간다. 장소도 다양해지고 그리 큰돈 드는 일도 아니라 누구든 쉽게 갈 수 있다. 나는 그런 여행보다 아내와 함께 지리산 둘레길 전 구간을 걸으며 곳곳을 둘러보는 게 작은 꿈이다. 둘이서 함께 길을 걷는 것은 다른 여행에서는 맛볼 수 없는 부부간의 말 없는 대화라는 생각이 든다. 해외로 간다고 해도 비행기 안에서, 아니면 호텔에서나 여행 중에 할 수 있는 일 아니냐고 할는지 모른다. 부부가 오랜 시간 함께 길을 걸으며 자연과 교감하는 가운데 서로 주고받는 내밀한 느낌은 이런 시간이 아니면 만날 수가 없다. 살면서 아내와 내가 만들어가는 또 다른 삶의 한 부분이다. 그것은 부부가 함께 걸을 때 쏟아져 내리는 가을 햇볕 아래 밭두렁에서 익어가는 누런 호박 같은 모습이다.

이른 새벽길을 걸으면 넓은 들판에 깔린 옅은 안개가 논두렁을

싸고돈다. 산기슭으로 퍼져가는 모습은 맑고 하얀 종소리가 스미듯 새벽길 걷는 우리를 감싸고 어루만진다. 나란히 걷는 두 사람 발걸음 소리만 크게 들리다가 동틀 무렵 온갖 것들이 깨어날 때면 그 소리도 묻혀버리고, 밝아오는 하늘 아래 멀리 보이는 길의 풍경은 한 폭의 그림이다.

가을 길은 계절과 함께 사라지는 것들의 애잔함과 끝없이 순환하는 시간의 흐름과 마주한다. 이제는 이곳 길 위에서 어제 같은 외로움이 나를 울리지 않는다. 외로움이란 내가 아내에게, 아내가 나에게 서로 등을 기대고 울고 있는 것이다. 그냥 말없이 걷다 보면 어느 순간 서로의 가슴속으로 들어가는 현관 앞에 서서, 안에서 들리는 울음소리에 귀 기울이는 서로의 모습을 보게 될 것이다. 함께 길을 걷는 동안…… 아내는 '한 남자가 자신보다 오래 살아주기를 간절하게 바라는 세상에서 오직 하나뿐인 여자'라는 시인 — 유자효의 「아내」—의 말을 자꾸만 떠올리게 한다.

천왕봉과 고구마

    작년 11월 중순이 조금 지나고 지리산 천왕봉을 갔다. 승용차로 아침 일찍 창원에서 출발해 지리산 중산리 주차장에 도착했을 때는 날씨도 잔뜩 흐리고 겨울 문턱이라 바람이 차가웠다. 그때는 지리산 둘레길 구간을 몇 군데로 나누어 혼자 다니던 중이었다. 겨울이 오기 전 천왕봉도 오르고 싶었고 그곳에도 혼자 가고 싶었다. 주차장에 차를 두고 천왕봉으로 향했다. 겨울 문턱에 평일이라 그런지 산행하는 사람이 별로 보이지 않았다. 거의 대부분 혼자 산길을 걸으니 눈에 보이는 아름다운 풍경이 내 속으로 들어와 가슴은 지리산의 맑은 기운으로 넘친다. 법계사 중간쯤 가서는 간간이 싸락눈이 내렸다. 날씨가 잔뜩 흐리고 싸락눈이 큰 눈으로 바뀔지 모르지만 어쨌든 법계사까지는 제법 여유를 부리며 쉽게 올라갈 수 있었다.

그러나 법계사 주변에 모여있는 몇 명의 등산객과 정상에서 내려오는 사람들이 지금 기상 상태도 좋지 않고 정상 부근에는 눈이 쌓여 겨울 장비 없이는 위험하고 산행이 어렵다며 등산을 말렸다. 단체로 대구에서 산행을 왔던 사람들도 한참을 의논하더니 내려가 버렸다. 거기에 있던 사람들이 거의 내려가 버리고 몇 명은 그곳 휴게소에 머물렀다. 올라가는 사람 없이 혼자 가려니 조금 겁이 났다. 포기하고 내려갈까, 계속 올라갈까. 한참 고민하다 올라가기로 마음을 먹었다.

마음을 다잡고 올라가는데 바람은 더 사납게 불고 간간이 내리던 싸락눈이 제법 송이가 큰 눈으로 변했다. 굵어진 눈발이 바람과 같이 흩날리며 시야를 가려 앞을 분간할 수 없을 정도였다. 올라가는 길에 가끔 내려오는 사람만 한둘 만날 뿐 올라가는 사람은 없었다. 중간에서 만나는 사람들도 인사를 나누고 혼자 가는 나를 뒤돌아보며 약간 불안한 듯 "조심하세요." 하는 염려 섞인 말을 했다. 혼자인 것이 불안해 보였는지 몇 번이고 돌아보고, 얼마쯤 가다 다시 돌아보는 것이 마음에 걸렸다.

불안한 마음을 억누르며 한참을 오르다 보니 멀리 정상으로 오르는 길이 보였다. 정상이 가까울수록 바람이 거세게 불어 몸 가누기도 힘들 지경이었고, 그렇게 한참을 가도 길은 갈수록 더 멀어지는 것 같았다. 눈으로 볼 때는 가깝게 보였는데 정상까지는 먼 길이었다. 마음만 급해지고 아무리 가도 길은 끝이 없었다. 눈 속을 힘들게 오르다 보니 힘이 들고 갈수록 배가 고팠다. 배낭에는 도시락도 없고 비상 식품도 없이 코펠과 컵라면 두 개뿐이었다. 어제저녁 잠자리에 들 때, 정상 부근 적당한 데로 가서 산 아래를 내려다보며 버너로 물을 끓여서 컵라면을 맛있게 먹겠다는 생각에 입안에 침까지 고였다. 그렇게 먹는 라면이 얼마나 맛있을까 하는 꿈에 젖어있었다.

그러나 이 바람 속에서는 도저히 그렇게 할 수가 없었다. 달콤한 생각이 물거품이 되고 나니, 배는 더 고파져서 체력이 급히 떨어지는 것 같아 겁이 덜컥 났다. 준비성 없는 내 경솔함이 한심하기도 하고 스스로 화가 났다. 지금 이 고생은 해도 싸다 싶은 생각이 들었다. 그러다가 높이 올라가야 하는 계단을 만났다. 배도 고프고 힘이 빠져 나무계단 입구에 털썩 주저앉아 버렸다. 히말라야 산맥에서 목숨을 잃은 산악인들 생각이 머릿속에 떠오르기도 하며 오도 가도 못하는 지금 상황이 두렵고 다시 갈등이 생기기 시작했다.

욕심이 앞서 무리한 산행을 하다 사고라도 나면 어찌할까 싶어 두려운 생각이 들었다. 이렇게 허기진 배로는 도저히 정상에 오를 자신이 없어져 오늘은 내려가고 다시 오기로 마음을 바꾸려는 순간, 번개처럼 배낭에 들어있는 고구마 하나가 생각났다. 너무도 반가워 고구마를 꺼내 계단 입구에서 바람을 등지고 쪼그려 앉아 껍질도 벗기지 않고 허겁지겁 먹었다. 언 손으로 물병을 꺼내 물을 마시고 나니 금방 체력이 돌아오기 시작했다. 그 고구마 한 개의 힘으로 거친 눈보라를 헤치고 천왕봉 정상에 올랐다.

내가 먹은 고구마는 길을 떠나기 전 아내가 싸준 것이다. 배낭이 무겁고 귀찮아 그냥 두라며 고집을 부리던 내 말을 듣지 않고 '그래도 혹시 모르니 가져가 봐요' 하며 끝까지 포일에 싸서 배낭 안에 넣어준, 아내의 주먹보다 훨씬 큰 노랗고 못생긴 호박 고구마였다.

사랑하는 한 사람의 아내를 아는 것은 천 명의 여자를 아는 것 이상으로 모든 아내 된 여자들의 마음을 알아가는 것이다. 그런 생각에 젖어 진정으로 아내에게 고마워하며 지금 몸속에 퍼져있는 고구마의 기운과 그 안에 담겨있는 아내의 따뜻한 온기로 산에서 내려오는 내내 행복했다.

화도 때로는 약이 될 때가 있다

　작년 봄 불갑산 산행 때의 일이다. 상사화 축제 기간에 동료 몇 명과 불갑사와 불갑산 주변을 둘러보고 왔다. 서너 곳을 바쁘게 옮겨 다니느라 불갑산의 아름다운 풍광을 제대로 볼 수 없었다. 아쉬움이 남았던 차에 요행히 매달 산행을 하는 산악회 동료들과 불갑산을 다시 갈 수 있는 기회가 있었다. 백제불교 초전법륜(初傳法輪)의 성지라는 역사적 의미와 함께 불갑사를 품고 있는 주변의 산은 지리산 끝자락 산들의 온화함이 있다. 거기에다 큰 산이 갖추고 있는 온갖 모양들을 다 가졌다. 능선과 바위, 그리고 골짜기의 생김새가 웅장하지는 않지만 깊은 산의 정취를 느낄 수 있는 산이다.

　산 위에서 절의 모습도 보고, 옛날 인도의 승려 마라난타 화상이 중국을 거쳐 이곳으로 건너온 자취를 더듬어 보고 싶었다. 오랜 옛날 깊은 이야기가 스며있는 길을 걸으며 그때 그 시간으로 들어가고 싶었다. 불갑사를 지었던 당시의 사람들을 만나 절을 짓는 일도 함께하며 그들과 이야기하는 시간도 갖고 싶었다. 상상 속의 나와 함께 떠나는 마음의 여행은 마라난타 화상과도 이야기 나눌 수 있다. 부처님을 참배하고 때로는 아주 가까이서 그 뒤를 따라가며 천천히 산길을 걸을 수도 있다.

이런 꿈같은 상상을 하며 불갑사 주차장에 도착하니, 마침 주말이라 각지에서 온 수많은 차와 사람들로 절과 산길을 온통 덮어버릴 듯했다. 붐비는 시장 바닥처럼 북적대고 시끄러워 꿈속을 거닐다 갑자기 뚝 떨어진 것 같았다. 수많은 사람으로 붐비는 시장 안으로 들어와 버린 것 같은 느낌이 들었다. 마라난타 화상도 절을 지었던 고대인들도 놀라 멀리 숨어버릴 것만 같았다.

차에서 내려 산행대장으로부터 간단한 주의사항을 들은 후 동료 회원들과 후배 동생과 함께 산길을 들어서니 등산길은 붐비는 등산객들로 마음대로 걸을 수조차 없었다. 하지만 울창한 숲과 주름치마처럼 겹을 이루며 뻗어있는 산맥의 풍경이 아름다웠다. 골짜기와 능선을 따라 고갯길이 바뀔 때마다 달라지는 경치에 눈과 마음이 끌려 천천히 산행이 지루하지 않았다. 오히려 더 즐겁다는 생각을 하며 정상 부근까지 올라갈 수 있었다.

천천히 가는 산행 탓으로 점심때가 지나 배가 고팠지만 평평하고 좋은 자리는 이미 먼저 온 등산객들로 빼곡히 메워져 있어 두 사람조차 앉을 만한 자리를 찾을 수가 없었다. 수많은 사람으로 차 있는 정상 부근을 만약 하늘에서 내려다본다면 등산객들이 입고 있는 화려한 옷 색깔들로 그 모습이 상사화 꽃무리보다 더 화려할 것 같았다. 비탈진 곳에 겨우 자리를 찾아 뒤에 오는 일행들을 기다릴 틈도 없이 동생과 비쁘게 점심을 먹었다. 얼마 남지 않은 정상으로 가던 중, 마땅한 자리를 찾지 못해 비탈진 곳에서 우리 일행 모두가 모여 때늦은 점심을 먹고 있었다.

동생과 내가 점심을 먼저 먹은 줄 모르는 일행들은 우리가 배부른 줄도 모르고 이것저것 먹으라며 챙겨주었다. 권하는 음식을 일행을 기다리지 않고 먼저 먹어버린 미안함을 감추느라 주는 대로 받아먹으니 숨도 쉴 수 없이 배가 불렀다. 따라주는 막걸리도 사양하지 않고 두 잔이나 받아먹은 다음 잠시 쉬지도 않고 곧바로 올라갔다.

얼마쯤 산길을 걸으니 배가 살살 아프고 가슴도 답답해지며 얼굴에는 식은땀이 났다. 과식에다 급체였다. 배가 아파 걷기가 힘들었다. 일행들에게 민폐 끼치기 싫어 내색하지 않고 걸었다. 정상 바로 가까이 높은 철계단에 와서는 다리근육까지 경직되어 다리에 쥐가 났다. 있는 힘을 다해 아픈 다리를 주물러가며 억지로 올라가서는 그만 하늘이 노래져 바위에 드러누워 버렸다. 뒤이어 올라온 일행들은 온갖 모습으로 사진을 찍으며 추억 만들기에 분주했다. 눈치를 챈 동생이 등을 두드리고 물 마시기를 권했지만 견디기가 더 어려웠다.

그 사이 대부분 사람은 내려가 버렸고, 나와 함께 뒤에 남은 몇 명은 뒤늦은 사진 찍기며 볼일들을 마치고 내려갈 채비를 했다. 그런데 문제는, 산행하기 전 산행대장이 정상에서 하산할 때에는 반드시 오른쪽 길로 하산해야 한다는 당부를 수차 했음에도 일행 중 나이가 지긋이 든 경험이 많아 보이는 사람이 굳이, 내려가기 편하고 빠른 왼쪽 길로 가야 한다며 계속 고집을 피운 것이다. 그 바람에 사람들도, 나도, 동생도, 얼떨결에 비실비실 따라가고 말았다.

산행대장의 말이 생각나 아무래도 불안하고 찝찝한 생각이 들었지만, 나이도 있고 산행 경험이 풍부하다는 주변의 평판도 있어 믿고 따라가기로 했다. 한참을 내려가는데, 등산객 두 명이 땀을 흘리며 올라오고 있었다. 잠시 뒤 먼저 간 일행을 뒤따라 부부로 보이는 두 사람이 올라오고 있었다. 이상한 생각이 들어 그들에게 물어보니, 이 길은 내려가는 길이 아니라 약초꾼들이 다니는 길이어서 가다 보면 길이 없어져 버린다고 했다. 다시 되돌아 올라가 오른쪽으로 내려가야 한다며 자기들도 모르고 내려갔다 다시 올라오는 길이라고 했다.

비상약 한 알 없는 지금의 내게 이런 낭패가 또 있을까 싶었다. 배는 뒤틀리고, 얼굴에는 식은땀이 흘렀다. 다리에는 자꾸만 쥐가 나서 죽을 지경인데 그래도 나이가 든 사람은 이 길이 틀림없이 바르다고 끝까지 고집을 부렸다. 순간 머리끝까지 화가 나서 "아니, 무슨 고집이 그리 셉니까! 내려갔던 사람이 길이 없어 다시 올라오는데 무슨 똥고집을 그리 피웁니까! 가고 싶으면 혼자 가세요! 우리가 지금 약초 캐러 왔습니까?" 큰 소리로 고함을 지르고 뒤돌아보지도 않고 오던 길을 되돌아 올라갔다.

너무 화가 났지만 아무에게도 화를 낼 수도 없고, 길을 가리키는 안전 산행 리본이 나뭇가지에 걸려있는 바른길을 두고 줏대 없이 따라간 자신에게 화가 났다. 잘못 없이 나를 따라온 동생마저 그 순간은 밉게 보였다. 그렇게 고삐 풀어놓은 망아지처럼 씩씩거리며 산길을 한참 걷다 보니 뒤에서 동생이 큰 소리로 부르는 소리가 들렸다.

"형님! 같이 갑시다!" 가쁜 숨을 몰아쉬며 가까이 온 동생을 쳐다보니 땀으로 범벅된 얼굴에 장난기 섞인 웃음이 가득했다. "형님! 제발 천천히 같이 갑시다. 어째 염소보다 더 빠릅니까. 그라고, 아픈 것 어떻게 됐습니까? 이제 괜찮습니까." 동생 말을 듣고 보니 내 몸이 나도 모르는 사이에 나아져 얼굴에 식은땀도 사라지고 다리근육의 경직도 풀어져 내 몸이 거짓말처럼 가벼워져 있었다.

참 신기한 생각이 들었지만 금방 내색을 하는 것이 민망해 아무 말도 하지 못하고 그냥 입속말로 응, 조금……. 그러자 동생이 하는 말. "형님 뒤에 따라오는 분이 그러는데, 지금 형님 몸 상태를 보니 형님이 급체로 속이 뒤엉켜 몸의 기운이 밑으로 다 내려가 다리도 굳어 쥐가 나고, 얼굴에는 식은땀이 나도록 기운이 밑에서 뭉쳐있었는데, 형님이 불같이 화를 내고 산길을 내달리다 보니 그만 아래로 뭉쳐있던 기운이 위로 치솟아 오르면서 속을 '뻥' 뚫어버렸답니다. 그럴 때는 사람 인체가 막힌 하수도 원리하고 같답니다."

꺼억~ 트림도 나오고 속은 편안해졌지만, 겉으론 뭘 그럴까, 그저 해보는 소리겠지. 하며 대수롭지 않은 듯 말했다. 하지만 그분 말이 틀림이 없다며 동생까지 정색하며 하는 말에 나도 그만 지금의 일을 믿을 수밖에 없었고 슬며시 호기심 같은 것도 생겼다. "노여움이 생기면 기(氣)가 위로 치밀어 오른다."라는 『동의보감』을 지은 허준 선생의 말이 생각났다.

"아닙니다. 형님! 저분은 한의학을 공부한 분이라 전문갑니다.

형님한테는 아까 나이 든 그분이 화타(華陀, 고대 중국명의)입니다. 고맙다 하이소." 동생 말을 듣고 보니 정말 그럴 것도 같았다. 어쨌든 몸도 컨디션이 돌아와 가벼워졌다. 즐거운 마음으로 산에서 내려올 때는 나의 급체와 조금 전의 일들로 모두가 전문 산악인, 한의학 박사, 경혈(經穴)에 관한 전문가가 되어 길을 걷는 내내 웃고 떠들어대느라 산속이 떠들썩했다.

돌아오는 차 안에서 이제 좀 괜찮아요? 웃으며 물어오는 그분에게 참지 못하고 불끈 화를 낸 자신이 우습고 부끄러워 고개를 들 수가 없었다. 그러나 그날 동행한 한의학 박사님들의 경혈 진단 결과를 그때만큼은 믿을 수밖에 없었다. '화를 내는 것도 때에 따라 때로는 약이 될 수도 있다'는 것이 오늘의 내 경우를 보면 사실일 것 같았다.

세상에는 끝까지 나쁜 것도 없고, 끝까지 좋은 것도 없으며, 끝까지 이로운 것도 끝까지 해로운 것도 없다. 이런 불교적인 성찰이 아니더라도 그날 하루의 일들을 겪으며 나에게는 오늘의 일이 또 다른 작은 깨달음이었다. 그 경험은 평생 잊지 못할 기억으로 남아 오래도록 나와 함께 할 것이다.

새벽에 깨어나 어제처럼 마라난타 화상을 생각했다. 대사와 함께하는 꿈속 같은 일을 상상 속으로 들어가는 '마음의 여행'에서는 할 수 있는 것이다. 나의 영육(靈肉)이 대사와 오랜 시간을 함께하였기 때문일까……. 대사의 원력(願力)이 내게 전해져 오는 것 같아 기분은 맑고 편안했다.

물메기 사랑

작년 초겨울 불교 학당에서 공부하는 사람 몇 명과 함께 진해 천자봉 산행 때의 일이다. 모두 같은 지역에 있는 사람들이라 안민고개 부근 등산로 입구에 모이기로 했다. 평소 잦은 산행으로 익숙했던 산이어서 가벼운 마음으로 산행을 시작했다. 하늘은 구름 한 점 없이 푸르고 초겨울이었지만 바람도 차갑지 않았다. 맑고 시원한 느낌마저 들어 산행하기에는 아주 좋은 날이었다.

진해 천자봉 산행은 산꼭대기가 아니면 정상 부근 능선길이 넓고 편하게 만들어져 있다. 오른쪽으로는 멀리 아름다운 해안선과 바다가 보이고 왼쪽으로는 불모산 숲과 계곡이 내려다보인다. 정상으로 난 길을 걸을 때는 눈을 가리는 것이 없어 사방으로 보이는 경치가 일품이다. 멀리 불모산 품에 안긴 듯 옹기종기 모여있는 성주사 절집도 보인다. 정상으로 가는 길은 힘들지 않고 누구나 가볍게 걸을 수 있는 길이다. 일행 모두는 즐거운 하루를 예감하며 조금은 기분이 들떠있었다.

온갖 일상의 이야기들을 나누며 산길을 걷다 보니 모두가 즐거웠다. 그러다 일행 중 누군가가, 며칠 전 불교대학 법사님이 말씀하기를 우리가 현생에서 지은 업(業)에 따라 다시 생명을 받게 된다고 했는데 그것을 믿느냐고 했다. 사람마다 생각이 달랐다. 그러자 말을 꺼낸 사람이 우리가 만약, 지은 업에 따라 다음 생에 물고기로 태어나야 한다면 어떤 물고기로 태어나고 싶으냐고 물었다. 그 말에 일행들은 자연히 다음 생에 태어나야 할 물고기 이야기로 떠들썩하며 모두 신이 났다.

어떤 회원은 자기는 고래로 태어나서 남극이나 북극의 얼음 바다에 가보고 싶다고 했고, 어떤 이는 상어로 태어나서 온갖 물고기들의 우두머리가 되고 싶다고도 했다. 또 어떤 이는 자기는 새우로 태어나서 고래들이 싸우는 곳만 찾아다니고 싶다는 다소 자학적인 이야기를 해서 우리는 배를 움켜잡고 웃었다. 여자들 차례가 되어서는 돌고래로 태어나고 싶다는 사람과 인어로 태어나고 싶다는 사람이 있었다. 그러면서 인어는 물고기가 아니다, 맞다 하는 이야기로 한바탕 시끄러웠다.

결국, 내 차례가 되어 나는 웃으며 물메기가 되고 싶다고 했다.

모두 조금은 의아해했지만, 그땐 그냥 무심히 지나쳤다. 조금은 들뜬 마음으로 정상 부근에 와서는 라면을 끓이고 커피도 끓여 마시며 푸짐한 점심을 맛있게 먹었다. 내려오는 길도 오를 때와 마찬가지로 웃고 떠들며 즐거웠다.

며칠이 지나 회원들의 정기 모임이 있는 날이었다. 회원 전부가 오기를 기다리는 그 자리에서 누군가가 내게 "그날 무슨 이유로 물메기가 되고 싶다고 하셨는지요." 물었다. 집에 돌아가 잠자리에서 그날 일을 생각하다 내가 한 이야기가 궁금해져서 오늘 꼭 물어보리라 마음먹었다고 했다. 그러자, 그날 동행했던 일행들도 이구동성으로 그 이유를 듣고 싶다고 했다. 그냥 농담으로 해본 소리라며 극구 사양을 하는데도 이야기해달라는 성화를 도저히 피할 수가 없었다.

하는 수 없이 평소 마음에 담아두었던 이야기를 해버렸다. "예, 저는 물메기가 되고 싶다고 했습니다. 그 이유는 제 아내가 제일 좋아하는 물고기가 물메기입니다. 아내는 아무리 입맛이 없고 몸이 지쳐 있어도 물메기로 끓인 국만 보면 금세 표정이 밝아지고, 눈빛도 생기가 돕니다. 뜨거운 국을 입을 오므려 후~ 후~ 불어가며 정말 맛있게 먹습니다. 그 모습을 옆에서 보고 있으면 그 순간 마음이 편안하고 참 포근해집니다. 나에게 다음 생이라는 게 있어 지금의 아내와 함께할 인연을 다시 준다면, 아내와 함께하는 다음 생에 내가 물고기로 태어나야 한다면, 그렇게라도 아내와 다시 만날 수 있다면, 주저 없이 물메기로 태어나고 싶습니다."

이야기를 마치고 사람들 표정을 보았다. 모두 손뼉을 치고 아내에 대한 사랑이 대단하다며 공감하는 듯 보였다. 하지만, 어떤 친구는 "놀고 있네, 너 혼자 물메기 하고 실컷 놀아라." 또 어떤 회원은 "혼자 잘났네." 또 어떤 이는 "어휴~ 팔불출, 지질하고 못난 놈." 모두가 이렇게 말하는 것 같아 몹시 부끄러웠다. 괜한 이야기를 했나 싶기도 하고 그냥 끝까지 이야기하지 말아야 하는데 싶어 후회스러웠다. 내가 생각해도 나 자신이 영락없는 팔불출 같았고, 이야기 하고 난 다음에는 얼굴이 화끈거렸다. 하지만 그중에 어떤 이는 나와 같은 물메기과가 있는 것도 같았다.

다시 태어난다면 나 역시 고래나 상어로 태어나고 싶다. 때에 따라 온갖 곳을 돌아다니며 오래 살기도 하는 거북이 같은 다른 물고기로도 태어나고 싶다. 그러나 다음 생을 아내와 함께 하는 상황에서 그중 하나를 선택해야 한다면 망설임 없이 물메기를 선택할 것이다. 이렇게 나는 진정으로 좋은 물메기가 되고 싶은데 지금껏 그것이 너무도 힘이 든다. 태산을 옮기기보다 더 어렵다. 하지만 아무리 어렵고 힘들어도 내가 아내와 함께하는 날까지 지금 이 마음이 변하는 일은 없을 것이다. 어쩌면 지금의 내 삶도 좋은 물메기가 되어가는 인생의 긴 여정 중 한순간이 아닐까.

혼자서 하는 산행의 즐거움

산행의 진짜 맛은 혼자, 단 혼자 하는 데 있지 않을까 싶다. 배낭을 메고 길을 나서는 순간, 아무도 모르는 나 자신만으로 어쩌면 세상에 있으나 마나 한 존재로서 나는 자유로운 사람이 될 수 있다. 그만큼 외롭고 허전한 것 같지만 반대로 흐뭇하고 마음껏 자유롭고 풍부해질 수 있다. 이렇게 혼자 산길을 걷는 것은 자신을 세계로 자연 속으로 열어놓는 것이다. 다리와 온몸으로 걸으면서 나는 내 실존에 대한 행복한 감정을 되새긴다. 그러나 만약, 산행의 동반자를 갖게 된다면 나는 자연과 하나 되어 교감하는 어떤 내밀함을 포기해야 할지도 모른다.

산행을 혼자 갔을 때 제일 많이 듣는 소리가 혼자면 무섭거나 심심하지 않으냐는 질문이다. 길을 가다 사람들을 만나면 자주 듣는 소리지만 지금은 그 소리가 인사처럼 정겹게 들리고 싫지 않다. 작년 11월 중순 산도 붉고, 물도 붉고, 사람마저 붉다는 지리산 피아골 단풍 숲을 걸었다. 그곳을 지나 목아재, 봉애산 산길을 따라 한참을 걸어가는 능선 길이었다. 지리산 묵은 나무에서 솟은 붉은 색들과 산의 속살까지 물들이는 선홍빛들은 말을 잊게 하는 아름다움이었다. 온 산을 불태우는 단풍 숲속을 꿈을 꾸듯 걸어갔다. 굽은 길을 돌아갈 때마다 달라지는 주변의 경치와 옅은 햇살이 넓게 퍼져있는 저물녘 지리산의 풍광을 어떻게 말로 표현할 수 있을까.

어떤 소리도 들리지 않고 어설픈 표현 같은 건 사라져버리게 하는 시간, 산과 산길은 오랜 옛날부터 그냥 그대로 있을 뿐이다. 나는 그곳에 멈추어 지팡이에 몸을 실은 채 멍하니 서서 자연이 주는 행복을 온몸으로 맛보며 오랫동안 그 풍경을 바라보았다. 어쩌면 내가 지리산을 좋아하게 된 이유를 이곳에서 갖게 되었는지도 모른다. 그 시간 내가 본 것을 아무에게도 말하지 않고 내 기억의 책상 서랍에 소중히 담아놓을 것이다. 입을 여는 순간 그 아름다움이 사라질 것만 같았다.

아름다운 풍경이 너무 아쉬워 자꾸만 멈춰 서서 지나온 길을 뒤돌아보며 걷다 보니 해는 떨어져 어두워지려 한다. 약간은 걱정스러운 마음이 들어 바쁜 걸음으로 산 아래로 달리듯이 내려가다 보니 배도 고프고 다리도 점점 아파져 왔다. 한참을 내려갔을 때다. 어두워 더는 갈 수 없을 즈음, 반갑게도 저쪽 산기슭에 농막처럼 생긴 허름한 집 같은 게 있었다. 다행히 그곳엔 약초나 버섯을 채집해 말려서 장에 내다 팔기도 하는 사람이 살고 있었다. 나처럼 산행하는 사람들에게 약간의 돈을 받고 음식을 해주기도 하는 중년을 조금 넘은 두 내외가 사는 집이었다.

사정을 이야기하고 식사와 잠잘 곳을 부탁하자 흔쾌히 맞아주는 두 내외가 고마웠다. 잠잘 곳에 배낭을 내려놓았다. 세수하는 작은 샘터 울타리에는 분꽃과 나팔꽃이 심겨있었다. 분꽃은 피어 있었지만, 나팔꽃은 꽃잎을 오므리고 밝은 속살을 감추려 한다. 수건으로 얼굴을 닦으며 바라보는 지리산은 정말 아름다웠다. 멀리 첩첩이 보이는 부챗살처럼 뻗어있는 능선도 장관이다.

"저녁 자셔야지요." 오랜만에 들어보는 산골 아주머니의 목소리가 살갑게 들린다. 허기진 뒤라 이곳 산속에서 채집한 귀한 버섯과 나물로 만든 산골 음식을 배부르게 먹었다. 구수한 숭늉까지 끓여주는 인심에 마음이 푸근해져 그 순간은 아무것도 부러울 게 없었다. 내가 소유할 것도, 잃을 것도 없다는 여유로움으로 세상 온갖 욕심을 내려놓는 시간이었다. 포만감에 가벼운 졸음이 몰려오고, 뜨끈뜨끈한 온돌방에 잠깐 등을 붙이고 드러누우니 몸도 마음도 풀어져 버렸다. 오늘 눈으로 본 풍경들이 봄날 아지랑이처럼 아물거렸다. 감고 있는 눈 속으로 떠올랐다가 맴돌며 잠이 쏟아졌다.

걱정했던 잠자리도, 어설프게 비닐로 만든 비닐하우스 같은 곳이지만 그 안이 뜻밖에 따뜻했다. 온 사방이 비닐로 둘러쳐져 있어, 하늘이 온통 열려있고 드러누워 보이는 하늘에 별이 총총하다. 전등을 끄니 별빛이 안으로 쏟아졌다. 깊은 산속에서 비박한 것보다 더 좋았다. 오늘 산행은 가슴속에 오래도록 지워지지 않는 깊은 추억으로 남을 것 같았다.

마음이 바빠 산길을 뛰듯이 걷느라 물에 젖은 솜처럼 몸이 지쳐있었다. 배부른 포만감에 나도 모르게 정신없이 깊은 잠에 곯아떨어졌다. 얼마나 깊은 잠이 들었을까. 한밤중, 바람 소리에 놀라 잠이 깨는 바람에 눈을 떴다. 그 순간, 평소 다른 곳에서 보는 것보다 훨씬 밝고 커다란 보름달이 바로 내 눈앞에 있었다. 믿을 수 없는 커다란 모습으로 캄캄한 산속 하늘에 둥실 떠있지 않은가.

가장 짙은 어둠 속에서 비치는 빛이 가장 강렬하듯 휘영청 크고 밝은 보름달이 바로 내 코앞에 떠있는 꿈 같은 순간이었다. 달빛으로 넘쳐나는 비닐하우스 안에 누워 내 평생 두 번 경험할 수 없는 밤을 보냈다. 달과 달빛의 아름다움에 그만 울컥 눈물이 나올 뻔했다. 혼자만의 산행이 아니었다면 이런 평생 잊지 못할 경

험을 하기는 어려울 것이다. 혼자서 하는 산행은 생각지도 못했던
이런 기쁨도 있다.

팔용산 저수지 둘레길·1

    팔용산 저수지 물빛에 봄이 깃들었다. 저수지 둘레길은 수없이 걸었지만 갈 때마다 저수지 물빛이 다르다. 햇빛에 따라 다르고 비치는 방향 따라 다르다. 엄밀히 이야기하자면 내 마음 기분에 따라 물빛이 바뀌는 것이다. 마음속 생각이 엉켜있을 때는 맑은 날에도 물빛이 흐리고 기분 좋은 날에는 흐린 날에도 물빛이 맑다. 저수지 둘레길은 부자도 가난한 사람도 배운 사람도 못 배운 사람도 함께 걷는 길이다. 잠시나마 돈 걱정과 삶의 번뇌를 내려놓고 누구나 평등하게 활보하며 걷는 길이다.

    나는 책상에 앉아 생각이 막힐 때나 가슴이 답답할 때 팔용산을 찾아 저수지 길을 걷는다. 물과 나무를 보며 걷고 있으면 막혔던 생각이 차츰 풀린다. 책상 앞에서는 풀리지 않던 것도 저수지 둘레길을 걸으면, 엉킨 실타래에서 처음 가닥을 찾아 손에 쥐게 되는 것이다.

팔용산 저수지 둘레길은 내게는 생각의 창고다. 책상에 앉아 글을 쓰다 머릿속이 막히고 갑갑해지면 등산로 입구에 차를 세우고 산으로 올라간다. 철길을 건너 산길로 들어서면 금방 머리가 맑아지고 새로운 생각들이 움트는 것을 느낀다. 걷는다는 것은 나 자신을 직접 대면하게 만들고 책상에 앉아 안락하게 사고하던 자신을 스스로 해방하는 것이다. 어떤 길이든 길을 걷는 것은 저 자신에게 길을 내는 것 아닐까. 한참을 걷다 보면 거의 예외 없이 달라진 내 모습을 본다. 팔용산은 크고 깊은 산은 아니지만, 등산길은 거미줄처럼 연결되어있다. 어디를 가든 물이 아래로 흐르는 것처럼 저수지로 내려가는 길이 있다. 온종일 돌고 돌아도 산속을 벗어나지 않는다.

그 안에는 암자도 있고 젊은 날 군에서 훈련받던 유격장의 흔적도 남아있다. 산을 자주 오르내리다 보면 덩치는 작지만 큰 산이 가지고 있는 여러 가지 특징을 고루 가진 산이라는 생각을 하게 된다. 도시 한가운데 있는 산이라 겨울에는 큰바람이 불지 않는다. 여름에는 어디든 나무 그늘로 햇볕이 따갑지 않아 시원하다. 가을에는 잡목이 많아 온 사방이 단풍으로 오랫동안 아름답다. 늦은 가을이면 참나무와 밤나무가 많은 숲에 떨어진 열매를 먹고 있는 다람쥐와 청설모는 사람을 겁내지 않는다. 내 서재와 가까운 곳에 이런 산과 산속 호수 같은 저수지를 두고 있다는 것은 큰 복이다. 조금 떨어진 곳에 엄청나게 큰 정원을 두고 있는 것이나 마찬가지 아닐까.

요즘 내 사색의 원천은 산과 저수지 둘레길인지도 모른다. 만약에 산에 저수지가 없었더라면 가까이 있는 다른 산을 찾았을 것이다. 그 산들은 팔용산과는 다르다. 등산을 목적으로 한다면 마땅히 다른 산을 가야겠지만, 사색의 장소를 찾는다면 팔용산과 저수지 둘레길이다. 가쁜 숨을 몰아쉬고 땀 흘리며 올라가는 산길이 아니고 그곳은 편안하게 뒷짐 지고 생각에 잠겨 걸을 수 있는 곳이다.

나는 저수지 둘레길을 걸을 때 정한 원칙이 있다. 반드시 왼쪽 시계방향으로 걷는 것이다. 처음에는 왼쪽 오른쪽 가리지 않고 걸었다. 그러나 자주 걷다 보니 저절로 왼쪽으로 걸음이 떼어지는 것이다. 오른쪽 시계 반대방향으로 걸을 때는 뭔가 모르게 어색한 것 같고 거꾸로 간다는 느낌이 들었다. 머리도 맑아지는 느낌이 들지 않았다. 그러나 시계 방향으로 걸을 때는 몸부터 가벼워지는 느낌이다.

걸을수록 그런 기운이 느껴져 왜 그럴까 하는 호기심에 내가 알아낸 것을 일일이 설명할 수는 없다. 하지만 절에서 하는 탑돌이도 반드시 시계 방향으로 도는 이유는 자연과 사람이 가진 기운에 관련한 깊은 뜻이 숨어있을 것이다. 그런 생각이 절대적인 것은 아니지만, 수천 년 동안 사람의 체험과 경험에서 나온 것이니 등산길 나무에 달린 표지기를 따라 길을 가듯 믿을 수밖에.

산과 산길은 수많은 사람이 온갖 사연을 가지고 걷는 길이며 고단한 삶에 생기를 불어넣는 길이다. 더불어 내가 가야 하는 길에 꿈을 꾸게 한다. 삶에 행복이란 순간에 최선을 다하고 내게 주어진 삶을 사랑하며 살아가는 것이다.

팔용산 저수지 둘레길·2

　오랜만에 팔용산 저수지를 찾았다. 한여름 점심시간이라 그런지 오가는 사람도 눈에 띄지 않는다. 올라갈 때는 바람이 없어 땀이 흐르더니 산 중턱 갈림길에 와서는 사방에서 불어오는 바람으로 천국이 따로 없다. 게으를 때는 온갖 이유로 산에 오르기를 망설이는 일이 많다. 그러나 마음먹고 오기만 하면 산은 한 번도 후회하지 않게 하고, 내려갈 때 빈손으로 보내는 법이 없다. 그것이 내가 산을 찾는 이유다. 이처럼 방에 틀어박혀 책상 앞에서 하는 사색과 산길을 걸으며 몸과 마음이 함께하는 사색의 깊이는 전혀 다르다. 더운 날, 부채로 이는 바람과 산마루에서 저절로 불어오는 바람을 맞는 만큼의 차이다.

　쉬던 곳에서 조금 더 올라 왼쪽 저수지 내려가는 길로 들어섰다. 숲길은 이번 장마에 내린 빗물에 쓸려 사람 다닌 흔적이 없어져 버렸다. 새로 생긴 길처럼 낯설어 보이고 이 길을 처음 걷는 것 같아 새삼스럽다. 바람 한 점 없는 숲을 벗어나 눈앞에 보이는 저수지는 작은 일렁임조차 없고 물은 거울처럼 맑고 푸르다. 장마에 물이 불어서인지 전보다 더 넓어 보인다. 거울 같은 물 위로 고기가 만들어내는 둥근 파문 위를 물잠자리가 한가롭게 날아다닌다. 반대쪽 물가에 저희끼리 몰려다니는 물오리는 물기슭을 오가며 먹이 찾기에 바쁘다. 물가 정자에 누운 사람이 틀어놓은 라디오 소리만 간간히 들리는 저수지 둘레길은 오가는 사람도 없다. 뜨거운 햇볕 아래 조용하다 못해 적막하다.

건넛산에 제 이름 부르며 우는 뻐꾸기 소리를 들으며 바라보는 저수지 풍경은 그림처럼 평화롭다. 물 안쪽에는 바람에 이는 잔물결이 물비늘이 되어 은가루처럼 반짝이고, 그 위로 하얀 구름 몇 조각이 산 위에 걸렸다. 갑자기 한가로워진 나는 길가 의자에 앉아 시간과 마주하며 이곳을 소재로 쓴 글의 기억을 떠올려본다. 나는 그때 이 길을 걸으며 엉킨 실타래 같은 생각들을 풀어내는 첫 가닥을 찾아 내려간다고 썼다.

오늘도 마음에 새로 생긴 엉킨 실타래를 찾을 수 있을까 싶었는데, 아니나 다를까 길은 그것을 손에 쥐여주는 것이다. 오늘은 하나를 더 보태 엉킨 실타래 푸는 가닥을 찾는 일이 정말 쉬운 데 있다는 것을 가르쳐준다. 찾으려 마음먹는다면 바로 내 발밑에도 있다. 이처럼 방 안 책상 앞에 앉아있을 때는 생각하지 못했던 것들이 신기하게도 저수지 길을 걸으면 머릿속이 트이며 떠오르는 것이다. 그런 기대감으로 무턱대고 산을 찾을 때도 있다. 오늘 같은 깨달음은 이곳이 나에게 주는 또 하나의 선물이다.

나에게 주어진 삶을 살다 보면 언젠가는 이곳을 찾지 못하는 날이 온다. 그때가 되어도 사람들은 저수지를 찾을 것이고, 내가 앉은 이 자리에서 지금 나와 똑같은 생각을 하고 있을지도 모를 일이다. 생명이란 어느 순간 물거품처럼 사라지는 것이 아니다. 다만 이 세상에서의 삶이 한낱 물거품일 뿐이지 영원히 이어지며 반복하는 것이다. 내가 그것을 이해할 때 나는 비로소 내 존재의 의미를 깨닫는 것이다.

오늘, 또 다른 선물을 얻은 나는 길을 걷다 떠오른 생각이 달아날까 봐 손에 든 핸드폰에다 생각을 옮겨 담으려 길가 의자에 앉았다. 글쓰기에 빠져있는 시간, 내게 달려드는 쉬파리를 쫓느라 내가 내 뺨을 때려도 아픈 줄 모른다.

천주산 진달래

　천주(天柱)라는 이름을 가진 산이 중국에도 있고 우리나라에도 한두 곳 더 있다고 한다. 중국에 있는 천주산은 이백과 소동파가 사랑했던 산이고 또 왕안석이 평생 잊지 못하던 산이다. 세 사람 모두 말년에는 천주산에 정착하고 싶어 했다. 그러나 끝내 실현하지 못했다고 한다. 내가 사는 창원에 있는 천주산은 여느 산과 다름없이 전국 어디를 가도 흔히 볼 수 있는 그저 평범한 산이다. 중국의 천주산과는 비교조차 할 수 없겠지만, 사람의 관점은 모두 다르다. 사람에 따라 창원의 천주산이 더 좋을 수도 있다. 이곳이 사람들에게 기억되고 사랑받는 이유는 도시를 끼고 있어 찾아가기 편한 탓도 있지만, 봄이면 온 산을 뒤덮는 진달래 때문이다.

　꽃이 만개할 때면 능선과 정상부근이 선홍색 진달래꽃으로 뒤덮여 멀리서 보면 산불이 난 듯 꽃불이 타오른다. 오르는 길이 여러 곳이지만 나는 북면 입구에 차를 세우고 오른쪽으로 절을 끼고 오르는 길을 좋아한다. 등산로 입구에 절이 있고 절 마당으로 들어가는 빈 공터에는 아름드리 고목이 있다. 절의 역사와 함께하는 것 같아 산을 갈 때마다 나무 밑에 앉아 잠깐이라도 머물다 간다.

띄엄띄엄 돌로 구분해놓은 길을 올라가다 보면 숨이 차오를 무렵 약수터가 나온다. 나는 이곳 약수터에 걸린 바가지를 볼 때마다 짐승의 젖꼭지가 떠오르고 꼭 산의 젖꼭지 같다는 생각이 들곤 했다. 물통에 물을 채우고 나무계단으로 이어지는 길이 끝날 즈음 네 갈래로 갈라지는 곳을 만난다. 그곳에 서면 앞이 탁 트여 능선과 정상이 한눈에 들어온다. 그곳은 언제라도 바람이 불어 산을 오르며 얼굴에 베인 땀을 바람에 말리는 곳이다. 또 산을 찾은 사람들이 그날 몸 상태에 따라 어디로 갈지를 결정하는 장소이기도 하다.

산마루와 능선을 바라보며 숨을 돌리고 왼쪽 오르막길로 들어서면 그때부터 산의 품에 안긴 듯 진달래꽃밭으로 들어가는 것이다. 정상까지 가는 길에는 큰 바위나 골짜기로 여길만한 곳도 없는 그냥 평범한 산길이다. 넓고 평퍼짐해서 어디를 가도 험한 곳이 없고 거의 모든 지역이 완만하고 부드럽다. 마치 어깨 넓은 이웃집 아저씨 가슴팍처럼 푸근하고 넉넉하다. 산행을 마치고 집으로 오면 이웃 동네 놀러 갔다 온 기분이 드는 것도 산이 가진 넉넉함과 편안함 때문 아닐까 싶다. 아마 아무것도 눈에 띌 것 없는 그저 평범한 산이기에 그래서 더 편한지도 모른다.

봄이 와 산에 진달래가 피면 다른 산에서는 볼 수 없는 장관이 펼쳐진다. 깊은 산 외진 곳에 숨어 피어 있는 진달래도 그 나름대로 운치 있겠지만, 천주산처럼 핑퍼짐하게 퍼져 있는 넓은 능선에 꽃이 피면 산은 온통 작은 꽃 바다를 만든다. 봄날 아른거리는 아지랑이 속으로 바라보면 꽃물결이 일렁거려 눈이 어지럽다. 주변에 키 작은 소나무의 푸름과 더없이 맑은 햇빛이 꿀물처럼 꽃에 스며들어 꽃잎을 어루만지는 순간은 입이 저절로 벌어진다. 한동안 모든 걸 잊고 꽃물결속을 헤엄쳐 다니는 것이다. 지금은 꽃밭 가운데로 나무로 만든 길이 나있어 그 한복판으로 들어가 누구든 꽃 속에 파묻혀 행복해질 수 있다.

이웃집 아기 키우는 아줌마의 넉넉한 젖무덤 같은 능선과 그 품 안에서 자란 진달래꽃이 보고 싶으면 언제든 달려갈 수 있는 산이다. 천주산은 고향 뒷산처럼 평범하고 그래서 마냥 편하고 좋다. 온 산이 선분홍색으로 치장한 그때는 꽃 속을 오가는 여성들의 모습이 시집가는 새색시처럼 곱고 예쁘다.

마산 무학산 가는 길

무학산 오르는 길은 거미줄처럼 많다. 산자락 어디든 길이 있다. 산은 높지 않은데 숲 속에 들어서면 깊은 산에 온 느낌이다. 사방이 트인 곳에는 산맥과 바다를 함께 볼 수 있어 주변 산 중에 으뜸이다. 그곳을 셀 수 없이 갔지만, 산을 오르는 길은 하나로 정해져 있다. 버스나 택시로 가는 날은 중리우체국 앞에서 올라가 성호골로 내려오고, 승용차로 갈 때는 우체국 부근에 차를 세우고 마음먹은 데까지 갔다 되돌아온다.

갔던 길을 되돌아오면 지루할 것 같지만, 전혀 그렇지 않다. 올라올 때 내 발자국에 찍힌 마음 흔적을 되짚어보고 내려오다 보면 지루한 줄 모른다. 지금까지 한 번도 이 고집을 꺾지 않았다. 굳이 다른 곳에서 오르고 싶은 마음도 없다. 어쩌다 궁금하면 정상에 오르는 또 다른 길의 풍경을 마음속으로 그려보곤 한다. 내가 그것을 고집하는 이유는 산의 뼈대를 제대로 느끼며 걷는다는 생각 때문이다.

산은 위험한 곳도 없고 숨이 턱밑까지 차오르는 깔딱고개 같은 것도 없다. 오르막을 오르다 숨차다 싶으면 이내 편한 길이 나오고, 그 길이 이어져 숨이 잦아들 만하면 또 다른 오르막이 나온다. 씩씩대며 오르다 다리가 뻐근해질 무렵이면 어김없이 내리막이다. 어떤 곳은 내리막길이 끝날 즈음 편하고 긴 오솔길이 숲 속으로 이어져 운치를 더한다. 무학산은 산을 끼고 사는 마산 사람들을 똑 닮았다. 산이 사람을 닮았는지, 사람이 산을 닮았는지 모르겠지만, 아무튼 무학산 산세(山勢)와 오랜 세월 산과 함께한 마산 사람들의 삶의 기질은 서로 닮았다.

산세와 같이 사람들이 살아온 나날도 오르막에서 숨이 차 죽겠다 싶으면 내리막이 나오고, 편한 길로 간다 싶으면 또 오르막이 앞에 버티고 섰다. 눈을 부릅뜨고 사람을 내려다보는 오르막과 지친 몸 달래는 내리막은 우리 삶과도 같다. 인생살이와 하나도 다를 것이 없다.

별다른 이유 없이 무학산을 못 간 지가 제법 오래다. 오늘 마음먹고 찾은 산은 그때나 지금이 변한 게 없다. 입구에 들어서면 내 안에 있던 슬픔이나 외로움 따위는 이미 저만치 사라지는 것이 보인다. 그것들이 또다시 찾아올 것을 알지만, 산길을 걸을 때는 잊힌다. 산속으로 들어가 오르락내리락 이어지는 길을 걸으며 어째서 삶이 외로운가를 알게 되고 인생을 배운다. 고독하고 외로운 이들이 산을 헤매는 까닭을 알 것 같다.

무학산을 어떤 사연을 가지고 간 일이 없다. 스스로 만든 삶이 내게 등 돌려도 그것이 두렵거나 슬퍼서도 아니고 피하고 싶어서도 아니다. 그냥 가고 싶은 생각이 들면 책상 앞에 앉았다가도 털고 일어나 채비할 것 없이 물 한 병 손에 들고 산으로 간다.

아무런 생각 없이 숲길을 걸으면, 가진 것 하나 없어도 내 다리가 땅 위에 있고 두 발로 걸을 수 있어 행복하다. 그 시간, 무슨 마법과도 같이 삶에 대한 두려움도, 나에 대한 가난도, 더는 무섭지 않고 어수선했던 마음도 가라앉는다. 산은 누구라도 말없이 받아주고 말없이 돌려보내는 성자와 같이 늘 그 자리에 있다. 산에 관한 이야기를 내가 입으로 주절거린다면 산이 가진 참모습을 잃는다. 무학산은 이름만 떠올려도 그냥 아! 라고 할 수밖에 없는 언어도단(言語道斷)의 산이다.

세 번째 여행

　이제 세 번째 여행을 시작할 때다. 두 번째 여행을 끝내고 한참을 쉬었으니 마음 풀어져 느슨해지기 전에 산행하듯 배낭을 점검하고 빈 물병에 물도 채워야 한다. 어쩌다 한 번 산에 가는 것도 이것저것 챙겨야 할 것이 많다. 어떤 날은 전날 그렇게 여러 번 꼼꼼히 챙겼는데도 버스가 출발하고 나면 잊어버린 것이 생각날 때가 있다. 그리고는 내가 나에게 화를 내며 '멍청한 것, 그렇게 당하고서도', 자책하며 온갖 욕설을 해대는 것이다. 나중에 하면 될 거라며 미루지 말고 생각났을 때 곧바로 챙기라는 아내의 성화에 대답은 곧잘 하면서도 그게 잘 안된다. 저것만은 잊지 않겠다고 다짐을 하지만 웬걸, 하룻밤 자고 나면 까마득히 잊고 마는 것이다. 이처럼 어디로 갈 때 무엇을 빠트리는 일은 내가 이 나이 되도록 좀처럼 고쳐지지 않는 고질병이다.

　이번 여행도 내 딴에는 몇 번이고 마음을 다지지만, 여행을 떠나 길 위에서는 또 빠트린 게 있을지도 모른다. 여행 중 꼭 들려야 할 곳을 잊어버릴지도 모르기 때문이다. 다행히 배낭을 메고 가는 것이 아니라 빈손이어서 챙길 것은 없지만, 반대로 들려야 할 곳을 잊지 않고 들려야 한다. 그 기억을 내 마음에 담아와 글로 끄집어내야하기에 물건을 잃어버리는 것보다 더 신경 써야 한다. 물건이야 깜빡했으면 다시 찾으면 되지만, 마음속에 담은 것을 잊으면 다시 찾기 어렵다.

표충사

표충사가 있는 밀양은 내 고향이다. 표충사를 생각하면 가장 먼저 떠오르는 두 가지 기억이 있다. 절로 가기 위해 버스를 기다리며 할머니가 사주시던 삶은 달걀과 돌처럼 단단한 사탕을 먹던 기억이다. 또 하나는 맨 뒤에 앉아 포장되지 않은 도로를 버스가 지나갈 때 뽀얗게 일어나는 구름 같은 먼지를 보는 것이었다. 여름철 내가 사는 동네에 온 동네 아이들이 뒤쫓아 달리던 소독차가 연막을 뿌리며 지나가는 모습과 같았다. 표충사로 가는 버스도 흙길을 지나갈 때면 그 차와 똑 닮았다.

길옆에 있는 나무와 풀들은 하얀 흙먼지를 뒤집어쓰고 꽃이 피어도 잘 보이지 않았다. 모두 흙먼지로 덮여 회색빛이었다. 포장되지 않은 험한 길이나 팬 구덩이를 지나갈 때면 버스가 덜컥거리며 사방으로 흔들렸다. 그러면 앉은자리에서 말을 탄 듯, 앞에 있는 의자를 붙잡고 버스와 함께 들까불며 재미있어했다.

　그 뒤로 어디에 살든 가끔 표충사를 간다. 제약산 산행을 할 때면 효봉선사 사리탑을 둘러싼 대숲 샛길로 가야 하고 그러면 절을 끼고 지나가게 된다. 내려오는 길에도 오른쪽에 있는 절을 보며 걷는다. 멀리서 보는 절은 변한 게 없다. 그러나 정문으로 들어갈 때는 볼 때마다 조금씩 달라지는 것 같다. 절 입구의 모습과 주차장의 모양새가 점점 낯설게 느껴지는 것이다. 어쩌다 한 번 가는 일이 있어도 갈 때마다 또 다른 어떤 것이 하나씩 생길까 봐 걱정스럽다. 지금 주차장 오른쪽으로는 제약산에서 흘러내리는 맑은 계곡물이 사철 흐른다. 그곳은 어릴 적 할머니가 법당에서 기도하는 시간이면 내가 물장구치며 놀던 놀이터였다. 가을이 되어 바람이 불면 고목에서 떨어지는 단풍잎이 사방으로 흩날리며 눈송이처럼 내려오던 아름다운 곳이다.

　얼마 전, 제약산 산행을 갔다 내려오며 들러보니 확실한 건 아니지만, 입구에는 무슨 용도인지 집 지을 준비를 하는 것 같았다. 주변은 조립식으로 만든 매점과 의자 등으로 어수선했다. 넓은 땅에 굵은 밧줄로 바둑판처럼 주차 공간을 구분해 놓은 것도 눈에 거슬린다. 관광객들을 위해 들어선 매점이나 의자 등도 절 마당 앞 풍경을 망가뜨린다. 옛날 어릴 적 보았던 절의 모습은 이제 먼 옛날의 기억이 되어버렸다. 오래전 보았던 표충사의 모습도 대웅전, 관음전, 명부전은 그대로인데 다른 곳은 많이 달라졌다. 고향 같은 표충사는 이제 내 눈앞에서 차츰 사라져 간다.

누군가는 이렇게 말한다. 옛날부터 있던 대웅전이나 다른 것은 그대로이지 않느냐고. 자꾸 늘어나는 스님과 신도를 위해 그리고 빈 땅에 한두 곳 규모를 늘려가는 것이 무슨 문제가 되느냐고. 이렇게 생각하는 사람도 절을 위하는 나름의 생각이 있겠지만, 나는 이렇게 말하고 싶다. 한지를 바른 방에 서탁(書卓)과 책, 붓과 벼루, 그리고 한두 점 도자기가 있는 그윽한 향기 나는 방이 있다고 생각하자. 만약 그곳에 벽걸이 WTV와 화려한 물건이 놓여있는 것을 상상해본다면 비유가 될는지. 사색의 공간이 차츰 줄어드는 것 같아 안타깝고, 옛날처럼 이곳저곳을 돌아보며 거닐던 즐거움도 점점 사그라지는 것 같다.

대웅전 뒤에는 사철 푸른 대나무 숲이 있다. 여름철 대숲에서 부는 바람에 처마 끝 풍경이 흔들려 바쁘게 뎅그렁거린다. 법당 안 향냄새와 섞여 대웅전 뒤뜰을 싸고돌면 뭐라 표현할 수 없는 신비한 기운이 주변을 감싸고 있어 저절로 마음이 경건해지는 곳이다. 이제는 옮겨 다니는 동안 둘러보는 절 주위의 풍경도 새것이 들어서면서 전과 다르게 서먹하다. 전에 보던 아름다운 모습이 사라지는 것 같아 못내 아쉽다.

요즘 들어 큰 절은 집 짓는 공사를 하지 않는 곳이 거의 없다. 어느 절을 가든 한 곳은 공사 중이라 어수선하다. 절이나 종단에서 하는 일이라 관여할 일이 못 되지만 다른 절이 하니까 우리 절도 한다는 그런 공사는 안 했으면 싶다. 절 입구 주차장 옆에 있는 화장실에서는 날이 흐리거나 비가 오는 날이면 악취가 난다. 옛날에는 계곡을 흐르는 물 냄새와 이끼 냄새가 났고 그 냄새에 섞여 짙은 나무 향내가 나던 곳이다.

이제 그 냄새는 꿈속에서나 맡을 수 있을까. 점점 사라져 가는 표충사의 옛 모습이 그립다. 절로 가는 길에 멀리서도 보이는 효봉 선사의 아름다운 사리탑과 그 옆에 우거진 대숲도 그 앞에 만약 무언가가 생긴다면 그것에 가려 안 보일지도 모른다. 오가는 바람도 새로 생긴 건물에 막혀 선사의 사리탑에 못 갈지도 모른다 생각하니 가슴 답답하다.

우물

    우물에 대한 최초의 기억은 오랜 세월을 거슬러 올라가야 한다. 내가 태어나기 전부터인지는 모르지만, 우리 집 담벼락 옆에 우물이 있었다. 아직 걷지 못하고 어머니 등에 업혀있을 때라는 것만은 분명하다. 동네 사람들이 어머니 등에 업힌 나를 보고 뭐라 이야기하는 것 같았지만 알아들을 수가 없었다. 지금 생각하면 귀엽다는 말이었을 것이다. 더러는 내 볼을 살짝 꼬집으며 웃던 모습이 눈에 생생하다. 그 시절 기억이 이날까지 지워지지 않고 또렷한 기억으로 남은 걸 보면 나에게 우물에 대한 기억은 유별나다. 지금도 그때를 생각하면 어김없이 코끝으로 우물 속 물 냄새가 나는 것 같다.

    그곳에서 자라 초등학교에 다니다 다른 곳으로 이사 갈 때까지 나는 우물과 함께 살았고 그 주변이 놀이터였다. 많은 시간을 우물을 오가는 수많은 사람을 보았고, 그런 까닭으로 우물은 내 삶의 어느 한 부분 분신과도 같다. 어릴 적 나를 둘러싼 바깥 환경은 동네 우물가였기에 나와 우물과의 관계는 남다르다. 사람은 누구나 유년시절의 경험이 대단히 중요하다. 인생에서 심층(深層)의 정서로 남아있기 때문이다.

태초에 몇 가지 기운이 우연히 만나 그것이 합쳐져 인간을 만든 것은 자연의 신비 가운데 하나다. 인간의 대부분은 물로 이루어졌고 지구와도 닮았다. 나머지 것도 흩어질 때는 자연에서 결합한 처음 원소로 되돌아가듯 사람이 물의 현상과 닮은 것은 이상할 것도 없다. 박재삼 시인의 말처럼 사람이 죽으면 물이 되고, 안개가 되고, 비가 되어 바다로 가는 것 아닌가. 노자의 상선약수(上善若水)라는 말뜻도 으뜸이 되는 삶은 물과 같고 사람이 물처럼 사는 것이 가장 잘 사는 것이다. 항상 낮은 곳으로만 흐르는 물은 뒷물을 기다려 앞으로 가고, 가다 막히면 돌아간다. 팬 곳이 있으면 그곳이 채워진 다음 흘러가는 물의 순리는 사람이 갖출 수 있는 가장 높은 삶의 경지다.

사람이 물같이 살 수만 있다면 세상에 일어나는 온갖 다툼이나 사람과 부딪치며 생기는 어떤 어려운 일도 피해갈 수 있다. 내가 물이라면 넓게 흐르는 강물이나 바닷물처럼 큰물이 되고 싶지 않다. 계곡을 세차게 굽이쳐 흐르거나 폭포처럼 우렁찬 소리를 내며 떨어지는 물도 되고 싶지 않다. 될 수만 있다면 깊은 우물물이 되었으면 좋겠다. 인생을 살아오며 그동안 보아온 뭇사람들의 모습 가운데 나도 저렇게 되었으면 하고 바라던 사람의 모습은, 깊은 우물물과도 같은 어진 품성을 가진 사람이었다. 땅속 깊은 우물은 여름 장마에도 넘치지 않고, 겨울 가뭄에도 모자라지도 않는다. 언제나 똑같은 깊이로 제 모습을 잃지 않는다.

땅속 깊은 우물물은 여름에는 차갑고 겨울이면 따뜻하다. 주택 옥상이나 아파트 옥상에 받아둔 물은 여름에는 마치 데운 물처럼 따뜻하고 겨울에는 얼음물처럼 차갑다. 똑같은 물이면서도 처한 상황에 따라 이처럼 달라지는 것이다. 어떤 일을 두고 그것을 대하는 사람 모습도 어쩌면 이렇게도 물과 같을까 싶다. 그런 생각에 어쩌다 한 번씩은 나는 어떤 물일까를 생각해본다.

사람에 따라 강한 사람에게는 비굴할 정도로 고개 숙이며 약한 모습을 보이다가, 저보다 약한 사람에게는 난폭하리만치 강한 모습을 보이는 사람이 있다. 반대로 강한 사람에게는 더 강한 모습을 보이며 당당하게 맞서다 약한 사람에게는 끝없이 낮아지는 사람도 있다. 이런 두 모습을 보며 하나는 옥상 물통에 받아둔 물과도 같고, 다른 하나는 깊은 우물물 같다는 생각을 하지 않을 수 없다.

내 삶은 항상 넉넉한 우물물과 달리 끊임없는 나에 대한 결핍이었다. 또 나의 문학은 상실과 외로움에서 비롯되었다. 만약 나를 끝없이 괴롭히던 자기결핍에 대한 좌절과 삶의 아픔이나 외로움이 아니었다면 나의 문학은 없었다. 그리고 어린 시절 우물에 대한 기억이 없었더라면, 내 문학의 물줄기가 전혀 엉뚱한 곳으로 흘렀을지 모른다.

어린 시절이었지만, 우물가로 오는 뭇사람들의 모습과 그 당시 사람들의 가난한 삶의 모습을 보며 우물에 마음이 더 끌렸을 것이다. 그때의 체험이 문학 정서의 토양이 되었고, 지금 만들어진 물줄기도 우물 속 작은 물방울로 시작되었다고 해도 틀린 말이 아니다. 세월이 흐른 지금 생각하면 우물은 누가 오든 사람 가리지 않고, 두레박만 내리면 맑은 물을 넘치도록 담아주는 성인의 모습을 고스란히 닮았다.

두레박

어릴 적 살던 집 담벼락 옆에 동네 우물이 있었다. 유년시절부터 초등학교 다닐 때까지 우물과 함께 살았다. 예명이 두레박인 것도 우물에 오는 사람이 많아 잠시도 쉴 틈이 없었던 두레박의 기억 때문이다. 창문을 통해 바깥을 보려고 나무로 된 사과 상자를 가져다 놓고 보곤 했다. 밑으로 내려가기만 하면 철철 넘치도록 물을 담아 올리는 두레박을 볼 때마다 정겨웠다.

물지게를 지고 온 사람이 양동이를 양쪽 고리에 걸고 일어서면 양동이는 제 무게로 아래위로 일렁거렸는데, 그러면 사람도 같이 일렁이며 가는 모습이 재미있었다. 여자들은 머리에 얹은 똬리에 붙은 실을 입에 물고 서로 물동이를 받쳐주었다. 거들어주는 사람이 없을 때는 혼자 힘으로 물동이를 이는 모습이 안쓰러웠다. 나는 여자들이 일어설 때까지 같이 용을 쓰곤 했다. 한 손으로는 물동이 밑으로 흐르는 물을 흩뿌리고 가는 모습이 당차게 보였다. 그 시절에는 물동이 물을 혼자서 머리에 이거나 물지게 지는 법을 모르면 하루도 지탱하기 어려운 시절이었다. 이곳에서만큼은 서로 많이 가져가려고 다투거나 서두르는 일은 없었다.

동네 여자들이 우물가에서 온갖 일을 하고 있을 때, 내 또래 여자아이가 작은 손으로 대야에 담긴 보리쌀을 박박 문질러 씻는 모습과 시래기를 씻어 국수처럼 돌돌 말아 소쿠리에 담아가는 할머니에 대한 아득한 기억이 꿈결처럼 아물거린다. 우물에서 올라올 때마다 찰랑찰랑 넘치도록 쉼 없이 물 길어 올리던 두레박도 밤중에는 우물 지붕 서까래에 매달린 채 덩그러니 혼자일 때가 있다.

우물가 장명등(長明燈) 같은 두레박은 지나가는 사람이 쳐다봐도 그만, 쳐다보지 않아도 그만, 마치 없는 것처럼 거기에 있다. 그렇게 밤새 매달린 채로 있다가 새벽 먼동이 틀 즈음이면 우물가로 다가오는 사람들 발걸음 소리를 기다린다. 그 모습이 외롭고 쓸쓸해 보이다가도 우물로 찾아온 사람이 줄을 풀고 밑으로 내릴 때는 금방 신이나 온몸을 흔들어대며 우물 속으로 내려가는 것이다.

만약 우물에 두레박이 없다면 우물물은 그림의 떡이다. 그래서 우물과 두레박은 부부처럼 한 몸이다. 깊은 우물을 들여다보고 '아' 하고 소리 지르면 메아리처럼 소리가 우물 안에서 맴돌이 하는 게 재미있었다. 내려다보며 소리로 장난칠 때면 우물 속 물 냄새와 이끼 냄새가 코끝으로 흠뻑 스며들었다. 두레박에도 오랜 세월 우물 냄새에 젖어 똑같은 냄새가 났다. 두레박은 저 스스로 내려가는 일 없이 누구도 가리지 않고 사람들 손길 따라 제 몸을 내맡기는 성자와도 같다.

사람들은 그 물로 머리 감고 세수할 것이고 갓난아기는 데운 물로 목욕한 다음 강보에 싸인 채 생글생글 웃음 지을 것이다. 그런 다음 밥과 국을 끓여 밥상에 둘러앉아 도란도란 아침을 먹고는 아버지는 일터로, 아이들은 학교에 가고, 어머니는 아침상 빈 그릇을 씻어 담아 부엌으로 들어갈 것이다.

삶이란 무엇이 되었든 어떤 것들을 두레박으로 길어 올리는 일이다. 두레박에 이것을 담으면 이것이 올라올 것이고 저것을 담으면 저것이 담겨온다. 무엇을 담든 그것은 자기 마음이다. 두레박에 담아 올리는 것이 무엇인가에 따라 내 삶이 펼쳐지는 것이다. 나는 하늘에서 내려오는 두레박을 타고 두 아이와 하늘로 날아가버린 아내를 만나러 가는 나무꾼도 되었다가, 끝없이 밑으로 떨어지는 두레박에 매달려 버둥거리는 내 모습을 상상하기도 하지만, 끝내 머리를 흔들고 만다. 정직한 나무꾼이 자기가 잃어버린 쇠도끼를 원하듯, 내가 진정으로 바라는 모습은 뭇사람들이 물을 퍼 올리는 우물가 두레박이고 싶다.

두레박의 인연

오래전에 읽었던 피천득 선생의 『인연』이란 책을 또 읽는다. 인생은 작은 인연들로 아름답다는 선생의 말대로 어느 날 우연히 내 인생의 바퀴에 살 하나로 다가오는 인연이 있었다. 그렇게 찾아온 인연은 무릎 꿇고 두 손으로 받아야 할 만큼 소중한 것이었다. 가장 맛있는 물은 목마를 때 마시는 한 모금이다. 그는 갈증을 느낄 때 우물에서 막 길어 올린 찬물 한 바가지와 같았다. 그를 만나는 날이면 내 안에 물기가 돌고 가슴은 따뜻한 온기로 데워지는 것이다. 좀 더 일찍 못 만난 아쉬움보다 지금이라도 만났다는 사실이 내게는 말할 수 없는 기쁨이고 고마움이다.

우산이 저절로 펴지는 법은 없다. 많은 살대가 한꺼번에 펴지면서 우산은 제 모습을 갖춘다. 수레나 자전거 바퀴도 바퀴 안에서 태를 지탱하는 바큇살이 없다면 바퀴가 만들어질 수 없듯이 인생을 살다 보면 사람과의 관계도 이것과 다르지 않다. 어쩌면 사람의 인연도 살면서 바큇살 하나를 얻는 일이다. 나와 관계하는 수많은 사람 중에는 우산의 살대와 같은 사람이 있을 것이다. 살면서 떨어져서는 안 될 인연이라는 게 있을 것인데, 우물과 두레박의 뗄 수 없는 관계도 무정물(無情物)인 사물과의 인연 아닌가.

신기하게도 그를 만날 때마다 전에 알지 못했던 것들이 한 가지씩 내 안에서 눈을 뜨게 된다. 작은 것 한 가지를 알게 되면 고구마 줄기처럼 꼬리를 물고 또 다른 것들이 매달려오는 것이다. 그럴 때마다 나는 가슴이 벅차오른다. 첫 만남에서도 그랬고 지금까지 그와 만나는 날에는 빈손으로 돌아오는 법이 없었다. 그러고 보면 어쩌면 이 같은 인연이 어디 있을까 싶다.

누군가 억지로 만든 것도 아니고 어느 날 내가 아무런 기대도 하지 않았던 자리에서 그는 뜻밖의 만남으로 내게로 다가왔다. 그렇게 찾아온 뒤로 내가 어려울 때 어떤 날은 수레의 바큇살이 되었다가 또 다른 날은 수레 뒤를 밀어주는 고마운 손길도 되었다. 누군가 뒤에서 수레를 민다는 생각이 드는 순간, 없던 힘이 솟아오르고 내 안에 가라앉아있던 의욕이 되살아나는 것을 느낀다. 그러면 수레를 끌며 내려다만 보았던 고개를 들어 앞으로 가야 할 길을 바라보게 되는 것이다.

수필을 쓰는 사람이 쓴 글은 자기의 삶에서 흘러나온 숨결이다. 그 숨결이 다른 사람의 마음에도 같이 흐르기를 바라는 것은 모든 작가의 간절한 바람이다. 그는 내가 쓴 글을 읽는 첫 번째 독자였다. 비평 같은 건 그냥 잔잔한 웃음으로 대신하였는데, 그 따뜻함을 눈앞에서 보지 않아도 느낄 수 있었다. 그것은 말로 하는 가르침보다 더 무겁게 나를 일깨우는 언어였는지 모른다. 스스로 나를 가르치게 하는 마법과도 같은 미소였다.

내 희망이 다른 사람의 절망이 되지 않기를 바라고, 나의 기쁨이 누군가의 슬픔이 되지 않기를 기도할 것이다. '새는 날아가면서 뒤돌아보지 않는다'는 류시화의 시 제목처럼 나 역시 뒤돌아보지 않을 것이다. 시의 마지막에는 '고개를 꺾고 뒤돌아보는 새는 이미 죽은 새'라고 했다. 과거는 내 삶의 퇴적이 아니다. 나 역시 날아가는 새처럼 과거와 미래를 현재의 삶으로 만들어 세상과 화해하고 해방하는 최고의 삶을 만들어내고 싶다. 나의 인연들로 말미암아…….

모래 치는 사람

요즘도 그런 게 있는지는 모르지만, 20~30년 전까지만 해도 집을 수리하거나 새로 지을 때 모래 치는 도구가 있었다. 미장하는 사람이 삼발이 나무를 세우고 꼭대기에 줄을 매달아 큰 채로 모래를 쳐서 걸러진 모래에 시멘트를 섞어 벽을 바르고 집을 짓거나 수리를 했다.

체에다 모래 몇 삽을 퍼 담아 앞뒤로 몇 번 흔들어 작은 자갈이나 나무토막 조개껍데기 같은 것이 남으면 귀퉁이로 몰아 옆으로 휙 던지는 것이다. 그 모습이 신기하기도 하고 재미있어 옆에서 보고 있으면 시간 가는 줄 몰랐다. 버려진 작은 무더기를 뒤져 예쁜 조개껍데기를 골라내기도 하고 고무 새총에 총알로 쓸 까만 조약돌을 찾기도 했다. 친 모래를 손에 움켜쥐면 남는 것 없이 손가락 사이로 흐르는 부드러운 촉감이 좋았다. 걸러진 모래와 구석에 버려진 두 모습이 너무 달랐다. 채로 친 모래와 버려진 것을 보면 하얀 쌀밥과 꽁보리밥을 보는 것 같았다.

여름방학이 지나고 친구들과 해운대 해수욕장에 놀러 갔을 때였다. 백사장에서 채로 모래를 치는 사람이 있었다. 궁금해 가까이 가보니 채에 모래를 퍼 담아 흔들어 남은 것에서 무언가를 찾고 있었다. 내가 중학교 다닐 때만 해도 사람들은 모래밭에 옷을 벗어 놓고 수영을 했다. 조심해도 옷을 벗으며 동전이나 물건을 잃어버리는 경우가 있었다. 작은 동전은 모래밭에 떨어지면 금방 모래 속에 숨어버려 찾기 힘들다. 그 사람은 이처럼 바닷가를 찾은 사람들이 백사장에 흘린 동전이나 반지 같은 돈 되는 것을 찾는 것이다. 운이 좋은 날은 금반지를 찾는 일도 있다고 했다.

그리고는 뒤를 따라다니던 우리에게 채의 그물도 너무 촘촘하면 모래도 잘 안 빠지고 채에 남는 게 많아 원하는 것을 찾기 힘들다고 한다. 그물이 너무 성글어도 모래와 함께 찾던 것이 딸려나가 오히려 일을 그르친다고 했다. 그물코는 자기가 찾는 것만 남길 수 있도록 적당해야 한다며 한 번 해보라고 건네주는 채를 가지고 친구들과 백사장에서 장난치던 기억이 떠오른다. 친구들과 나는 아무리 모래를 퍼 담아 흔들어도 조개껍데기나 쓰레기만 남았다.

나는 요즘 그때 보았던 백사장에서 모래 치는 사람이 생각난다. 모래가 흐르고 나면 채에 남은 것에서 필요한 것을 찾아내는 모습을 생각하면 우리 인생도 모래 치는 것과 많은 것이 닮았다. 산다는 것은 결국 자신이 만든 채의 그물코에 따라 삶의 많은 것을 채로 치며 살아가는 것 아닐까.

　모래 치는 사람처럼 걸러낸 것을 버려야 할 때도 있고 어떤 경우에는 버릴 것에서 필요한 것을 찾기도 한다. 우리가 만나는 모래알처럼 수많은 사람 중에 내가 만든 채로 흘려보내고 남은 사람이 있다면 그 사람은 보석보다 소중한 사람일 것이다. 물건이든 사람이든 단 한 번 거른 채에서 소중한 것을 기대하기는 어렵겠지만, 천성이 부지런한 사람은 끊임없이 모래를 쳐서 금반지를 찾아 환호하게 될지 모른다.

　세월이 흐른 지금 그때 일을 떠올리면 사람 없는 백사장에서 모래 치던 사람과 내 모습이 눈에 선하다. 구경하던 우리에게 채에 그물이 촘촘하거나 성글면 안 된다던 이야기는 인생철학과도 같은 말이었음을. 그때 그 사람만큼의 나이가 된 지금 고개 끄덕이며 깨닫는다. 그날 모래 치던 사람은 지금쯤 어떻게 되었을까……. 결국 우리 인생은 늘 버려야 할 것도 남을 것도 없는 온갖 것이 뒤섞인 모래 같은 것이다.

겨울 산에서

밤새 겨울비가 온 다음 날, 내가 나를 미워하는 마음을 주체 못해 가까이 있는 겨울 산을 간다. 건드리면 쨍하고 깨어질 듯 차갑고 맑은 하늘 아래 겨울나무의 발가벗은 모습이 깨끗하다. 숲길 큰 바위 옆 비에 젖은 고목은 검은 옷 입은 수도승처럼 의연한 모습으로 섰다. 어제 내린 비 때문인지 멀리 보이는 산은 아직 마르지 않은 물기가 겨울 햇살에 엷게 반짝이는 듯하다. 겨울비는 머무는 비다. 가지 끝에서 머물고, 철 지난 거미줄에 붙들려 머물고, 땅에 떨어져 지난해 쌓인 낙엽 위에 머물다 나중에는 가슴에 머문다.

겨울 산에는 가을의 허무함도 아쉬움도 슬픔도 없다. 저렇게 모두 내려놓았으니 저만큼의 평화가 있는 것이다. 오솔길을 걸으며 보는 숲과 바위에 시간은 그냥 멈추어 있는데 여태 나는 시간이 흐르는 줄로만 알았다. 가만히 생각하면 흐르다가 사라지는 것은 내 인생이라는 걸 여태까지 왜 몰랐을까. 사람의 궤적은 안에서 밖으로 밖에서 안으로 반복하는 것이다. 여름나무처럼 바깥으로 성장하는 고통이 있고, 겨울나무처럼 안으로 성장하는 고통이 있다. 이제라도 나는 세상 모든 것에 진지해져야 한다. 사물의 신성함을 깊이 이해하고, 세상의 아름다움을 최대한 사랑해야 할 것이다.

떨어져 누운 꽃은
나무의 꽃을 보고
나무의 꽃은
떨어져 누운 꽃을 본다
그대는 내가 되어라
나는 그대가 되리

김초혜 시인의 「동백꽃 그리움」이다. 둥치 밑에 쌓인 낙엽은 별리의 아쉬움보다 서로 간의 자리바꿈에 대한 생성과 소멸이라는 순환의 사유를 하게 한다. 여태 나는 한순간에 무너지는 극적인 변화만 알고 있었을 뿐, 한순간도 멈추지 않는 느린 변화는 모르고 있었다.

남을 이해하고 사랑하는 일은 또 하나의 세상을 품는 일이 되고 세상을 향해 나를 열어놓는 일이다. 한동안 겪었던 일을 돌이켜 생각하면 고통도 내가 고통이라 생각하면 아프고, 고통이 아니라고 생각하면 그때부터는 고통이 아니다. 더 많은 것을 가지려 하고 더 빨리 도달하려고 하는 끝없는 집착이 그동안의 내 삶이었다. 나의 그런 윤회를 통틀어 반성케 하는 귀중한 깨달음이 겨울 산속에 있다.

　멀리서 보아도 가까이서 보아도 깨끗하게 허물 벗어버린 겨울 산의 정직한 모습이 정갈하다. 그것은 쓸쓸하면서도 동시에 허전한 자유 같은 것이다. 골짜기에서 불어오는 칼바람에 실려 오는 숲의 냄새도 말할 수 없는 상쾌함이다. 그 바람이 내 몸속 깊이 들어와 머물다 가며 내뿜는 하얀 입김이 눈앞에서 흩어지는 것도 보기 좋다. 아무것도 숨기지 않는 겨울 숲이 이렇게 좋은데……. 누더기 같은 옷을 껴입고 그것마저 벗겨질까 움켜쥔 지금 내 모습은 내가 봐도 한심하다.

　산길을 가는 내내 생각에 잠겨 걸어가다가 산에서 내려올 즈음, 비로소 내 안에서 눈떠 새로운 앎에 눈 비비는 나에게 겨울 산이 선물처럼 쥐여주며 하는 말……. 가는 것도 오는 것도 없고 내 것이라고 칸 지르고 움켜쥐고 있는 것도 결국에는 아무 소용없는 것이라며 속삭인다. 나는 그 말에 다르마의 바큇살 하나를 설핏 본

것 같은 작은 깨달음에 기꺼워하며, 얼어붙은 귀 비비며 겨울 산
에서 내려오는 것이다.

반복해서 걷는 길들의 표정

여행의 의미는 새로운 것을 보는 게 아니라 내 속에서 새로운 눈을 뜨는 데 있다. 여러 번 반복해서 가는 길도 다녀왔던 곳이라는 생각을 떨어내면 갈 때마다 보이는 풍경이 다르다. 전에 왔던 곳이라는 생각에 붙들려 잘 아는 것 같지만, 방향을 바꾸어 다시 보면 익숙하던 것이 오히려 낯설다. 이런 느낌은 지난 경험에 갇혀 새롭게 발견한 것을 받아들이지 못하는 것과 같다.

산길을 가거나 먼 길을 걷다 보면 되돌아올 때 보는 풍경이 갈 때와는 전혀 다른 것을 경험한 적이 있을 것이다. 우리가 그것을 모르는 것은, 이미 본 것이라서 알고 있다는 생각에 스스로 갇혀 있기 때문이다. 그 순간 유연함을 잃어버리고 새로운 것마저도 지난 기억에 사로잡혀 제대로 볼 수 없다. 어떤 것에 얽매임이 없다면, 사물을 보는 각도에 따라 관점도 달라진다.

처음 보는 것에 대한 호기심과 새로움도 좋지만, 반복해서 보는 익숙함이 마음을 편하게 한다. 수없이 보았던 고향의 강과 산은 아무리 자주 봐도 지루하지 않고 오히려 정이 더 깊이 드는 것처럼, 낯선 곳을 여행하다 고향 마을 풍경과 닮은 길을 걸으면 나도 모르게 옛날을 회상하게 되는 것이다. 고향의 산과 들판이 어머니 품처럼 느껴지는 건 내 안에 쌓인 반복된 기억의 편안함이 아닐까. 사람이 살아있는 동안 새로운 것에 대한 호기심을 가지는 것은 본능에 가깝지만 채워질 수 없다. 그러니 우리는 늘 새로운 것만 찾는 것이 아니라 반복의 익숙함 속에서 또 다른 것을 발견하는 마음의 눈을 가져야 한다. 지금 걷는 길도 전에는 내가 찾던 길이었음을 잊지 않아야 한다.

반복이라는 익숙함은 우리에게 자주 가는 주변 산길도 계절마다 느낌이 다르고, 기분 따라 풍경이 달라 보인다는 것을 알려준다. 내가 외롭고 쓸쓸할 때는 청명하고 맑은 날에도 길의 표정은 쓸쓸하게 느껴진다. 바람 불고 하늘에 구름 끼어 어두운 날도 기분 좋은 날은 풍경이 맑은 기운으로 눈에 들어오는 것이다. 길의 표정은 마음 따라 기분 따라 달라지고 내 표정이 곧 길의 표정이다. 처음 보는 낯선 풍경을 두고 호들갑 떨 필요 없다. 그것 역시 지나고 나면 이미 본 것과 비슷하거나 같을 테니까.

사람들은 저 너머, 아니면 이다음에는 무엇이 있을까 하는 호기심으로 새로운 것을 찾아 길을 떠나는 여행자와 같다. 세상을 살아보면 아무리 새로운 것이라 해도 그것은 이미 알고 있거나, 아는 것에서 모습만 조금 다를 뿐이다. 우리가 걷는 길도 새로운 것만 알고 지나온 길에 대한 추억이 없으면 생각이 한곳으로만 흐르기 쉽다. 또한 지나온 길만 알고 새로운 것을 모른다면 자칫 내가 아는 것만으로 오만해지기 쉬운 법이다. 반복해서 걷는 길의 표정을 읽으며 길을 가는 것은 내가 사는 것과 글 쓰는 일과 같다. 거기에 또 한 가지, 내가 어설프게 아는 종교의 가르침과도 일치하는 것이다.

가을바람

넓은 들판 사이로 길게 뻗은 둑길을 혼자서 걷는다. 가을바람은 기세등등 새파랗던 억새를 고운 갈색 잎으로 갈아입혀 은발(銀髮)을 휘날리게 하고, 산과 들 논밭에 있는 것들을 고개 숙이게 한다. 들판에 황금물결이 일렁이고 잘 익은 벼는 제 무게로 고개 숙였다. 누렇게 익은 벼는 우리에게 한 번뿐인 인생을 어떻게 살아야 하는지를 가르쳐준다.

인간의 삶은 길이가 아니라 질이라고 한다. 어떻게 살았느냐가 중요한 것이 아니라 지금 어떻게 사느냐가 중요한 것처럼, 나는 잘 익은 벼와 같은 모습이 될 수 있을지 모르겠다. 사람에게 그런 포부와 당당함이 있어야 삶이 비굴하지 않다. 가을 들판 바람에 일렁이며 고개 숙인 벼를 바라보면 한평생 열심히 살아온 사람의 풍경이 겹쳐있다. 처마 밑 새끼줄에 매달려 익어가는 메주처럼 나이든 사람 냄새가 나는 것이다.

봄에 싹트고 가을에 여무는 만물과 같이 내가 머무는 자리에
서 꽃피고 열매 맺어 뿌리내렸다면, 그런대로 괜찮은 삶을 산 것
이라고 자위해도 괜찮다. 그것은 산 위에 올라, 걸어온 길을 되돌
아보며 서늘한 가을바람에 땀 말리는 사람의 마음 같은 것이다.
가을 물은 소 발자국에 고인 물도 먹는다고 하는 모든 것이 맑은
계절이다. 이 가을날 내가 언젠가는 이곳에 없다는 것을 안다. 인
생의 유한함을 알기에 한정된 시간 안에서 삶이 더 절실한지도
모른다. 생겨난 것이 없어지는 것은 자연의 순리이자 신비임을 안
다. 그것을 아는 내가 인간의 본질을 모르는 것은 나답지 않은 일
이다.

저게 저절로 붉어질 리는 없다
저 안에 태풍 몇 개
저 안에 천둥 몇 개
저 안에 벼락 몇 개

저게 저 혼자 둥글어질 리는 없다
저 안에 무서리 내리는 몇 밤
저 안에 땡볕 두어 달

저 안에 초승달 몇 날

– 장석주, 「대추 한 알」

시인의 말처럼 내 삶에도 여름 한철 땡볕과 천둥 벼락 무서리가 없었다면, 둥근 대추와 누렇게 익어 고개 숙인 벼의 모습을 바랄 수는 없지 않을까.

둑길을 걷는 동안, 바람에 흔들리는 억새와 벼를 바라보며 장석주의 시를 순서도 없이 입안으로 웅얼거렸다. 시인의 시는 분명히 침묵으로부터 나왔을 것이다. 지금 나는 내가 나온 침묵의 세계와 내가 돌아가야 할 또 다른 침묵의 세계 사이에 사는 것이다. 익은 벼와 대추 한 알은 제 모습을 통해 세상과 사물을 바라보는 눈을 뜨게 한다. 내 삶이 익은 벼처럼 고개 숙일 만큼 익었다는 것은 아니지만, 그냥 내 길을 가며 삶이란 무엇인지, 진실에 충실한 삶이란 또 무엇을 의미하는지를 생각하는 것이다.

어떤 것이든 무언가에 대한 깨달음은 번갯불처럼 그렇게 오는 건 아닐 것이다. 내 삶의 시간 속에 한 켜 한 켜 쌓이며 천천히 오겠지만, 아무리 더디게 오더라도 끈기 있게 기다려야 한다. 나는 누구인지, 어디서 와서 어디로 가는지를 끊임없이 물으며 길을 가다 보면, 언젠가는 내가 나에게 대답할 날이 오지 않겠는가. "의문을 지닌 채 현재를 살아라. 그러면 나도 모르게 먼 훗날 대답을 지닌 채 살아갈 날이 올 것이다." 나는 릴케의 말을 늘 기억하며 살아야 한다.

도시의 가을

    소방서 가는 길 은행나무에 단풍 든 모습을 본 게 엊그제 같은데, 그쪽으로 차를 운전해 가며 길 양쪽으로 늘어선 은행나무를 보니 잎은 노란 물이 들려고 한다. 참, 세월 빠르다. 한 해 한 해가 이리도 빨리 간다는 사실이 서글퍼져 호수에 돌을 던진 듯 가슴에 파문이 인다. 나의 이 같은 마음은 만물의 탄생과 죽음에 관해 철학적 사유가 아니라 그냥 쓸쓸해서다.

    그 길을 지나 도청 쪽으로 가면 키 큰 메타세쿼이아 가로수의 푸름 위에도 옅은 갈색이 살짝 내려앉았다. 도시의 가을도, 한적한 시골 마을의 가을도, 지리산의 가을도 모두 똑같은 햇살 아래 똑같이 익어간다. 이제부터는 차츰 햇살이 가늘어질 것이다. 해가 바뀔 즈음이면 아쉬운 생각들이 머릿속으로 줄을 이을 것이다. 놓쳐버린 고기는 언제나 커 보이는 법이다. 내가 걸어온 길도 지나고 나서 돌아보면 그와 같다. 그건 우리 인생길도 마찬가지다. 시간의 유현(幽玄)함은 마치 계절 따라 달라지는 햇살과 같다. 내가 처한 상황에 따라 때로는 짧게 느껴지고 또 어떤 때는 길게 느낄 뿐이다. 다시 오지 않을 지난 시간은 그래서 더 슬프다.

성주사 입구에 차를 세우고 절로 올라가는 길 숲에도 가을이 깃들었다. 절까지 가는 길을 걸으며 달라지는 주변 모습에 내 인생의 나무에서 한 겹씩 떨어지는 세월의 껍질을 본다. 걸어가는 내 몸을 싸고도는 바람이 곁에 잠시 머물다 계곡 물소리를 따라 사라지는 게 눈에 보이는 것 같다. 흐르는 물소리가 세월 가는 소리로 들리는 것은 빠른 세월 탓에 내 마음이 서글퍼지는 탓일 게다. 언젠가 녹음이 짙은 한여름 성주사 마당 끝 담벼락에 서서 불모산 능선 자락을 바라보고 있었다. 그러다 문득 내 인생에서 몇 번이나 더 맞게 될지는 모르지만, 또 한 번의 가을이 오면, 먼 곳으로 떠나 길을 걸으며 길과 내가 하나 되리라 마음먹은 적이 있었다.

그런 생각 따라 마음먹은 대로 길을 나서보려 하지만, 일 많은 올해는 하던 일에 붙들려 마음이 따라와 주지 않는다. 지루한 일상에서 벗어나 길 위에 서서 길과 하나가 될 때, 가을은 나에게도 잃을 줄 알게 하고, 떠날 줄도 알게 한다. 가을은 떠나는 계절이다. 머무는 것보다 더 보기 좋은 게 떠나는 것인데, 그것을 알면서 떠나지 못하니 이러다가 올가을은 영 가버리고 말겠다. "가야 할 때가 언제인가를 분명히 알고 떠나는 이의 뒷모습은 얼마나 아름다운가." (이형기의 「낙화」) 떠나는 것에는 꽃이 아닌 낙엽에 그 의미가 더 깊을지도 모른다. 올가을은 내게 주어진 일 가운데 한두 가지나마 의무를 다 끝낸 사람의 평화를 맛보았으면 좋겠다. 하지만 나에게 그런 시간이 올까 싶다.

이날까지 살며 경험한 것 중에는 좋으리라 생각했던 내일이 오늘보다 더 좋았던 적이 없었기에 다음을 기대하지는 않는다. 그러나 빤히 아는 자식들의 거짓말도 그것이 참이라 여길 때 부모는 그 순간이 기특하다. 그런 이유로 내년을 기약하고 또다시 마음을 다지는 것은, 오지 않을 '다음'이 될지라도 아무것도 하지 않는 것보다는 의미 있는 일이다.

성주사에서 내려오며 커피 한 통 사야겠기에 농협 주차장에 차를 세웠다. 마트 안으로 들어서자 여기에도 곳곳에 가을이 들어앉았다. 진열대에 수북이 쌓인 과일마다 가을이 따라와 있다. 어물전 좌판에 아직도 살아있는 가을 꽃게의 바쁜 발놀림에도 가을 바닷가 냄새가 난다. 이곳저곳 지리산 오솔길 같은 마트 진열대 사이를 돌아다니다 무심결에 비닐포장지에 들어있는 밤 한 봉지를 바구니에 담는다. 서너 해 전 둘레길을 걸으며 길가에 떨어진 밤을 줍던 생각을 하는 것이다.

목련꽃 필 때면

"봄바람 불고요 개나리 활짝 피면 / 저기 저만큼 임이 올까요 / 기다리는 마음 꽃잎에 날려 보내면 / 저기 저만큼 임이 올까요" 노래 〈목련꽃 필 때면〉의 첫 소절이다. 책 읽다 곧 다가올 봄을 그리며 책상에 비스듬히 앉아 이 노래를 듣는다. 음악을 들으면 하얀 목련꽃 같은 사랑이 떠올라 입가에 미소가 번지고 눈을 감으면 머릿속이 목련꽃 천지가 되어 밝고 환하다. 어떤 사랑을 두고 목련꽃처럼 하얗고 깨끗한 사랑이라 할까. 사랑의 대상은 사람만이 아니라 우리가 믿는 신과 세상 만물이다.

어떤 사랑이든 사랑의 본질은 같다. 봄날, 봄꽃들을 보고 있으면 그것은 온통 사랑이다. 아기가 세상 밖으로 나오듯 거친 가지에서 움트는 새싹을 보면 봄에 태어나는 만물이 신비롭다. 갓난아기는 눈앞에 어떤 것이 다가와도 방싯거리며 웃는다. 그것이 사랑이다. 목련꽃 같은 하얗고 깨끗한 사랑은 아무런 생각 없이 분별없는 눈으로 바라보는 그런 사랑이다. 봄날 아지랑이처럼, 바람에 날리는 꽃잎에 하는 사랑처럼, 한용운의 임에게 하는 사랑처럼. 그렇게 하는 것이다. 그 사랑은 세상 아무것도 모르는 갓난아기를 바라보는 마음과 같다. 봉우리에서 막 움트는 여린 꽃망울을 보고 있으면 그것 하나하나에 살뜰한 우주의 숨결이 숨어있다.

계산된 사랑은 순수하지 못하다. 상대에게 무언가 이해관계가 생기는 순간 때가 묻기 시작한다. 아무런 계산이나 목적이 없는 사랑, 신과 함께하는 영원의 사랑이 사람과 사람 사이에 가능하기나 할까. 그래서 나는 그런 사랑을 찾아 산과 바다로 가는지 모른다. 길을 걸으며 바위와 나무, 들꽃과 구름, 깊은 산속에 내려앉은 달빛을 빈 마음으로 그냥 바라보는 것이 정말 좋다. 어쩌면 사람의 사랑도 곁에 항상 같이 있지만 알지 못하고, 지금껏 내게 없는 것들만 그리워하며 찾아다녔는지도 모른다. 한쪽만의 사랑은 언제나 내 가슴을 온전히 채워주지 못했다.

숲길을 걸으면 이제 바람은 봄을 묻혀오기 시작한다. 숲과 바위 사이로 이어지는 호젓한 오솔길을 걸으며 나는 그 길과 한없이 깊은 사랑을 나눈다. 걷다가 산 목련을 만나면 어쩌면 인간의 사랑도 이런 목련꽃 같은 사랑이 있을지도 모른다는 생각이 든다. 노래 가사처럼 흐르는 강물에 꽃잎을 띄워 보내면 하늘거리는 아지랑이 따라 기다리는 임이 올지도 모르고, 물에 떠내려오는 꽃잎을 보고 화답하는 임이 있을지도 모를 일이다.

차츰 나이 들며 맞는 봄을 앞으로 많이 못 볼까 안타까워할 이유가 없다. 그동안 맞았던 많은 봄을 한 번 더 맞는 것에 감사한 마음을 가져야 한다. 목련꽃도 지나간 시절에 보았던 것이 더 예쁘고 기억에 남는다. 우리가 산을 오르거나 먼 길을 가다 고갯마루에서 땀을 식히며 뒤를 돌아볼 때 지나온 길을 보며 내가 이렇게 먼 길을 걸어왔구나 싶은 순간이 있다. 어떻게 저 길을 걸어왔나 싶어 돌아보면, 지나온 길이 훨씬 아름답다는 것을 느끼는 시간도 있다.

지나온 길을 그리워하는 건 그 길이 그리운 것이 아니라 그 시간 속의 내가 그리운 까닭이다. 가끔은 그 시간을 꺼내어 내 옛 모습을 되돌아보는 것도 괜찮은 일이다. 하지만 보잘것없고 남에게 내놓을 것 하나 없는 과거가 항상 오늘을 슬프게 한다. 그러나 어쩌겠는가. 내가 살아있고, 사랑하는 것들이 아직은 곁에 있으니까. 얼마간 시간이 지나고 오늘이 지난날이 되어 과거가 또다시 손가락 사이로 흐르는 모래뿐일지라도.

사람의 나이테

작년 봄 지리산 둘레길을 걸으며 오래된 마을을 지나 산기슭을 걸어가다 소에 쟁기를 메어 밭을 가는 농부를 만났다. 그 광경을 보며 〈워낭소리〉라는 영화가 생각나는 것이다. 그리고는 중국 소설가 위화의 『인생』에 나오는 주인공 '푸구이'의 소와 많이 닮았다는 생각도 들었다. 조금 떨어진 곳에 배낭을 내려놓고 한참을 지켜보았다. 밭을 가는 농부와 소는 서로가 같이 나이 든 모습이었다. 소는 등가죽에 굵은 주름과 가죽이 늘어져 오랫동안 쟁기를 맨 노동의 흔적이 뚜렷했다.

좀 더 가까이 다가가니 나를 무심히 쳐다보는 농부의 얼굴에는 굵은 주름이 깊게 패었다. 햇볕에 그을린 얼굴에는 군데군데 검버섯이 돋아있고 목에 두른 수건은 흙이 묻고 땀에 젖어 눅눅해 보였다. 잠시 쉬는 시간이 되었는지 농부는 워워, 소를 세우고 걸어 나오며 밭둑에 앉아 지켜보던 내게 "어디서 왔소." 짧게 말을 걸었다. 산기슭 나무에 기대 세워놓은 지게에서 비닐봉지를 가져와 "이것 하나 자셔보소." 하며 건네주는 고구마는 지금 서있는 밭에서 수확한 것이라고 했다.

고구마를 먹으며 옆에 앉은 농부의 몸에는 메주 냄새와 쇠똥 냄새가 났다. 멀리 보이는 마을의 집들과 마을 앞을 흐르는 시냇물이 햇빛에 반짝거린다. 농부와 고구마를 먹는 시간, 일을 멈춘 소는 머리를 돌려 이제는 닳고 닳아진 뭉툭한 뿔로 닿지 않는 제 등을 긁기도 하고, 큰 눈을 끔벅이며 먼 하늘을 바라보고 섰다.

햇볕에 그을려 검게 탄 얼굴과 굵게 팬 주름 사이로 땀을 흘리는 사람을 보고 있으면, 그 사람이 누구든 나쁜 사람이 아닌 다음에야 하나같이 내 마음이 숙연해진다. 굵게 주름진 이마와 눈가에 주름을 보고 있으면 그 사람 평생의 역사가 드러난다. 나이테는 나무가 쓴 역사이고 사계절 일어난 이야기를 그 안에 새겨놓은 것이다. 얼굴의 주름은 사람이 쓴 역사다. 사람 평생의 흔적이 그 주름 안에 들어있다.

나무에는 비와 바람, 가뭄과 홍수, 춥고 더웠던 한 해의 이야기가 새겨져 있다. 사람의 주름에는 인생살이의 희로애락이 고스란히 담겨있다. 주름도 얼굴의 표정같이 그 사람이 살아온 역사와 삶의 이력이 드러난다. 고구마를 다 먹은 농부는 "잘 가소." 한마디 던지고는 신발에 끈을 동여매고 밭으로 들어가며 소를 부른다. 소는 농부에게 걸어오며 긴 울음으로 화답하는 것이다.

고구마 한 개를 나누어 먹고 하던 일 하자며 소를 부르는 그 짧은 시간에 농부의 한평생 모습이 스며있다. 그는 갈아놓은 밭에 작년에 심었던 고구마를 다시 심을 것이다. 내년 이맘때도 나처럼 고구마 얻어먹을 사람이 있을는지는 알 수 없다. 배낭을 메고 일어서며 고맙다는 말 대신 지게 있는 쪽으로 가 내가 한 번도 쓰지 않았던 수건 한 장을 걸어놓았다. 산길을 돌아 보이지 않는 먼 곳에서도 '워워' 농부의 소 부리는 소리와 소의 목에 달린 방울 소리가 희미하게 들렸다.

산속의 음악소리

　산에서 지나치는 사람 중에는 꼭 라디오를 틀고 다니는 사람이 있다. 스마트폰을 비롯해 별의별 기기들을 손에 들고 다니거나 배낭끈에 달고 다닌다. 동네 약수터 뒷산은 말할 것도 없고 관광버스나 고속도로 휴게소마다 음악 소리가 들리지 않는 곳은 없다. 심지어는 조심해서 가야 하는 위험한 곳에서도 음악 소리는 들린다. 재작년 지리산 산행을 하며 새벽에 길을 걸을 때가 있었다. 적막한 길을 걷다 보면 새벽안개와 물소리, 바람소리, 새소리에 행복한 느낌이 가슴 가득 차오른다. 해가 뜨고 사람들이 활동하는 시간이 되면 어김없이 음악 소리가 들린다. 시골 동네 마을 회관 스피커에서도 음악이 나오고 여럿이 모이는 자리에는 십중팔구 음악이 있다.

　여러 산을 다니다 보면 라디오를 가지고 다니는 사람들의 음악에 대한 취향도 각양각색이다. 조용한 카페 음악으로 분위기 잡는 음악도 있고 요즘 유행하는 노래 모음도 있다. 이박사라는 사람이 부르는 빠른 템포의 '아앗싸' 하는 추임새를 넣는 노래까지 다양하다. 이젠 호기심마저 생겨 사람마다 유심히 살펴보면 여자들은 대부분 카페 음악이다. 중년 남자들은 요즘 유행하는 노래들로 대부분이 디스코 메들리나 뽕짝 모음이다. 그중에 드물게는 가곡을 녹음해 듣는 사람도 있다. 나는 산에서 듣는 어떤 음악도 좋게 들리지 않는다. 아무리 받아들이려고 해도 내 귀에는 시끄러운 소리로만 들려 짜증스럽다.

산속에까지 음악을 들고 오는 사람들은 도대체 무슨 이유가 있을까. 혼자 심심해서일까. 내가 아는 사람 중에는 산에서 들리는 이런 음악을 유난히 듣기 싫어하는 사람이 있다. 그 사람의 생각으로는 "도시와 집을 벗어나 이곳에서까지 소음과도 같은 노래나 뉴스 등을 가져와야 할까, 무슨 소린지 알 수 없는 것을 이곳에서도 들어야 할 만큼 시급하고 중요한 것일까, 여기서 만큼은 자연 속에 함께 어울려 자연의 소리를 들어야 하지 않을까." 하며 경멸의 시선으로 그들을 보는가 하면 "수준이 고작 그것밖에 안 돼, 음악을 틀고 다니면 사람들이 자기를 고상하게 봐주는 줄 아는 모양이지?"라고 생각하는 사람이다. 나도 처음엔 그랬다. 어디를 가거나 들려오는 이런 노랫소리를 못 견뎌 했다.

산행 중 그런 사람이나 일행을 마주치게 되면 먼저 지나가게 했다. 소리가 안 들릴 때까지 기다리거나 아니면 내가 앞질러 들리지 않는 곳으로 갔다. 그러다 하루는 등산객 여러 명이 좁은 길을 막고 자기들 이야기에 열중해 길을 비킬 줄 몰랐다. 배낭에 매달린 라디오에서는 음악 소리가 요란했다. 나는 그 소리가 귀에 거슬려 일행 옆으로 비켜 앞질러 걸어갔다. 그래도 소리가 들려와 좀 더 멀리 떨어지고 싶은 생각에 내리막길을 성급히 내려가다 그만 돌부리에 걸려 넘어지고 말았다. 날카로운 돌이 많은 내리막이어서 자칫 큰 사고로 이어질 뻔했다. 손바닥과 무릎에 피가 나고 등산복 무릎도 찢어져 다친 곳이 몹시 아팠다.

서두르며 덤벙대는 내게 화가 나기도 하고 후회스러운 마음이 일었다. 아픈 곳을 주무르고 있으니 뒤따라오는 일행들의 라디오 소리가 들렸다. "야~ 야야, 내 나이가 어때서~." 얼른 일어나 절룩거리며 내려갔다. 그 뒤 무릎에 상처는 흉터로 남았고 여러 군데 멍이 들어 며칠 동안 고생했다. 그 일을 생각하면 지금도 아찔한 생각이 들어 가슴을 쓸어내리지만, 이만한 것이 고마울 뿐이다.

그런 사소한 일로…… 잠깐만 참으면 되는 것을 그것을 못 참아서…… 하는 자책과 함께 경박하게 덤벙대던 내 모습이 너무 유치해 보였다. 그런 일이 있고는 내게 무슨 깨달음 같은 것이 왔는지 우스운 소리로 '도통(道通)한' 사람처럼, 산속에서 그런 일행이나 사람을 만나도 전처럼 얄밉거나 음악 소리가 귀에 거슬리지 않았다. 그런 일을 겪고서야 이제 겨우 그들을 이해하게 된 것이다.

여행하거나 산행을 하면서 요즘은 그런 사람들을 만나지 않을 수가 없다. 온갖 사람을 만나며 살아가는 것이 우리의 삶이라면 배낭을 메고 산을 가서도 나와는 다른 사람을 만나게 된다. 산은 누구를 가리지 않고 모든 것을 받아들이듯 나 역시 그들의 라디오를 인정하고 받아들이면 되지 않을까. 라디오를 가져오는 것이나, 내가 라면을 끓일 욕심으로 배낭에 버너와 코펠을 넣어 다니는 것이 조금도 다르지 않다. 그들이 싫어 산을 가지 않을 수는 없다. 그래서 요즘은 이런 생각을 한다. 나는 오래도록 산을 가야 하고 나중에 힘에 부쳐 가지 못할 때까지는 부딪치며 만나야 한다. 어차피 그럴 것이라면 그들과 내가 서로 오가는 문을 열어놓기로 했다. 서로에게 베푸는 관용은 다른 사람을 위한 공간을 남겨주는, 사람과 사람 간의 여백이다.

곰곰이 생각해보면 아마 그들도 나처럼 외로운 것이다. 산속에서 들리는 음악을 내가 싫어했지 그들은 좋은 것이다. 이렇게 생각하기 시작하는 순간, 경멸하는 마음이나 미움 대신 이해와 연민의 감정이 가슴에 일어났다. 어떤 날은 그들이 좋아지기까지 하는 것이다. 이젠 산에서 들리는 노래를 따라 부를 때도 가끔 있

다. "고장 난 벽시계는 멈추었는데 이 세월은 고장도 없네." 들을
수록 절창이다.

봄비와 조등(弔燈)

아침에 창문을 여니 실 같은 봄비가 사분사분 밤새 내렸다. 소리가 들리지 않아 비가 온 줄도 몰랐다. 늦은 아침을 먹고 집 밖으로 나오니 길 양쪽 주택 마당에 어제 내린 비로 겨우내 꽁꽁 얼어붙은 나무와 꽃들이 꿈틀거리며 소생하는 소리, 이제 땅 위로 올라오는 어린 싹들이 기지개 켜며 수런대는 소리도 들린다. 봄은 부활의 계절이다. 땅속에 갇혀 살던 만물이 땅속에서 나와 세상을 본다고 봄이라고 한다는 양주동 박사의 말이 생각난다. 추위에 움츠렸던 내 몸에도 더운 피가 돌고, 조금 있으면 굳은 땅 비집고 새싹이 올라올 것이다.

놀이터를 지나 길모퉁이를 돌아가다 마당 한편에 대추나무 있는 집 대문에 조등이 걸렸다. 아마 놀이터를 오가며 알던 노인이 세상을 떠났나 보다. 그 집에는 평소 대화는 없었지만, 나이와 상관없이 나와 함께 정을 나누던 팔순이 넘은 노인이 살고 있었다. 여러 해 전부터 집으로 가거나 나올 때면 놀이터 근처에서 네발자전거를 타고 있는 손자 옆에 지팡이를 들고 있던 노인이다. 벚나무 밑 의자에 앉아 지팡이에 두 손을 모으고 놀고 있는 어린 손자를 지켜보거나 멍하니 먼 곳을 바라보고 있었다. 얼핏 보아도 백발에 구부러진 허리를 보면 시골에서 농사지으며 살다 자식 집으로 온 듯하다.

볼 때마다 인사하면 보일 듯 말 듯 고개를 끄덕이며 뭐라 얘기하는 것 같았지만, 쪼그라든 입을 오물거리는 얼굴에는 웃음만 가득할 뿐 무슨 말을 하는지 알지 못한다. 그럴 때는 알려고 하지 않았다. 내게 무어라 말씀하는지 추측해보는 것도 작은 즐거움이다. 그것만으로도 노인과 나를 정겹게 한다. 노인은 인적이 없는 산골에서 오랜만에 사람을 만난 듯 나를 바라보는 표정이 늘 반갑고 밝았다.

그 집에 조등이 걸린 걸 보면 늦은 가을부터 겨우내 보이지 않더니 봄비가 내리는 어제 세상을 떠난 게 틀림없다. 한동안 보이지 않아 어디 편찮은가 하는 생각을 했지만, 그동안 노인은 세상과 이별할 준비를 했는지도 모른다. 사람이 세상으로 나와 오늘 세상을 떠나는 것은 날이 새고 저무는 것과 같다. 세상에 잠시 머물다 가는 할아버지 인생은 밤새 내린 봄비와 같이 어린 손자의 배웅을 받으며 처음 왔던 자리로 돌아간 것이다.

안개처럼 내리는 봄비에 섞여 향냄새가 나는 그곳을 지나 집으로 돌아와 책상 앞에 앉았다. 돌아오는 길에 노인이 앉았던 놀이터 벤치에는 과자부스러기가 흩어져 빗물에 불어있었다. 어제저녁 누군가가 마신 빈 술병이 옆으로 누웠다. 이렇게 삶과 죽음은 늘 우리 곁에 함께 하는 것이다.

책상 앞에 앉아 창문을 열면 멀리 산들이 보이고 봄 냄새가 바람에 실려 온다. 꽃향기는 코를 바짝 들이대고 맡는 것보다 보일 듯 보이지 않고 먼 데서 은은히 풍겨오는 그런 향기가 좋다. 사랑도 가까이 입속의 혀 같은 사랑보다는 있는 듯 없는 듯 문득문득 떠오르는 사랑, 그런 사랑이 좋다.

창문을 열고 비에 젖어 살짝 달라진 산빛을 바라보며 멀지 않은 곳에서 오고 있는 봄의 발걸음 소리를 듣는다. 내 곁에 가까이 오기를 기다리는 마음은 언제나 감미롭다. 눈앞에 보이는 천주산 양지바른 곳에는 쑥이 돋아났을지도 모른다. 세상 만물은 어떤 것이든 가고 나면 또 다른 것이 오듯이, 어제 떠난 노인도 내년쯤이면 봄비가 되어 손자를 보러 놀이터에 올지도 모른다. 그때는 나도 설레는 마음으로 놀이터에 나와 노인이 앉았던 벤치에 앉아 지팡이에 두 손을 얹고 바라보던 먼 산을 나도 바라볼 참이다.

사랑할 시간이 그리 많지 않다
- 산수유와 매화를 보며

어제 산수유 피는 전남 구례에 있는 산동마을을 다녀왔다. 낮은 벌판을 뒤덮은 산수유 꽃은 꿈을 꾸듯 눈앞을 아른거린다. 실 같은 봄비가 내리고 옅은 안개 속에 멀리 보이는 산수유 꽃 무더기는 나무에 내려앉은 노란 안개처럼 아련하게 피어있다. 꽃인지 안개인지 구분이 안 되는 안개비 속을 한참을 돌아다녔다. 숲을 돌아다니는 동안, 피었다 이내 져버릴 꽃나무 하나를 보러 여기까지 온 나를 생각했다. 바쁘게 돌아가는 세상에서 꽃을 보러 오는 사람과 자연과의 관계에 대해 질문하고 대답을 구하는 시간이기도 했다. 어쩌면 그 시간 삶에 의미 한 가닥을 찾을지도 모르겠다.

계척마을 산수유 시목지에 들렀을 때는 우리 일행 말고는 아무도 없었다. 천 살 먹은 나무는 천 번의 꽃을 피우고 잎을 떨구며 비에 젖어 더 검게 보였다. 굵은 가지를 사방으로 뻗은 채 묵묵히

서 있다. 천 년 세월의 나이테를 제 몸속에 두르고 있는 고목을 이곳 사람들은 '할머니 나무'라 부른다. 그 품 안에서 가을이면 수많은 열매를 맺어 젖을 먹이듯 얼마나 많은 사람에게 나누어 주었을까. 천 년의 세월이 아득한 것 같지만 지나고 나면 바로 어제다. 또다시 천 년이 지난 후에 고목은 어떤 모습으로 남아있을 까. 이곳에 있는 산수유는 모두 이 나무의 자손들 아닌가. 그런 생각을 하며 바라보는 고목은 엄숙하고 장엄하기까지 하다. 비 맞으며 서있는 고목을 몇 번이고 돌아보며 버스 있는 곳으로 돌아 왔다.

집으로 가는 길은 조금 둘러오는 길이지만 하동으로 넘어가며 아직 피지 않은 벚나무 길을 지나갔다. 해거름에 차창 밖으로 보이는 먼 산에 무리 지은 매화나무에 가지마다 핀 꽃은 잔설(殘雪)처럼 하얗다. 멀리 보이는 산에도 드문드문 무더기로 핀 매화는 아름다운 풍경으로 눈앞으로 다가왔다가는 이내 멀어진다. 이토록 아름다운 세상을 사는 나에게 앞으로 이런 것들을 사랑할 수 있는 시간이 얼마나 남았을까.

우리는 사랑하는 것들의 유한함을 알면서도 그것을 사랑한다. 어제 본 산수유와 매화꽃만 보고서도 세상의 아름다움을 알았다면 지나친 자만일까, 아니면 옳은 깨달음일까. 꽃잎 속에는 온 세상의 조화가 살뜰히 숨어있음을 본다. 그것을 안다면 사랑도 깊은사랑 하나면 전부를 사랑한 것이나 마찬가지 아닌가. "오오, 만물은 저마다 / 현신(現身)과 내일의 의미를 알고 / 서로가 서로를 지성으로 도와 / 저렇듯 어울리며 사는데" 구상 시인의 「조화(造化) 속에서」 시 한 구절 의미가 오늘따라 새롭다.

모든 사랑은 아프고, 또 아파서 사랑인데 나는 그 아픈 사랑을 해마다 왜 하는지 모르겠다. 사물이든 사람이든 그것을 사랑한다는 것은 모든 것이 결국 사라진다는 것을 알기에 더 그런 것이다. 거기에는 어쩔 수 없는 슬픔이 있고 깊은 사랑일수록 그 깊이만큼 슬프고 감미롭다. 오늘따라 수시로 나를 휩싸는 허무감은, 언젠가는 이곳에 머물 수 없다는 것과 내가 알 수 없는 또 다른 세계로 떠나야 할 시간이 차츰 가까워진다는 것을 알기 때문이다. 이 같은 깨달음은 내가 지나간 것을 잊지 못하고, 다가올 날에 더 빨리 도달하려고 하는 끝없는 집착의 윤회를 반성케 하는 것이다.

그래서 창밖을 지나가고 다가오는 꽃핀 나무들이 더 아름답다. 이런 것들을 볼 시간이 많이 남아있지 않아 슬프기는 하다. 그러나 내 삶이 온통 허무감으로만 빠져들지 않는다. 살다 보면 어쩌다 한 번쯤 오늘 같은 날도 있지 않은가. 그 마음은 마치 한순간 왔다가 개는 소나기처럼, 그런 것 아닐까. 정말 그랬으면 좋겠다.

책상 의자에 앉아서

내 방은 높은 곳에 있다. 책상 의자에 앉아 책 읽다 침침해지는 눈을 비비고 기지개 켠다. 멀리 바라보이는 산에 연둣빛 안개가 깔렸다. 안경을 쓰고 보면 아직은 어두운 곳이 많은데, 다시 안경을 벗고 바라보면 안개가 아니라 연둣빛 구름이 군데군데 엷게 내려앉은 것 같다. 그러다 안경을 쓰면 있는 모습 그대로다. 눈 비비는 순간이나마 연둣빛 안개와 구름을 본 것이 눈곱이 끼어 그랬어도 좋고, 나빠진 시력 때문이라 해도 괜찮다. 이런 것을 보면 눈 밝은 것이 꼭 자랑할 것만은 못 된다.

보이는 곳마다 봄기운이 스며들었다. 앉은 곳에서 정면으로 보이는 건 정병산이고 조금 오른쪽으로 가면 용추계곡을 끼고 있는 비음산이다. 더 오른쪽으로 가면 대암산이 보인다. 그 너머로 용지봉을 더듬어보고 봉우리 아래 장유사 절까지 떠올리는 것이다. 거기서 오른쪽으로 돌아보면 장복산 능선이 길게 뻗어있다. 책상 앞 의자에 앉아 의자를 돌려가며 보이는 산마다 그 산속에 있는 오솔길을 생각한다. 길마다 가진 풍경을 떠올리는 것이다. 그때는 산을 보는 것만으로도 그곳에 이미 내가 가있어 상상 속의 산길을 걷고 있다. 오늘처럼 산을 바라보며 얻어지는 사유를 모아 글도 쓰게 되는 것이다.

의자에 오래 앉아 엉덩이가 배기거나 다리가 저리면 일어나 창문을 열고 봄바람을 맞는다. 얼굴을 내밀어 밑을 내려다보면 화단에 핀 철쭉이 붉다 못해 핏빛이다. 길 건너 은행 건물 옥상에 사람 하나가 담배를 피우며 먼 곳을 바라보고 섰다. 그 모습이 무언가를 그리는 사람처럼 봄날임에도 왠지 쓸쓸해 보인다.

양손을 허리에 얹고 무릎 펴기를 하며 정면으로 보이는 시청 로터리 잔디밭이 빈 곳 없이 녹색으로 덮였다. 넓은 도로 양쪽 화단에 초목들이 푸른 옷을 입으면 삭막해 보이던 도시의 건물들이 덩달아 생기가 오르고, 그동안 을씨년스럽던 모습이 사라지는 것이다. 보도블록 틈 사이 꽃 피운 민들레 한 송이에 길의 표정은 달라진다. 봄꽃과 초록의 힘은 자기들만이 아니라 곁에 있는 어두운 것에도 초록의 물기를 나눈다.

방에서 오른쪽 창문으로 멀리 보이는 진해 시루바위는 봄 아지랑이에 더 멀어 보이고, 오래전 아내와 바위 아래서 점심 먹던 기억을 떠오르게 한다. 그 시간으로 생각이 날아가면 아내와 함께는 아니어도 당장 가고 싶다는 생각이 머릿속을 간질이는 것이다. 안민고개에서 가면 오르막이 끝나는 무렵 넓은 평지가 나타나고 바위 있는 곳까지 억새밭이다. 가을이면 바람에 흔들리는 억새로 마음이 부풀어 오른다. 그 사이로 걸어가며 올려다보는 시루바위는 가까이 갈수록 장엄해 보이기까지 하다. 더 자라기 전 지금 돋아나는 억새를 보고 싶다.

내가 맞는 봄은 횟수가 자꾸 줄어들고 나는 앞으로 몇 번의 봄을 더 만날지 모른다. 창을 통해 바라보는 오늘을 기억하기 위해서라도 지금 그곳으로 가야 하는 것 아닌가. 차일피일 미루다 늦게 간다면 내 키만큼 자란 억새 속에서, 사춘기에 든 아이들의 낯가림같이 몸 둘 곳 몰라 허둥대는 초로의 모습이 될지도 모른다.

우수(雨水)

　　우수 날 새벽잠을 깨어 창을 여니 밖은 어둡고 바람은 한겨울처럼 차갑다. 굳은살 벗겨지듯 일상의 삶이 떨어지고 새롭게 드러나는 새 삶은 놀라울 일이 많다. 지난날 내 가슴을 설레게 하던 추억과 삶에 짓눌려 체념하고 살았던 꿈들이 우수(雨水) 날 동면하던 짐승처럼 기지개 켜며 내 눈앞에 섰다. 사람은 누구나 한 번쯤 돌아가고 싶은 지난날이 있다. 삶이란 그것이 물웅덩이처럼 고인 세월이든, 강물처럼 흐르는 세월이든, 지나간 것은 어김없이 내 가슴속에 깊숙이 들어와, 다시는 떠날 수 없는 내 삶의 한 부분으로 자리 잡는 것이다. 나에게 그것은 내가 초등학생이었을 때 맞는 봄의 기억이다.

　　늘 이맘때면 머릿속에서 아지랑이처럼 아물거리며 떠오르는 강아지에 대한 추억이 있다. 나는 그 강아지를 평생 잊지 못한다. 살면서 몇 번의 봄을 더 맞을지는 모르지만, 올해 또 한 번 맞는 봄이 전에 없이 행복하다. 잘 살아야겠다는 다짐조차 없을 때 사는 삶이 아름다운 것처럼, 어떤 의식 없이 나에게 집중하는 지금, 시간의 흐름을 느끼지 못하는 것이다. 그 자체로 대기를 벗어나 진공으로 들어가는 무중력의 삶인지도 모른다. 이 같은 마음으로 기억 속의 강아지를 다시 만나는 일은 개와 함께 떠나는 마음의 여행이다.

시인 백석은 "하늘이 이 세상을 내일 적에 그가 가장 귀해 하고 사랑하는 것들은 모두 가난하고 쓸쓸하니 그리고 언제나 넘치는 사랑과 슬픔 속에 살도록 만드신 것이다."라는 시를 썼다. 나는 이 시를 떠올리면 어린 시절 절룩거리던 강아지와 뛰놀던 목련꽃 핀 동네 공터가 눈앞에 어른거린다. 우수 날, 백석의 시는 머리에서 가슴으로 내려와 아물거리는 그때 봄날을 생각하게 하는 것이다.

내 한평생 또 한 번 맞는 봄을 기다리며 피어날 봄꽃들을 차례로 그려보다 목련꽃 앞에서는 가로등 밑에 선 것처럼 가슴이 환해지고, 다시 창문을 열고 차가운 새벽 기운을 가슴속 깊이 들이마신다. 짧은 봄날 눈 아프도록 아름다운 것들은 절대로 오래 머물지 않는다. 술은 한 모금 입안을 적실 때가 가장 맛이 있고, 사랑은 사랑의 감정을 느끼는 짧은 그 순간이 아름답다. 나뭇잎의 가장 아름다운 시적(詩的) 순간은 나뭇가지에서 떨어질 때인 것처럼, 꽃은 필 때가 아름답다.

딱지 떨어지고 돋아나는 새살은 젖내 나는 아기살처럼 고운 분홍색이다. 겨우내 굳은 나뭇가지를 뚫고 올라오는 목련꽃 봉오리를 가까이서 보면, 움트는 새살은 우유에다 붉은 물감 한 방울 풀어놓은 듯, 경계 지을 수 없는 빛깔이 곱고 신비롭다. 이제 백목련 가지에 봄이 내려앉고 지리산 끝자락 산수유는 꿈꾸듯 꽃필 것이다. 뒤따라 목련, 개나리, 벚꽃이 차례로 필 것이다. 모두 손잡고 함께 피는 날에는 일찍 핀 꽃이 늦게 핀 꽃들을 돋보이게 하듯, 서로서로 도와가며 눈 맞춤하고, 한 시절 황홀했던 봄날은 또 그렇게 저물 것이다.

봄날은 허망하게 가지 않는다. 더디게 온 것은 다시 찾아온다고 속삭이며 간다. 이제 한 걸음씩 다가오는 봄 눈치 보며 겨울은 어느새 슬금슬금 도망치려 한다.

회상

많은 사람에게 오월과 유월은 회상(回想)의 달이다. 그리고 이맘때면 시인 문병란의 시가 생각날 때다. 5월과 6월은 회상(回想)의 달이다. 그리고 이맘때면 시인 문병란의 시가 생각날 때다. "이별이 너무 길다 / 슬픔이 너무 길다 / 선 채로 기다리기엔 은하수가 너무 길다 / 단 하나 오작교마저 끊어져 버린 지금은 / 가슴과 가슴으로 노둣돌을 놓아……." 애틋한 사람을 만나러 가야 한다는 「직녀에게」 노랫말처럼 빛바래가는 인연을 만나기 위해 우리는 서로의 가슴으로 노둣돌을 놓아야 한다. 노래를 듣고 있으면 가슴 저미는 아픔이 몸속으로 파고드는 느낌이다.

사람의 관계는 시간에 따라 변하게 마련이다. 한때 그렇게 애틋했던 인연들이 세월 속에 빛이 바래 희미해져 가는 광경은 왠지 슬프다. 곁에 있는 것은 언제나 잊어버리기 쉽고 멀리 있는 것은 거꾸로 그립기만 하다. 그것이 인간사라고 하는 사람들의 말이 가슴에 와닿는다. 차창 밖으로 점점 멀어지는 고향 마을 풍경처럼 붙잡을 수도 없고, 가까이 다가갈 수도 없는 그런 애틋함이다.

그리움은 생각하면 할수록 더 그리워지고 잊을 만하면 또다시 살아나는, 흩어졌다 모이는 구름 같은 것이다. 그런 까닭으로 애틋했던 인연은 항상 가슴 속에 머문다. 내 곁에 있는 것들이 세월이 가며 차츰 바래가고 희미해지는 것을 언제나 안타까워할 일만은 아니다. 처지에 따라 삶이 달라 보이는 건 한 집에서 이 방에서 저 방으로 건너가는 것과 같다. 자신만이 그것을 모를 뿐이다. 세상 만물은 피었다 지고 생겼다가 사라지는 것이다. 눈에 보이는 모든 것은 영원히 오는 것도 영원히 가는 것도 없음을 알고 있지 않은가.

슬픔이 포개지면 더 슬플 것 같지만, 실제론 안 그런 경우가 많다. 만물이 극에 달하면 쇠퇴하는 것이 세상 이치라 했는데 기쁨과 슬픔 역시 아무리 포개져도 더 슬프거나 기쁘지 않다. 어떤 것이든 시간이 지나면 빛이 바래게 마련이다. 그것이 한때는 화려했음을 보여주는 일이기도 하다. 꽃향기는 피기 시작한 그 시간에 한정되고 우리가 맞닥뜨리는 다른 어떤 것도 느끼는 마음은 그 순간이다. 세상일 만 가지가 그렇고, 사람의 사랑도 그렇다.

사람은 누구나 한때의 뜨거운 시절은 있는 법이다. 예컨대, 어린 소녀의 손가락에 반지는 예쁘지 않다. 그때는 푸른 청춘의 싱그러움이 보석보다 더 빛나는데, 반지는 늙어가는 여성의 손가락에나 끼워져 사라져가는 젊은 청춘을 붙들려는 몸부림이다. 술맛을 느끼는 것은 술을 마시는 짧은 순간에 있고 애틋한 사랑의 감정도 이런 순간의 시간 위에 존재한다. 한번 그 시간이 지나고 나면 익숙해질수록 친밀감만 더해질 뿐 사랑의 감정은 점점 빛이 바래는 것이다.

한 병의 맛있는 술을 만드는 데 재료보다 더 중요한 게 시간이다. 인연이 만들어지는 것도 술이 익어가는 것과 같다. 설익어도 안 되고 너무 익어 넘치는 것도 숨 가쁘다. 희미해져 가는 것들은 내가 그것을 잊지 않는 한, 술에 세월이 스미듯 가슴 속에서 익어가는 것이다. 새것 옆 헌것의 푸근함은 아이와 노인을 보는 것처럼 마음 편하다. 질 낮은 번쩍거림에는 후진 거탈과 지루함이 있을 뿐 세월의 무게는 찾을 수 없다.

차라리 빛바랜 한 시절의 추억일지라도 그것을 붙들어 책갈피 속에 끼운 나뭇잎처럼, 지나간 사랑과 함께 내 안에 쌓아두는 것도 좋다. 가슴에 추억을 담아놓고 어느 날 문득 보고 싶을 때 앨범처럼 끄집어내어 회상하는 것도 삶의 유장함이다. 희미해져 가는 인연을 잊지 않고 그 기억을 간직할 때, 애틋한 사랑도 제 깊이를 열어 보일 것이다.

네 번째 여행

　어느덧 마지막 여행이다. 세 번의 여행을 끝내고 마지막 여행을 준비하는 오늘, 쉽게 잠이 오지 않는다. 학창시절 수학여행 때처럼 떠나기 전날은 가슴이 부풀어 잠들지 못한다. 여행이 끝나고 집으로 가야 하는 날에는 친구들과 더 놀고 싶고 교실에서 공부하지 않아도 되는 즐거움이 끝난다는 생각 때문에 아쉬워 잠들지 못한다. 지금도 역시 그때 마음처럼 서운해서일까. 아니면 여행이 끝나간다는 안도감 때문일까. 까닭 모를 허전함이 밀려와 오늘도 잠자기는 틀렸다. 생이 이울어갈 즈음 어린 시절의 추억은 장독 안에서 돌에 눌린 채 곰삭을 대로 삭은 콩잎처럼, 이제 더 삭을 것이 없다. 가끔 한 번씩은 누르던 돌을 들어내고 콩잎 맛보듯 그렇게 어린 시절로 돌아가고 싶은 것이다.

　다시는 돌아갈 수 없지만, 꿈속에서나 아니면 마음의 여행은 그 시절뿐만 아니라 어디든 몇 번이고 되돌아갈 수 있다. 마지막 여행길이어서 그런지 나도 모르게 뒤를 돌아보는 횟수가 잦다. 친정 간 며느리가 시댁으로 돌아가는 발걸음같이 가다가는 돌아보고, 또 돌아보게 되는 것이다. 이번 여행길에서 내가 해야 할 일은, 어린 시절과 지금을 수도 없이 오가며 지긋지긋하게 생각함으로써 나를 둘러싸고 있던 허무감을 떨쳐내고 서러움을 희석하는 일이다. 그 과정을 거치고 나면, 내 가슴에 아무리 눈이 내리고 바람이 불어도 그것이 큰 힘을 쓰지 못할 것이다. 이제 그런 허무감이나 서러움 따위는 내 등살에도 못 이겨서 주춤주춤 뒷걸음질 치고 말 것이다.

절름발이 북실이

옆집의 개는 꼭 늦은 밤 아니면 새벽에 짖는다. 잠을 설치기도 하고, 새벽이면 개 짖는 소리에 잠이 깨고 나면 다시 잠들기가 어렵다. 짖는 개를 두고 뭐라 할 수도 없고, 개 주인에게 따지는 것도 이웃집에서 할 일이 아니다. 신경이 곤두서서 화가 날 때도 있지만 되도록 참으려고 하는 편이다. 달라진 게 있다면 옛날 고향 마을에 한 집 건너 기르던 개들은 밤에 낯선 사람이 마을로 들어오면 먼저 짖는 개를 따라 온 동네 개들이 짖어대어도 시끄럽거나 귀에 거슬리지 않았다. 정 시끄럽다 싶으면 방문을 열고 개 이름을 부르며 조용히 하라는 말 한마디면, 당장 꼬리를 살랑거리고 깽깽대며 혓바닥을 날름거리는 살가운 데가 있었다.

늦은 밤이라 해도 시골집에서는 개 짖는 소리에 잠을 설친 적도 없었고 새벽이라도 닭 홰치는 소리처럼 정겹기만 했다. 요즘 아파트나 주택에서 키우는 개는 짖는 소리가 신경질적이고 거의 발악에 가깝다. 개들도 도회지의 사람을 닮아가는지 소리가 날카롭고 패악스러워 귀에 거슬린다. 괜스레 개를 키우는 주인이 살짝 궁금해지기도 한다. 언제나 그럴 때면 옛날 내가 키우던 개 한 마리가 생각나는 것이다.

초등학교 5학년 초겨울, 학교를 마치고 집으로 가는 길이었다. 학교 앞 문방구 현관 덧문 옆 구석진 맨땅에 강아지 한 마리가 거의 죽은 모습으로 버려져 있는 것을 보았다. 가까이 가보니 아직 죽지는 않았는지 풍선처럼 부풀어 오른 배가 희미하게 오르내리고 있었다. 까만 눈을 뜨고 내 얼굴을 빤히 쳐다보았다. 불쌍한 마음에 쪼그리고 앉아 콧잔등을 만지며 쳐다보고 있으니 문방구 딸기코 할배가 (당시 우리는 이렇게 불렀다) "강아지가 뭘 잘못 묵어 똥도 못 싸고 배가 불러 죽을라 칸다. 니가 가져갈래?" 나는 두말하지 않고 강아지를 안고 집으로 왔다.

놀란 어머니는 "이게 뭐꼬, 어디서 주워왔노." 하시며 강아지에게 쌀뜨물을 숟가락으로 떠먹이고, 부풀어 터질 것 같은 배를 손으로 문질렀다. 추운 밤에는 헌 옷으로 감싸 부엌 연탄불 아궁이 옆에 데려다놓으며 정성을 다하셨다. 내가 옆에 쪼그리고 앉아 콧등을 살살 쓰다듬으니 생기가 도는 듯 촉촉했다. 곧 나을 거라 기도하며 가물거리는 강아지 눈을 쳐다보았다. 조그만 눈을 깜박거리며 나를 쳐다보는 까만 눈을 보니 눈물이 날 만큼 애처로웠다.

다음날 아침 눈을 뜨자마자 부엌으로 달려가 보니 강아지는 기운을 차리고 일어나 걸음을 걷기 위해 뒤뚱거리고 있었다. 어머님은 "고놈이 밤새 똥을 한 바가지나 쌌다. 이제는 됐다, 살겠다." 하셨다.

강아지가 버려졌을 때 차가운 땅바닥에 짓눌린 탓에 한쪽 발은 온전치 못했다. 걸을 때는 왼쪽 발이 절룩거렸고 가만히 서있을 때도 움찔움찔했다. 노르스름한 털이 길고 탐스러워 어머님과 나는 강아지 이름을 북실이라 불렀다. 아마 어머님이 북실이라 부른 이유는 털이 길고 북슬북슬 하다는 뜻으로 그렇게 이름을 지었을 것이다. 나도 북실이란 이름이 좋았다. 북실이는 내가 집에 있을 때는 곁을 떠나는 적이 없었다. 북실아~ 하고 부르면 어디에 있든 절룩거리며 달려와 주변을 맴돌며 좋아 날뛰었다. 절룩거리며 뛰는 모습 때문에 북실이는 동네에서 소문난 개가 되었다. 누구 없이 북실이를 보면 먹을 것을 주며 좋아했다. 자기들 집에서 기르는 개는 뒷전이었다.

북실이는 멀리서 학교에서 돌아오는 내 모습을 보면 미친 듯이 절룩거리며 달려왔다. 유난히 나를 따랐다. 사람이 누군가를 이처럼 좋아하게 된다면 그 사랑은 말로 다 하지 못할 것이다. 북실이를 동네 사람들이 유난히 더 좋아했던 이유는 평소에는 잘 짖지 않았지만, 어쩌다 한밤중에 컹컹 짖을 때는 짖는 소리가 더없이 듣기 좋았기 때문이다. 이웃집 할머니들도 "북실이는 짖는 목청이 진짜로 이쁜기라. 사람으로 치면 남인수 맹키로 가수다 아이가." 하셨다.

시간이 흘러 내가 중학교 2학년 여름 방학 때였다. 동네 또래들과 어울려 부산 송도해수욕장에 갈 때였다. 그때는 아주 먼 길을 걸어서 다녔다. 요즘으로선 그 길을 걸어서 간다는 것은 생각지도 못할 일이지만, 우리는 걸어 다녔다. 친구들과 걷다 뒤를 돌아보니 북실이가 따라오는 것이다. 졸졸 따라오는 북실이는 아무리 가라고 손짓을 해도 계속 따라왔다. 한참을 걸어 찻길로 들어설 때까지 따라오기에 가라고 고함을 치면, 돌아서서 가는 척하다가 다시 뒤돌아보면 또 따라오는 것이다. 그만 화가 나 길가에 돌을 서너 개 주워다 던지며 성을 내니 그제야 꼬리를 내리고 몇 번 짖어대고는 그 자리에 멈추어 섰다. 까마득히 멀어진 곳에서 돌아보니 그때까지 그곳에 서서 내 모습을 쳐다보고 있었다.

친구들과 송도해수욕장에서 종일토록 놀다 해 질 무렵 집으로 왔다. 늦은 저녁 어머님이 "북실이가 안 보인다. 개집에도 없고, 아무리 불러봐도 안 보인다. 이상하네. 홍식이 니가 나가서 찾아봐라." 했다. 별생각 없이 동네로 나가 아무리 부르고 찾아봐도 북실이는 없었다. 다음날도, 그 다음날도…… 그리고 며칠이 지나도……. "복날 개장사가 몰고 갔다." 옆집 할머니 말에 그만 참았던 울음이 터져 나와 펑펑 울고 말았다. 내가 태어나서 그렇게 서럽도록 울어본 일은 그때가 처음이었다. 북실이는 사라지는 내 모습을 뒤로하고 절뚝거리며 집으로 돌아오다 그렇게 영 헤어진 것이다.

나는 이날껏 될 수 있으면 보신탕집은 쳐다보려 하지 않는다. 어쩌다 보신탕집 앞을 지나갈 때면 지금도 북실이 생각이 난다. 그 이후로 다시는 개를 키우고 싶지 않았다. 그러나 만약…… 개를 다시 키우게 된다면 북실이라 이름 지을 것이다.

납작 보리쌀 두 되

초등학교 4학년 때, 어머니 심부름으로 동네에서 멀리 떨어진 시장에 납작 보리쌀 두 되를 사러 갔다. 밀가루 포대로 만든 자루를 들고 단골로 가는 집에서 두 되를 샀다. 옛날에는 한동네에 세끼 끼니를 걱정하지 않는 집은 잘사는 집에 들었다. 그때 사람들은 보리쌀을 기계로 눌러 납작해진 보리를 두고 납작 보리쌀이라 불렀다. 한 번 삶아낸 뒤 약간의 쌀을 섞어 밥을 하면 밥도 부드럽고 양이 많아져 식구 많은 집에는 늘려 먹을 수 있어 즐겨 먹었다.

쌀 포대를 메고 돌아 나오는데, 모르는 아저씨가 다가와 "야! 너 내 알제?" 하며 가까이 다가왔다. 나는 처음 보는 아저씨라 그냥 서있으니 "네 아버지가 저 밑에 청과조합에 사과를 한 상자 사놓았는데 같이 가자. 보리쌀은 여기 맡겨놓고." 하는 그 아저씨 말에 포대를 쌀집에 도로 내려놓았다. 그리고는 아무런 의심 없이 따라갔다. 청과조합에 와서는 "너 여기 쪼매만 있어라, 내가 사과 지고 갈 지게꾼 불러 올게. 그라고 쪼매만 있으면 너거 아부지가 올 끼다. 아무 데도 가지 마라. 알았나." 하고는 그 아저씨는 가버렸다.

나는 쪼그리고 앉아 조금 있으면 지게꾼과 함께 올 아저씨를 기다리며 달콤한 생각에 젖었다. 사과를 가져오면 그 속에서 먼저 한 개를 꺼내 먹고 또 한 개는 몰래 감추어 두고 먹고 싶을 때 혼자서 먹을 생각을 했다. 아마 두 개쯤 꺼내도 어머니는 모를 거라는 생각을 하며 시고 달콤한 사과를 먹는 생각으로 입안에 침이 가득 고였다. 요즘 사과는 종이 상자에 줄을 맞춰 담겨있어 한 개만 덜어내도 금방 표가 나지만, 옛날 사과 상자는 나무로 만들어 속을 쌀겨와 사과를 섞어놓아 사과가 무슨 보물처럼 귀하게 보였다. 속에 든 것을 한두 개쯤 꺼내도 쌀겨로 슬슬 덮어놓으면 겉으로 봐선 모른다.

아무리 기다려도 지게꾼도, 그 아저씨도 오지 않았다. 아버지가 오실까 싶어 입구 쪽을 눈이 빠지게 쳐다보고 있어도 아버지는 오지 않았다. 해가 져 어둑해질 때까지 아무도 오지 않았다. 맥이 풀려 쌀집으로 쌀 포대를 가지러 갔다.

"그 아저씨가 벌써 가지고 갔다. 너거 아부지 아이가?" 하는 쌀

집 주인의 말이 믿을 수가 없었다. 날은 어두워지고 어린 마음에 덜컥 겁도 나고, 어찌하면 좋을까 걱정되었다. "어디로 갔는데요……?" 쌀집 주인이 가리키는 쪽으로 무작정 뛰어갔다. 아저씨는 보이지도 않고 뛰면서도 걱정이 되어 자꾸만 눈물이 나왔다. 그러면서도 어쩌면 지금 아버지가 와서 찾을지도 모른다는 생각이 들어 다시 청과조합으로 뛰어갔다. 뛰어가는 도중에 낡고 헐거워진 헌 고무신이 땀에 젖어 자꾸만 벗겨졌다.

그곳에는 아버지도, 그 아저씨도 지게꾼도 보이지 않았다. 터벅거리며 집으로 왔다. "니 와 이리 늦었노. 보리쌀은?" 울면서 더듬거리며 있었던 일을 이야기하니, 어머니는 "됐다, 가서 세수나 해라." 했다. 내 얼굴은 눈물과 땀으로 범벅되어있었다. 이야기를 들은 큰형님은 "아이고, 저 어바리 같은 놈. 저녁 묵지 마라!" 고함을 질렀다. 나는 저녁에 이불 속에서 아무리 생각해도 오늘 일을 믿을 수가 없었다. 사과를 기다리며 입에 침이 고이던 일과 쌀포대를 메고 가는 그 아저씨도 생각이 났다. 내가 보기엔 마음씨가 좋아 보였는데……. 그 아저씨는 어느 동네에 살고 있을까. 어쩌면 학교에 가다가, 아니면 내가 물 길어 가는 구덕산 샘터에서라도 만날 것 같았다.

밤늦게 들어온 아버지에게 어머니는 오늘 그 일을 이야기하셨다. 이불을 당겨 얼굴을 묻었다. 이불 속에서 훌쩍거리며 울고 있으니 "괜찮다 이놈아, 사내 자슥이…… 울지 마라! 아마 그 집도 자식새끼가 있을 끼고 오죽했으면 너같이 어린놈 쌀자루를 가져 갔겠나. 오늘 그 쌀로 뜨신 밥해서 식구대로 잘 묵었을 끼다. 마…… 그라면 됐다." 이불 속에서 들은 아버지의 이 말을 평생 잊을 수가 없다.

그날 저녁 집에 쌀이 없었던 탓에 어머니는 시래기를 썰어 솥에 삶아 된장을 풀고 수제비를 넣어 죽을 끓였다. 시래기죽을 두 그 릇이나 먹었다. 지금까지 수제비를 넣어 만든 시래기죽을 그때만 큼 맛있게 먹어본 적이 없다.

도둑질 그리고 긴 이야기

　어린 시절 수많은 기억 속에 평생 가슴에 남은 부끄러운 기억이 있다. 정확히는 모르지만, 초등학교 시절이었나 보다. 어느 날 아버지가 직접 나무로 만든 저금통 하나를 벽에 걸어놓았다. 어머니에게 매일 조금씩 나갈 때마다 돈을 넣겠다며 가득 찬 통을 생각하는 듯 스스로 대견해하며 지폐 두 장을 넣고 나가셨다. 며칠 후 학교 공부를 마치고 집으로 와 큰방에서 무언가를 가져올 일이 있었다. 나오다가 아버지 머리맡에 걸린 나무저금통에 돈이 안으로 들어가지 않고 끝부분이 조금 나와있는 것을 보았다. 처음에는 아무 생각 없이 들락거렸지만, 눈길이 자꾸만 그쪽으로 갔다. 나중에는 은근히 호기심이 생겨 가까이 가서 끝을 잡아당기니 지폐 한 장이 빠져나왔다. 순간 어떻게 할까 망설이다 그만 주머니에 넣어 밖으로 나왔다.

가슴이 벌렁거리고 숨까지 가빴지만, 주머니에든 돈의 촉감이 정말 좋았다. 그때까지 심부름 말고는 지폐를 내 것으로 가져보기는 그때가 처음이다. 심부름 값으로 받는 돈은 전부 동전이었고 내가 갖고 싶은 것을 돈으로 사는 것은 엄두도 못 낼 그런 시절이었다. 돈을 주머니에 넣고 동네를 한 바퀴 돌아다녀도 가슴이 가라앉지 않았다. 혹시 들키면 어떻게 할까 걱정되지만, 제자리에 도로 넣을 수도 없었다. 그날 어머니 얼굴만 보아도 가슴이 두근거리고 저녁 아버지가 들어오는 기척이 들릴 때는 덮고 있던 이불을 끌어당겨 얼굴을 파묻고 말았다.

다음 날 아침 두 분 표정을 살피니 전과 다름없었다. 아침을 먹는 둥 마는 둥 하고 학교로 달려갔다. 점심시간 학교 매점으로 가 한편에 수북이 쌓인 기름으로 튀긴 노란 꽈배기를 보니 정말 먹고 싶었다. 매점에 갈 때마다 실컷 먹어보고 싶은 꽈배기였지만 돈이 없으면 그림의 떡이다. 어젯밤 마음먹은 대로 주머니에 꼬깃꼬깃 접힌 지폐를 꺼내 꽈배기를 사고 거스름돈을 받았다. 내게 물건을 사고 거스름돈을 받는 경우는 드물었다. 늘 동전 한두 개를 가지고 사탕이나 풀빵을 사고 나면 거스름돈을 받는 일은 없었다. 운동장을 돌아다니며 가능한 친구들이 없는 곳에서 과자를 주머니에 넣어 조금씩 깨트리며 먹었다. 꽈배기가 어쩌면 그렇게 맛이 있었던지 먹는 동안은 어떤 걱정도, 아버지에 대한 두려움도 없었다.

속담에 바늘 도둑이 소도둑 된다는 말이 있다. 며칠 후 아버지 방으로 들어가 또 들어가지 않고 끝이 보이는 돈이 있는지 저금통을 살피면 아무 흔적이 없다. 가까이 가서 두드려보기도 하고 돈을 넣는 입구를 들여다보고 싶어도 구멍이 좁아 볼 수도 없었다. 방을 나오며 알 수 없이 가슴이 두근거렸다. 훔친 돈으로 사 먹던 꽈배기 생각에 공부도 되지 않았다. 집에는 늘 어머니와 동생들이 있었고 저금통에 가까이 가기도 힘들었다. 집에 혼자가 되었을 때 나는 기가 막힌 도둑이 되고 말았다.

밤에 이불 속에서 생각했던 대로 집에 아무도 없는 틈을 타 젓가락으로 저금통 안에 있는 지폐를 끄집어내었다. 생각보다 너무 쉬웠다. 다음 날 학교에 가서는 당당하게 지폐를 주고 과자를 사 먹고 다른 친구에게 선심을 쓰기도 하며 집에 와서는 가게로 돌아다니며 먹고 싶은 것을 사 먹었다. 저녁 집으로 돌아오면 아버지도 어머니도 전과 다름없었고 나 역시 아무 일도 없었다는 듯 책상에 앉아 공부하는 척했다. 시간이 갈수록 대담해졌다. 수시로 젓가락으로 돈을 꺼내 돈을 쓰고 돌아다녔다.

어느 날 저녁 올 것이 오고 말았다. 큰방에 들어가는 순간 늘 있던 자리에 걸려있던 저금통이 없었다. 심장이 쿵쾅거려 견딜 수가 없었다. 집을 나와 무작정 뒷산으로 갔다. 이제 이 일을 어떻게 할까. 집을 나와버릴까 아니면 다 말해버릴까. 용기가 나지 않아 둘 중 아무것도 할 수 없었다. 집으로 들어가지 못하고 온 동네를 돌아다녔지만, 친구도 눈에 들어오지 않았고 어떻게 모면할까, 머리를 짜내도 방법이 없었다. 저녁도 먹지 못해 배도 고프고 집으로 가려니 발걸음이 떨어지지 않았다. 그 당시는 통금이 있던 시절이라 12시가 넘으면 길거리에 다니지도 못했다. 밤늦게 비 맞은 강아지 모양 풀 죽어 집으로 들어온 나에게 아버지도 어머니도 아무런 말이 없었다. 속으로는 각오하고 갔지만, 말이 없으니 오히려 더 두려웠다. 방으로 들어가 옷도 벗지 않은 채 이불 속으로 들어가 얼굴을 파묻었다. 이불 속에서 웅크리고 눈을 감으니 혼자라는 안도감에 이 순간이 영원히 계속되었으면 싶었다.

다음 날 아침 어머니 아버지 얼굴을 볼 수 없어 일어나지 못하고 이불 속에 있는 나를 "홍식아, 뭐 하노. 밥 묵고 학교 안 갈래." 전과 다름없는 어머니 목소리에 일어나 식구들이 밥 먹는 아버지 방으로 갔다. "뭐하고 서있노, 빨리 여기 앉아 밥 묵어라." 아버지는 손바닥으로 자신의 옆자리를 두드렸다.

나는 일찍이 침묵의 가르침이 무엇인지를 알게 되었다. 한 번의 침묵이 천 마디 말과 맞먹을 수 있다는 것을 알았다. 내가 저지른 잘못을 들추어내어 꾸짖고 화내는 것보다 땅끝처럼 깊은 침묵으로 승화시켜 나를 가르친 아버지였다. 오래전 돌아가셨지만, 어머니는 치매로 요양원에 계신다. 다른 사람은 기억이 희미해 알다 모르다 가물거리지만 나는 틀림없이 기억하고 있다. 어머니는 나를 볼 때마다 "홍식아, 니가 우짠 일이고. 그래, 니 처하고 잘 사나." 항상 묻는다.

　만약 그 당시 두 분이 내가 저지른 잘못을 두고 매를 때리거나 온갖 말로 나무랐다면 세월이 가며 그때 기억을 떠올리기 싫었을 것이고 잊혔을지도 모른다. 하지만 많은 세월이 흘렀어도 두 분에 대한 기억은 깊은 샘에서 막 퍼 올린 샘물처럼 맑고 투명한 사랑으로 남아있다.

봄

누나는 60을 넘어섰지만, 나이에 비해 얼굴에 주름도 없고 피부는 맑고 곱다. 마치 봄에 갓 돋아난 쑥 이파리처럼 상큼하고 고운 얼굴이다. 누나의 얼굴을 볼 때면 내가 초등학교 다니던 시절 같은 학교 합창단에서 노래 부르던 누나의 모습이 그려지고 학교 강당에서 단원들과 부르던 노래가 생각난다.

먼 산에 진달래 울긋불긋 피었고 / 보리밭 종달새 우지우지 노래하면 / 아득한 저 산 너머 고향 집 그리워라 / 버들피리 소리 나는 고향 집 그리워라

맑고 고운 목소리가 은은하게 들린다. 누나는 방송국에서 모집한 무궁화합창단 단원이었다. 예쁜 단복을 입고 어머니와 집을 나서면 이웃 사람들이 부러운 눈으로 쳐다보았다.

따뜻한 봄날, 누나와 나는 소쿠리와 자루를 가지고 대티고개라는 언덕길을 넘어 쑥을 뜨러 갔다. 산들바람을 맞으며 걷는 길

가 나무에는 물이 오르고 양쪽 비탈진 언덕에는 파릇한 풀잎이 돋아나고 있었다. 당시에는 짐을 싣고 고개를 넘는 소달구지가 있었다. 누나와 나는 주인의 눈치를 살펴가며 뒷자리에 슬쩍 올라타기도 하며 봄바람 부는 그 길을 넘어갔다. 소를 몰고 가는 사람은 뒤돌아보며 우리를 보아도 나무라지 않았다. 빙그레 웃는 모습이 밀짚모자 쓴 아버지같이 다정했다.

낮은 산기슭 언덕으로 올라가 지난해 마른풀 사이로 파란 쑥을 찾으면 소풍 때 보물찾기를 하듯 반가웠다. 멀리 떨어져 쑥을 캐는 누나는 맑고 기쁜 목소리로 "홍식아, 여기 좀 봐라! 여기 무더기로 돋아있다." 해서 누나 있는 곳으로 뛰어가면 그곳엔 정말 쑥이 무더기로 돋아나 있었다. 주변을 둘러보면 여기저기 얼굴을 내민 쑥은 사람이 일부러 심은 것 같았다. 토끼처럼 풀밭을 뛰어다니며 조그만 칼로 나물을 뜯으면 쑥 내음이 코끝에 스치고 소쿠리에 담긴 쑥에서도 향긋한 내음과 함께 봄이 담겨있었다. 혼자 풀밭을 뛰어다니다 큰 바위나 언덕에 올라가면 멀리 누나의 나물 캐는 모습이 봄 아지랑이 속에 아물거렸다.

집으로 올 때는 종일 뜯은 것을 작은 자루에 담아 어깨에 둘러메고 돌아오면 자루 속 쑥잎에 묻어있던 봄이 함께 따라왔다. 저녁에 어머니가 집 옆에 있는 우물에서 씻은 쑥에다 된장을 풀어 끓인 국을 식구들은 맛있게 먹었다. "이제 봄이 왔네." 하시며 두

그릇이나 먹는 아버지는 달구지를 끌고 고개를 넘어가던 밀짚모
자 쓴 아저씨와 닮았다. 아버지에게 봄은 모락모락 피어오르는 쑥
국의 김 사이로 오는 것이다. 지금도 누나를 생각하면 떠오르는
얼굴에는 지난 시절 쑥 캐던 어릴 적 누나의 모습이 고스란히 어
리어있다.

　처음 살던 곳은 지금 대티터널 옆이다. 터널이 뚫리고 나서 산
너머까지는 잠깐이면 되지만, 그 시절에는 고개를 넘어야 했다.
그러면 낙동강이 흐르는 쪽으로 하단과 을숙도로 가는 길이 보인
다. 지금은 옛 모습이 흔적 없이 사라졌지만 어쩌다 그곳을 지날
때면 빽빽이 들어선 아파트 속에서 그때 모습을 그려보는 것이다.
저기 저만큼에는 무엇이 있었고, 저기 저 부근에는 또 무엇이 있
었었는데 싶어 가물거리는 기억을 아무리 더듬어보아도 알 길은
없다. 하지만 아파트 사이로 언뜻언뜻 보이는 푸른 언덕에는 아직
그날 추억이 겨우내 언 땅을 뚫고 쑥이 돋아나는 것처럼 기억의
창고에서 비집고 나오려 한다.

　이제 옛 모습은 사라지고 흔적도 없다. 서울에 사는 누님을 가
끔 볼 때면 지나간 이야기를 할 때가 있다. 봄날…… 그날의 추억
은 누나의 가슴속에도 생생하게 남아있을 것이다. 옛날 기억을
떠올리며 희미하게 미소 짓는 누나 얼굴에는 봄날 쑥 냄새가 나
는 것 같다.

수학여행과 내기

중학교 2학년 여름 장마로 우리 집 앞마당 흙이 무너져 내렸다. 아랫집 마당을 조금 덮었다. 비가 많이 오면 마당에 고이는 물이 그쪽으로 빠져나가기 때문에 늘 불안했던 곳이다. 그때 장마에 결국 흙이 무너져 버렸다. 아랫집과는 거의 붙어있어 위험하기도 했다. 아버지는 이참에 무너진 곳에 돌담을 쌓기로 했다. 살던 동네에는 담을 쌓을 만한 돌이 없었고 멀리 산으로 가야 돌이 있었다. 아버지는 우리에게 돌 한 개에 1원씩 줄 테니 학교 마치고 틈나는 대로 산에 가서 돌을 가져오라 하셨다. 우리 집 가까이에는 구덕산이 있었다. 부산 동아대학교와 경남고등학교 뒷산이다. 다음날부터 학교를 마치고 나면 산으로 달려가 돌을 가져왔다.

동생도 같이 거들었지만 길이 멀어 무거운 돌을 가져오려면 한 개 이상 가져오질 못했다. 담을 쌓을 수 없는 작은 돌은 돈을 주지 않겠다고 하셔서 작은 돌은 가져와도 소용이 없었다. 그렇게 가져온 돌이 쌓여 점차 큰 무더기로 변해 담을 쌓아도 될 만큼 많이 모였다. 개수로 세어보면 꽤 많아 아버지가 1원씩만 주신다고 해도 당시 나로서는 엄청나게 큰돈이었다. 일요일, 내가 모은 돌을 모두 세어본 아버지는 1원도 틀리지 않고 돈을 주셨다.

그때까지 내가 만져본 것으로는 제일 많은 돈이었다. 너무 좋아 방으로 들어가 마분지로 지갑을 만들어 물감으로 색칠하고 그 속에 돈을 넣으니 온 세상이 내 것 같았다. 돈이 많으니 먹고 싶은 것도 없었다. 다른 때 같으면 돈이 생기면 그걸 못 써 안달이 났지만, 큰돈이 들어온 지금은 그 마음도 달라져 버렸다. 학교에 가서도 마분지로 만든 지갑에 지폐가 들어있는 것을 생각하면 괜히 어깨가 으쓱해지고 친구들이 눈 아래로 보였다.

가을 수학여행을 경주로 가게 되었다. 경주에 도착해서 우리가 처음 간 곳은 첨성대가 있는 곳이었는데 그 당시 주변은 풀밭이어서 우리가 놀기엔 더없이 좋았다. 하늘은 푸르고 내 지갑에 거금이 있다는 생각을 하면 괜히 으스대고 싶어 친구들에게 넌지시 내가 큰돈을 가지고 있는 것처럼 이야기하기도 했지만, 친구들은 내 말이 무슨 말인지 몰랐다. 점심시간이 가까워지니 온갖 장사꾼들이 모여들어 우리를 꼬드겼지만 나는 보고만 있었다. 지갑을 만지작거리며 돌아다니다 조금 떨어진 숲 근처에는 학생들이 여럿이 무언가를 보며 둘러서 있는 모습이 보였다.

뭔가 싶어 그곳으로 가보니 어떤 사람이 화투보다 큰 딱지 석 장 중 한 장에다 붉은 동그라미를 그려놓고 손으로 이리저리 옮기고 있었다. 요것 찾으면 두 배 줍니다. 1원이면 2원, 10원이면 20원, 계속 같은 말을 해가며 딱지를 이곳저곳 돌리며 돈을 걸라고 우리를 유혹했다. 그중 하나가 2원을 꺼내 한곳을 찍으니 꽝이었고, 또 다른 학생이 찍어 표시된 딱지를 맞추니 두 배를 주었다. 그러자 너도나도 돈을 걸었다. 그렇게 잃거나 따는 것을 옆에서 보고 있으니 잘 보기만 하면 쉬울 것도 같았다. 한참을 구경하다 그만 은근히 욕심이 생겼다.

잘해서 따기만 하면 금방 부자가 될 것 같은 생각이 들었다. 하지만 지폐 석 장만 가지고 있는 터라, 한 장을 걸기에도 큰돈이고 용기도 없었다. 주머니에 손을 넣어 지갑을 만지작거리며 한참을 머뭇거리자 나를 힐끗 쳐다보던 아저씨가 이번에는 딱지를 눈에 띄게 천천히 돌렸다. 내 눈에 붉은 동그라미가 그려진 딱지가 더 크게 보이고 이번만큼은 틀림없었다. 흥분해서 떨리는 목소리로 "아저씨, 여기요." 하고 손으로 짚자, "돈을 걸어야지." 하는 아저씨 말에 종이 지갑에 전 재산인 지폐를 꺼내 생각할 겨를도 없이 내가 찍은 그 딱지에 몽땅 걸었다.

그 푸르던 가을 하늘이 회색빛으로 변하고 말았다. 아무것도 눈에 들어오지 않았다. 돈이 많다며 친구들에게 으스대던 생각을 하니 입이 마르고 아무 말도 나오지 않았다. 땀 흘리며 지고 나르던 구덕산의 돌과 내 등을 두드리며 이번에 "홍식이가 큰일 했다." 하시며 약속을 지키신 아버지 얼굴이 내 머릿속에서 돌과 함께 빙글빙글 돌았다. 그 아저씨는 내가 종이 지갑에 돈을 꺼내는 순간 딱지를 바꾸어버린 것이다. 나는 그날의 아팠던 기억을 지금까지 잊지 못한다. 눈을 감으면 지금도 딱지에 그려진 그 붉은 동그라미가 선명하게 떠오른다.

아마 그때의 아프고 쓰라린 기억이 뼛속까지 스며든 때문인지 나는 이날까지 내기에는 크게 관심이 없다. 그렇다고 내기를 못하는 게 아니다. 누구보다 잘한다. 화투도 치고 카드놀이도 하고 바둑은 기력이 아마 5단이라 바둑을 두며 작은 돈내기도 숱하게 했다. 지금도 친구들끼리 모이면 화투를 치거나 카드놀이를 한다. 한창 사업을 할 때는 사업과 관련된 사람들을 만나서 업무의 연장이라는 생각으로 어울리는 일이 많았다. 그 시절은 서로 모였다 하면 고스톱을 치거나 카드놀이를 하는 것이 정해진 코스일 때가 있었다. 그렇게 어울려 놀다 가야 할 시간이 되어 일어나면 친구들이 더 있다 가라고 억지를 부리며 붙잡았다. 어떤 날은 그냥 더 있고 싶고 내기 판이 아니면 더 있을 수도 있지만, 결국 일어나고 만다.

수학여행 갔던 그날 하얗게 보이던 첨성대 하늘을 생각하면, 집으로 향하는 발걸음이 쉽게 떨어지는 것이다. 지금까지 살면서, 한 번도 그런 유혹을 못 이겨 내가 할 일을 못 한 적은 없다. 아마도 그것은 내가 14살 때 경험했던 너무도 아팠던 기억이 나를 그런 유혹에 빠지지 않게 지켜주어서일 것이다. 그것이 내 안에서 나를 지탱해준 대들보가 되지 않았나 싶다. 오랜 세월이 흐른 지금 내가 정말로 궁금한 것은, 만약 그날 내기에서 내가 이겨 돈을 따고 그 돈이 두 배가 되었더라면 어떻게 되었을까. 아무리 생각하고 추측해봐도 그것만은 알 길이 없다.

뒤로 걷는 사람

지금은 그런 기차가 있는지 모르지만, 오래전에는 작은 도시나 읍을 오가는 기차에는 좌석이 마주 보고 있는 객실이 있었다. 기차가 가는 반대로 앉으면 바깥 풍경이 다가오는 것이 아니라 지나간다. 같은 풍경이라도 다가오는 것과 지나가는 것은 느낌이 전혀 다르다. 간혹 뒤로 지나가는 풍경을 볼 때면 기억 속에서 지워지지 않는 사람이 있다. 그 사람은 항상 뒤로 걷는 사람인데, 초등학교 시절 아침저녁 끼니때마다 밥을 얻으러 동네로 들어왔다. 내가 지금껏 그 사람을 기억하는 이유는 밥을 얻으러 다니며 항상 얼굴을 돌린 채 뒤로 걸어 다녔기 때문이다.

밥을 받을 때나 고개를 숙일 때는 얼굴이 정면이었지만 걸을 때면 얼굴이 뒤로 향했다. 처음 봤을 때는 정말 신기한 모습이었고 그 모습을 보고 있으면 내 얼굴도 따라서 뒤로 향하는 듯했다. 깡통 두 개를 고리에 묶어 목에 걸고 집집이 밥과 반찬을 얻으러 다녔다. 깡통 하나에는 밥을 담고 다른 깡통에는 반찬을 담아 적당하게 얻으면 뒷걸음으로 돌아가는 것을 보며 동네 사람 모두 신기해했다. 밥을 얻으러 다녔지만, 사람이 착하고 행동이 반듯해 동네 사람 모두 그에게는 동냥에 인색하지 않았다. 어머니도 무엇을 주든 그냥 보내지 않았다. 그에게는 어린아이가 둘 있었고, 뒤로 걸으며 동냥하는 모습이 보는 사람 마음을 아프게 했다.

뒤로 걷는 세상은 그 사람에게는 어떤 모습이었을까. 그를 아는 사람 이야기로는 젊을 때 화물차 운전사였는데 어느 날 뒤로 후진하다 같이 일하던 사람을 치었다고 한다. 치인 사람은 트럭에 깔려 병원에도 가지 못하고 죽고 말았는데, 그 뒤로는 앞으로 걸을 수 없게 되었다고 한다. 화물차 운전을 할 때는 형편이 먹고살 만했는데 그 일이 있고 난 뒤로 실직하고 살림은 거덜이 났다고 한다.

그런 와중에 어린 자식을 두고 마누라는 도망을 가버려 자식 둘을 굶기지 않으려면 밥을 얻으러 다닐 수밖에 없는 안타까운 사연이었다. 동네 사람들도 그 사람 이야기를 할 때면 "저 심정이 어떠할까. 마누라는 도망가 버리고 몸은 말을 안 듣고 나 같아도 그만 확 죽어버리고 싶은 심정이겠다. 그래도 어린 새끼 안 굶기려고 밥을 얻으러 다니는 걸 보면 참 목숨도 질긴 거라." 하며 모두 그를 동정했다.

학교에 갈 때면 뒷걸음으로 오는 그 사람이 보였고 오르막과 내리막도 뒷걸음으로 걸었다. 계단 있는 집을 오를 때면 어떻게 하나 지켜보아도 오르내리는 걸음은 뒷걸음이었다. 사고를 내는 그 순간 얼마나 놀랐으면 뒤쪽으로 향한 신경이 그대로 굳어버렸을까 싶었다. 일순간 바뀌어버린 세상의 모습과 신경이 뒤로 돌아가 버려 일할 수도 없는 와중에 병든 자신과 두 아이를 두고 집을 나간 아내에 대한 배신감으로 얼마나 괴로웠을까. 앞으로 걸을 수 없는 자신의 몸과 남겨진 두 아이를 두고 그 사람은 어떤 생각이 들었을까. 그 심정을 추측만 할 뿐이지 겪지 않은 나로선 알 수가 없다. 그는 지옥 같은 자신의 환경을 떨치고 두 자식을 위해 뒤로 걸으며 밥을 얻으러 다녔다.

살면서 견디기 힘든 고통이나 어려움을 겪을 때가 많았다. 어떤 날은 이게 꿈인가 하는 시간도 있었고 슬픔과 고통으로 어찌할 바를 모를 때가 있었다. 삶의 무게가 너무 고단해 하던 일을 그만 포기해버릴까 하는 생각이 들 때, 기억 속의 그 사람이 떠오르곤 했다. 그러면 그의 지독한 불행이 나를 돌아보게 하고 때로는 작은 위안이 되었다. 우리는 한 번의 인생을 살면서 가슴이 찢어지는 슬픔과 고통도 있을 것이고 이것이 마지막이라는 절박한 순간도 있다. 그는 무슨 영험한 부적처럼 그럴 때마다 내 곁에 나타나 "괜찮아, 이 회오리바람은 곧 지나갈 거야." 하고 위로를 하며 나를 붙들어 주었다. 그때는 자기를 보라는 듯 깡통 두 개를 목에 걸고 뒷걸음 걷는 그의 모습이 어두운 밤 등대가 되었다. 그런 마음으로 세상을 바라보면, 내가 처한 상황이 작은 일로 보이고 처진 어깨를 추스르며 삶의 의미를 찾게 되는 것이다.

신문이나 TV 방송을 보면 요즘 들어 스스로 목숨을 끊는 사람이 너무 많다. 내가 보기엔 그리 절박한 일도 아닌 것을 가지고 스스로 목숨을 끊는 행위가 어쩌면 저리도 가벼울까 싶다. 남의 일을 두고 나 혼자 생각으로 이러쿵저러쿵하고 싶은 마음은 전혀 없다. 어쩌면 견딜 수 있는 일을 두고 너무 쉽게 목숨을 버리는 것 같아 그게 안타까울 뿐이다. 세상이 아무리 어렵고 사는 일이 어렵다 해도 견디려고 한다면 견디지 못할 일은 없다. 지금을 견딜 수 있는 사람은 나중에도 견디는 사람이다.

살면서 우리가 가장 두려워해야 할 일은 자포자기(自暴自棄)하는 것이다. 자포자기란 스스로 자기에게 폭력을 가하고 자신을 버린다는 뜻이다. 이것이 내가 뒤로 걷는 사람 이야기를 길게 하는 이유다. 승합차를 타고 먼 곳에 다녀오는 오늘…… 어쩌다 뒤로 보는 좌석에 앉아 아득히 멀어져 희미하게 보이는 마을의 모습과 눈앞에서 사라지는 나무들과 멀리 아물거리며 희미하게 사라지는 풍경들이 오늘따라 쓸쓸하다.

양철지붕 밑 다락방

학창시절 작은형과 함께 공부하고 잠자던 곳은 다락방이었다. 집이 좁아 식구는 많은데 방이 두 개였고 자연히 다락은 작은형과 내 차지가 되었다. 안방을 통해 좁은 나무계단으로 올라가는 다락은 지붕 바로 밑이라 천정이 낮아 일어설 수가 없었다. 올라가서는 앉은걸음으로 들어가 앉은뱅이책상에 앉으면 머리가 거의 천장에 닿을 듯했다. 그러나 겨울에는 잠을 잘 때 앉은 채로 옷을 벗고 이불 속으로 들어가면 따뜻한 굴속처럼 포근하고 편안했다. 여름에는 양철지붕이라 낮에 햇빛을 받아 뜨거워진 지붕이 몹시 더울 것 같지만, 저녁이면 식어버려 생각보다 시원했다.

얇은 양철로 되어있어 바람이 불 때는 지붕이 들썩거렸다. 바람이 함석지붕을 훑고 지나가면 휘파람 소리를 내고 날리던 나뭇잎이 하나 떨어져도 그것이 구르는 소리가 들렸다. 그러다 비가 오는 날은 빗소리를 들으며 잠이 들고 잠결에 자다 깨다 듣는 빗소리는 그렇게 좋을 수가 없었다. 양철지붕 밑에서 듣는 빗소리가 얼마나 좋은지 그것은 경험해보지 않고는 절대로 알 수 없다. 지금도 비 오는 날이면 그 다락방에서 듣던 빗소리가 말할 수 없는 향수를 불러온다. 그러면 눈을 감고 그 시절로 달려가는 꿈을 꾼다. 사람이 만들어 낸 어떤 음악도 양철지붕을 두드리는 빗소리보다 듣기 좋을 수는 없을 것이다. 나는 그때부터 지금까지 이 생각만큼은 변하지 않는다.

귀가 먹먹하도록 지붕을 두드리며 억수같이 쏟아지는 여름 장대비, 갑자기 천둥이 치며 콩 볶듯 후두둑거리며 지나가는 소나기, 또닥또닥 귀를 간질이며 내리는 봄비 소리, 스산한 바람과 함께 쭈룩쭈룩 내리는 가을비 소리, 뜬금없이 잠깐 왔다 가는 겨울비 소리. 이 소리를 어떤 악기의 소리에다 견줄 수 있을까.

다락방에는 큰형님이 월부 책장사에게 들여놓은 러시아 단편 문학과 제법 많은 책이 있었다. 시를 쓰고 작가가 꿈이었던 큰형님은 중학교 학생들을 모아 가르치며 번 돈으로 보수동 헌책방에서 사들인 책들을 보물처럼 다락에 쌓아놓았다. 그 당시 내가 읽은 책들이 러시아 단편 문학과 「테스」, 「좁은 문」, 「노인과 바다」, 「대지」, 「죄와 벌」, 헤세의 「데미안」 등이었다. 책장 넘길 때 손에 침 묻혀 넘기지 말고 책장 접어서 책을 덮지 말라던 큰형님의 당부가 귀에 쟁쟁하다.

나는 그 책들을 좁은 다락방에 엎드려 읽었다. 그런데 참으로 신기한 것은 유독 빗소리를 들으며 읽은 책은 그 내용이 빗물처럼 내 속으로 스며들어 오랫동안 내 머릿속에 머무르는 것이다. 그중에서 가장 잊지 못하고 기억에 남는 것은 가을비 내리는 날 밤에 읽은 고골리의 단편소설 「외투」였다. 책을 읽다 잠시 쉬고 싶을 때 작은 창문으로 밖을 내다보면 좁은 마당에 장독대가 보이고, 장독대를 둘러싼 나무판자 울타리에 나팔꽃 넝쿨이 곳곳에 꽃을 피우고 있는 게 보였다. 읽던 책을 덮고 작은 창문으로 엎드려 내다보는 바깥 풍경은 책을 읽기 전과는 차츰 다른 의미를 가진 모습으로 다가왔다. 다락에서 내려올 때는 엎드려 읽었던 책의 기운이 내 속에 들어찼기 때문인지는 몰라도, 다락방 이불 속에서 훌쩍 커버린 느낌이 들었다.

양철지붕을 보면 항상 그 시절 다락방이 생각난다. 지금은 거의 사라진 줄로만 알았던 함석지붕으로 만든 집을 며칠 전 서울로 기차를 타고 가다 보았다. 아직도 철길 옆에는 옛날 내가 살던 그런 집이 있었다. 이제 함석지붕을 두드리는 빗소리를 들으며 또다시 책을 읽을 수 있는 날이 있을까. 어쩌면 그럴 일이 다시는 오지 않을지도 모른다. 사라진 풍경은 내 기억 속에 남아 때로 비가 오면 그 소리를 마음으로 들으며 책을 읽을 것이다. 이제 양철지붕은 차츰 사라져 가는 것들이다. 그것은 내가 붙잡을 수도 없고, 오직 그 시절 함석지붕 다락방에서 살았던 사람만이 평생 보물처럼 간직하고 있는 기억의 창고에 남아있을 것이다.

목련꽃

어제 밤새도록 봄비가 왔다. 아침 집 밖으로 나서니 이제 봄기
운이 완연하다. 얼마 전 덕유산에 갔을 땐 온 산이 눈에 덮여 겨
울이 아직 깊은 줄 알았는데, 우수가 지나고 며칠 되지 않았지만
햇빛 잘 드는 남향집 마당에는 꽃나무에 물기 오르는 기색이 완
연하다. 주택가 마당 목련은 가지에 티눈 같은 꽃봉오리가 바깥으
로 삐져나오고 얼마 안 있어 그 집 마당에는 수많은 백색 등이 눈
꽃처럼 달릴 것이다.

"봄을 찾으러 이 산 저 산 헤매어도 허탕 치고 집에 돌아와 /
후원 매화가지 휘어잡아 향기 맡으니 / 봄은 벌써 가지마다 무르
익었네" 이 시는 옛날 어느 비구니 스님이 지은 시다. 이처럼 봄
은 멀리 있는 게 아니고 내 가슴에도 오고 옆집 마당에는 봄이 벌
써 와있다. 그러니 이 산 저 산 멀리서 헤맬 필요가 있겠는가. 오

늘 아침 산길을 걸으니 온 산에 나무와 풀들이 수런대는 소리가 땅 밑에서 들린다. 물을 빨아올리는 기운으로 사방이 들썩거리는 느낌이다. 멀리 보이는 산색이 마른행주에 물기 머금은 듯 며칠 전과는 빛깔이 다르다. 봄을 실은 햇살은 온 사방을 구석구석 찾아다니며 겨우내 언 곳을 따뜻한 손길로 어루만진다.

조금 있으면 곧 봄꽃들이 다투어 필 것이다. 나는 봄이 오면 기다리는 것이 목련꽃이다. 길가에 켜놓은 외등처럼 밝고 환한 목련 나무 앞에 서면 잊지 못할 추억 하나가 생각난다. 활짝 핀 목련을 보고 있으면 옛날 학교 연못가 목련나무가 눈앞에 어른거리는 것이다. 지금 눈앞에 있는 꽃도 그 시절을 생각하면 연못가 목련꽃을 볼 때처럼 가슴 저리다. 중학교 3학년 온 가족이 지독하게 어려웠던 시절, 온 식구가 끼니를 걱정해야 할 만큼 어려울 때였다. 가끔은 굶을 때도 있었다. 실직한 아버님 대신 큰형은 신문 배달, 작은형은 틈틈이 남의 가게 일을 거들며 그것으로 쌀과 연탄을 사곤 했다. 그때가 유난히도 어려웠다. 끼니 걱정 때문에 월사금 이야기 같은 건 할 수도 없었다.

나는 몇 달이나 못 낸 월사금 때문에 아침마다 담임선생이 있는 교무실로 불려 다녔다. 교무실로 가는 길은 길게 화단이 있었고, 왼쪽 작은 연못가에는 두 그루 목련이 마주 보고 있었다. 떨리는 가슴으로 교무실로 가는 길 연못가에는 내 마음과는 다르게 희고 환한 목련이 피어있었다. 풀 죽어 교무실을 나와 교실로 돌아오며 보던 꽃이 활짝 피었어도 좋은 줄도 몰랐다. 그런 것 따위는 나하고 상관없었고 월사금 걱정으로 눈에 들어오지 않았다.

그러던 어느 날, 툭하면 불려 다니는 내 모습이 친구들에게 부끄럽기도 하고 교실로 들어가기 싫어졌다. 잠시 연못가에 앉았을 때였다. 눈앞에 목련꽃이 백자(白磁)처럼 환한 빛으로 나에게로 다가오고 있었다. 마치 아무도 모르는 아픈 내 마음을 목련꽃이 달래주는 것 같았다. 그 순간 봄볕 쏟아지는 연못가에서 바라본 목련은 그 모습 그대로 몽땅 내 가슴속으로 들어오고 말았다. 하나둘 꽃잎이 떨어지고 파란 잎이 돋을 때까지 나는 그 길을 여러 번 오고 갔다. 그렇게 목련꽃은 슬픈 기억으로 가슴에 남아 이제는 아름다운 먼 옛날 기억 속의 꽃이다. 그러나 세월이 흐른 지금까지 목련은 내 가슴에 늘 피어있는 꽃이다.

외따로 있는 목련꽃은 보는 방향에 따라 풍경이 다르다. 멀리 푸른 하늘을 배경으로 밝은 외등처럼 환하게 피어있는 목련은 위에서 볼 때보다 앉아서 위로 쳐다보는 것이 아름답다. 봄이 올 때면 언제나 마음 설레고, 꽃이 필 때면 어김없이 내 가슴에도 꽃이 피었다. 나는 수많은 봄꽃 중에서도 유난히 목련꽃을 좋아한다. 감수성 예민하던 그 시절 교무실을 오가며 친구들에게 부끄럽고 괴로운 마음을 목련꽃을 보며 얘기하곤 했다. 내 마음을 알

있는지 목련은 환하게 꽃을 피워 나를 위로하고 상처 입은 마음을 쓰다듬어주었다.

활짝 핀 꽃을 보며 선생님 앞에서 두근거리던 마음을 가라앉히던 것을 그때 목련은 알고 있었을까. 그 시절 밀린 월사금 때문에 괴롭고, 담임선생을 보면 내 이름을 부를까 항상 떨리던 마음을 가라앉힐 수 있는 유일한 친구가 목련꽃이었다. 교실로 돌아가는 길 아무도 없는 연못 돌계단에 잠시 쪼그려 앉아 꽃과 함께하는 시간만큼은, 떨리던 마음도 가라앉고 담임선생도 무섭지 않았다.

해병과 로망스

나는 해병 제대를 했다. 귀신 잡는 해병. 이 말이 귀신을 잡을 만큼 용감해서인지 모르지만, 그 당시 해병은 훈련이 힘들기로 이름나있었다. 거기에 유별난 전통이 있었고 규율이 엄격해 해병대는 아무나 갈 수 있는 곳이 아니었다. 나는 훈련병 때 향도병이었다. 향도는 맨 앞에서 중대원을 통솔하고 이끄는 중대장의 역할이다. 그런 이유로 걸핏하면 교관들이 향도병을 불러대는 바람에 내무반에서도 신발을 벗을 수 없었고 언제 부를지도 모르는 상황이라 항상 달려갈 수 있는 준비된 상태로 있어야 한다. 하루는 동료 훈련병 하나가 무언가를 잘못하는 바람에 교관실로 불려갔다. "이 새끼 똑바로 해라!"며 무엇을 똑바로 해야 하는지 이유도 모르고 느닷없이 조교에게 몇 대 얻어맞고는 원산포격(머리 박기)을 했다.

물에 젖은 시멘트 바닥에 머리를 거꾸로 박고 있는데 그날따라 기합을 받는 것이 힘들었다. 한참을 그러고 있었다. 그러다 나를 때리고 기합 준 조교는 가버리고 다른 조교가 들어왔지만, 일어나라는 말은 없었다. 훈련병 때라 말도 못하고 있는데, 바뀐 조교가 당시 유행하던 납작한 야외 전축에 레코드판을 올려놓고는 나가버렸다. 그러자 아무도 없는 방에서 예페스가 연주하는 로망스가 아름다운 기타 선율로 흘러나왔다.

입대하기 전 부산대학 시청각교육실에서 형들과 보았던 영화 〈금지된 장난〉의 장면들과 내 젊음이 녹아있는 을숙도 갈대밭과 에덴공원, 아름다운 다대포 해변 모래밭, 몰운대 저녁노을이 머리를 박고 있는 내 가슴을 바람처럼 훑고 지나갔다. 물결처럼 흐르는 꿈 같은 기타 선율을 신병 훈련소 같은 뜻밖의 장소에서 듣게 될 줄은 몰랐다. 땅에다 머리를 박은 내 눈에서 눈물이 쏟아져 뺨으로 흐르지 못하고 이마로 흘렀다. 아파서도, 힘들어서도, 억울해서도 아니다. 참으로 기막힌 상황에서 그 로망스가 눈물을 쏟게 하였다. 그대로 계속 울고 싶어 일어나기가 싫었다. 그 음악들은 이미 내 속으로 들어와 몸 일부분이 되어 가슴속 깊은 곳에 자리를 잡아버린 것이다.

로망스는 내가 정말 좋아하는 음악이다. 그 당시 시내 곳곳에 레코드 가게가 있었고 그곳에서는 늘 아름다운 음악이 흘러나왔다. 어디를 가도 사람이 모이고 분위기 있는 곳에는 DJ가 있는 음악다방이 있었다. 듣고 싶은 음악을 쪽지에 적어 신청하면 부드러운 목소리로 음악에 깃든 사연과 함께 몇 곡이든 들려주었다. 나는 낭만적이고 서정적인 음악이 좋았다. 그중에서도 로망스는 클래식기타로 연주하는 것을 유난히 좋아했다. 그런 음악에 파묻혀 부산 구석구석을 기타를 둘러매고 친구들과 돌아다녔다. 기타로 로망스를 연주하는 모습은 그 시절 우리들의 로망이었다. 이 음악 때문에 기타를 배우기 위해 공부에 방해된다는 아버지의 걱정을 들어가며 남포동에 있는 기타 학원을 들락거렸다.

많은 세월이 흐른 지금도 길을 걸어가거나 관광버스를 타고 여행을 하다 휴게소 같은 곳에서 어쩌다 이 음악이 흘러나오면 저절로 그때 내 모습이 떠오르고 젖은 바닥에 머리를 박고 울고 있는 그 시간으로 나를 데려가는 것이다. 고된 훈련을 받으며 고통스러운 순간에도 머릿속으로 이 음악을 떠올려 기타연주에 따라 흥얼거리다 보면 아무리 힘든 상황도 견디게 만드는 힘을 주었다. 로망스는 나를 지켜주는 마법 같은 음악이었다.

포항은 내가 사는 동안에는 잊을 수 없는 곳이다. 그리고 음악과 얽힌 사연이 많다. 그 시절 좋아했던 음악을 듣고 있으면 지난날 추억이 되살아나고 포항 하면 제철소보다 해병대 사단과 그곳에서 보낸 3년 동안의 사계절이 생각나는 것이다. 지금은 없어진 곳도 있고 상전벽해와 같이 달라진 곳이 많지만, 변하지 않은 곳은 주변 어디를 가도 곳곳에 그때의 흔적이 묻어있어 그 시절 내가 좋아했던 음악이 선연히 떠오른다. 음악은 힘든 군 시절을 견뎌내는 힘이었다.

해병과 눈 내리는 날

포항이라는 곳을 떠올리면 제일 먼저 떠오르는 것이 내가 3년 동안 근무한 해병대 사단이다. 3년이라는 세월 동안 바닷가 해안 방어근무를 비롯해 여러 가지 훈련을 받으며 주변 곳곳을 다녀보았다. 어쩌면 내 인생 한 부분 고향과도 같은 곳이다. 꼭 집어 어디라고 추억이 서린 곳을 이야기할 곳도 많지만, 나에게 포항은 한 그루 나무기보다 숲과 같다. 그곳에서 맺은 인연이 지금껏 이어져 그 인연들로 숲을 이루었으니 오히려 내 고향만큼이나 의미 있고 소중한 곳이다. 포항은 내가 또 다른 삶을 살게 한 제철소 용광로와도 같은 곳이다.

신병 훈련을 마친 후 이병 계급장을 달고 포항 사단으로 배치를 받아 졸병 생활이 시작될 때였다. 졸병들은 매일 밤 부대 외곽 초소로 나가 춥고 힘든 근무를 했다. 내가 일병으로 작대기 두 개를 달던 겨울 어느 날, 외곽 근무 대신에 따뜻하고 모양도 근사한 중대 현관 근무를 하게 되었다. 졸병 때 중대 현관 근무는 중대장에게 잘 보이거나 어떤 식이든 약간의 경력이 있어야 한다. 현관 근무병이 휴가를 가고 대신 그 자리를 메우게 된 것이다. 현관 근무병은 대부분 의장대처럼 키 크고 덩치도 있어야 선발되었다.

부러운 눈으로 쳐다보는 내무반 동료들에게 어깨가 으쓱해졌다. 근무 시간은 밤 11시부터 새벽 1시까지 그날 저녁 구름이 잔뜩 끼고 흐렸지만 바람은 없고 포근했다. 그러다 내가 근무 교대를 하는 시간에는 싸락눈이 내렸다. 눈은 그치지 않고 점점 커지더니 함박눈으로 변해 온 세상을 하얗게 덮어버렸다. 사람 흔적 없는 연병장에 눈이 쌓이고 멀리 보이는 불빛도 눈 속에 묻혀버렸다. 차렷 자세로 있었지만 벌써 나는 부대 옆 숲길을 걸어가고 하얗게 눈이 덮인 연병장에서 두 팔을 벌리고 떨어지는 눈송이를 받아먹고 있었다. 함박눈 내리는 풍경을 보고 있으니 나도 모르게 샹송 가수 아다모의 노래 〈눈이 내리네〉가 입 밖으로 흘러나왔다. "눈이 내리네 당신이 가버린 지금 눈이 내리네 외로워지는 이 마음 꿈에 그리던 따뜻한 미소가 흰 눈 속에 가려져 보이지 않네……."

작은 소리였지만 중대장실 옆이라 노랫소리가 들렸는지, 문이 열리며 성난 목소리가 들렸다. "이리 들어와!" 부중대장은 부동자

세로 선 나의 철모를 쓴 머리 위를 M1 개머리판으로 몇 번이나 내려쳤다. 아프지는 않았지만, 머리가 울려 빙빙 도는 것 같았다. "해병은 그런 노래를 부르면 안 된다. 무슨 말인지 알겠나!" 호통 치는 바람에 겁에 질려 크게 대답하고는 경례를 하며 중대장 눈빛을 보니 정말 화가 나지는 않아 보였다.

아마 중대장도 오늘 밤은 내리는 눈을 바라보며 나처럼 이 노래를 부르고 싶은지도 모른다. 하지만 부하들 앞에선 우렁찬 목소리로 〈진짜 사나이〉를 불러야 한다. "사나이로 태어나서 할 일도 많다만 너와~ 난 나라 지키는 영광에 살았다. 전투와 전투 속에 맺어진 전우야~." 현관 앞에서 보초를 서는 내내 바람도 불지 않고 눈송이는 점점 커지며 하늘에서 쏟아지듯 내렸다.

다음 날, 아침을 먹은 그릇을 정리한 다음 내무실로 들어오니 중대 행정병이 불렀다. 어제 일로 은근히 걱정되었지만 행정실로 갔다. 동기생인 행정병이 중대장에게서 2박 3일 외박 명령이 떨어졌다고 했다. 새까만 졸병 때 받은 외박 명령이라 믿기지 않았고 너무 기분이 좋았다. 집으로 가 가족을 만나는 것보다도 맨 처음 떠오른 생각은 내가 제일 먹고 싶은 자장면과 양과자점에서 빵과 함께 먹던 팥빙수였다.

훈련병 때나 지금도 배고플 때 가장 먼저 생각나는 것이 자장

면과 팥빙수다. 오죽하면 막사 지붕에 올려놓은 폐타이어 안에 소복하게 쌓여있는 눈이 내가 좋아하는 팥빙수처럼 보였을까. 전날 철모를 쓴 머리 위를 개머리판로 내리치며 해병은 보초를 서며 이런 노래를 부르면 안 된다고 호통 치던 중대장의 마음과 다음날 외박을 허락한 두 마음이 알쏭달쏭했지만, 어쩌면 알 것도 같았다.

뽀드득뽀드득, 발아래 눈 밟히는 소리를 들으며 정문 쪽으로 걸어가는 동안, 눈에 보이는 세상은 어제 내린 눈으로 트럭 위에도, 길 양쪽으로 늘어선 미루나무 가지에도 솜사탕처럼 소복이 쌓여 소설 가와바타 야스나리의 「설국(雪國)」 보다 아름다웠다.

할아버지가 된다는 것

　우리가 진정으로 할아버지가 되는 것은 "자기 스스로 내가 할아버지가 되는구나."라고 생각하는 그때부터다. 누구나 손주를 품에 안은 날부터 할머니 할아버지가 되는 것은 우리 삶의 순서다. 할아버지 소리를 들을 때면 자식과 가족들을 위해 직장과 온갖 곳을 오가며 숨 가쁘게 살던 날들이 끝나고 자식들이 사는 모습을 지켜볼 즈음이다. 때로는 사납기까지 하던 당당한 남자의 모습인 중년을 지나고, 차츰 기세가 사그라질 때다. 그래도 지금은 인생길에 아무리 눈이 내리고 바람이 불어도 견디는 방법을 안다. 노인으로 접어드는 문턱 앞에서는 걸어온 인생길을 회상하며 되돌아보는 시간이 차츰 늘어나기도 한다.

　할아버지가 되면 삶의 한복판에서 한쪽으로 비켜서서 새롭게 다가오는 시간의 기대감으로 마음 설렐 일도 없고 마냥 여유롭다.

이제는 또 다른 세월을 맞아 단풍이 물들어가듯 삶의 색깔이 달라져야 한다. 떫은 감을 선반에 올려놓으면 시간이 흐르며 익는 것처럼, 홍시같이 말랑말랑한 촉감으로 느껴지는 할아버지라는 말의 정겨움이 좋고, 그것에서 전해지는 푸근한 느낌도 좋다. 그때는 젊은 엄마에게서 나는 아기의 삭은 젖 냄새가 손주를 안은 할아버지 몸에서도 나는 것이다.

높은 나무 꼭대기쯤에 있는 새 둥지는 어지간한 바람에는 떨어지지 않는다고 한다. 새의 둥지는 헐겁고 가볍기도 하지만, 비바람에 저항하지 않고 나무와 함께 흔들리기 때문에 떨어지지 않는다는 조류학자의 말이다. 사람도 오는 시간을 거부하지 않고 세월의 결 따라 산다면 제 갈 길을 탈 없이 갈 수 있다. 파도에 흔들리는 배처럼 물결 따라 제 갈 길을 가는 배는 목적지에 무사히 갈 수 있다. 하지만, 물결에 부딪히며 저항하다 보면 배는 목적지에 당도하기 어렵기도 하고, 그 과정은 고난의 연속일 것이다. 나무 위 새집이나 물 위에 뜬 배나, 우리의 삶도 살아가는 이치는 결국 하나다.

요즘 젊지도 늙지도 않은 남자에게 할아버지 이야기는 조심스럽다. 자식을 일찍 출가시킨 사람에게 얼마 안 있으면 할아버지가 된다고 말을 하면 기겁을 한다. 아직 나이를 먹지 않았고 할아버지 소리 듣기는 이르다고 손사래 친다. 단지 자식이 일찍 출가한 때문이라고 변명하기 바쁘다. 아직 못다 한 것이 많아 세월이 흐르는 것에 대해 안타까워 그렇겠지만, 아저씨라는 호칭 끝자락에 매달려 손을 놓지 못하는 것 같아 미소 지을 때가 있다.

세월 따라 포개지는 나이는 숫자만 늘어가는 것이 아니라 곶감처럼 안으로 익어가야 한다. 무리하거나 억지 부리지 않고 순리대로 사는 삶이 정말 보기 좋은 모습이다. 요즘 TV를 보면 구십이 넘어서도 젊은이들과 함께 어울리는 노인들의 아름다운 모습을 보지 않는가. 젊음이란 본래 피어날 때부터 시들게 되어있는 한 송이 꽃에 불과하다. 그러니 나이 들어 할아버지가 된다는 것이 꼭 안타까워할 일만은 아니다.

이제 우리는 할머니 할아버지란 말에 무작정 손사래 치지 않아야 한다. 나이 먹는 것이 부끄러운 일도 아니거니와 나 혼자만 먹는 것도 아니고, 누구도 피할 수 없는 인생의 흐름일 뿐이다. 다른 사람들이 만든 삶의 순서에 순응하는 것이 아니라 나 자신의 순서를 찾는 게 내 삶의 자유다. 할아버지가 된다는 것은 이제 아무것도 원하지 않고 또 무엇이 되겠다고 바라지도 않고, 애써 해야 할 일을 만들지 않아도 된다. 지금 이대로의 삶이 평온하고 충분하다면 그것으로 행복한 것 아닌가. 그렇다면 젊음을 부러워해야 할 이유가 없다.

할머니가 된다는 것

할머니가 된다는 것은 생각보다 괜찮은 일이다. 할머니란 말에 더는 서글퍼하지 말자. 할머니로 사는 것은 어찌 보면 기회이자 모험이며 성숙의 시간도 될 수 있고, 미지에 대한 탐험과도 같다. 할머니 소리를 듣는 나이쯤이면 여자로 태어나 살며 수없이 많은 경험을 하고 난 다음이다. 또 피할 수 없는 것을 피하려고 하는 것이 얼마나 큰 어리석음인지 깨닫는 때이기도 하다. 예전에는 일찍 시집가서 사십대에 할머니가 되는 사람도 많았다. 요즘은 거의 오십대가 되어야 할머니 소리를 듣는다.

세월이 변해 요즘 오십대 초반이면 예전에 비하면 아직 젊은 축에 든다. 그러니 할머니 소리가 듣기 싫고 억울할 수밖에 없다. 여성들이 젊고 예쁘다는 소리를 듣는 것을 얼마나 좋아하는지 사람들은 알고 있을 것이다. 시들어 말라가는 가슴에 봄비처럼 적

셔주는 그 소리는 언제나 지난 시절로 돌아가게 한다. 다른 것들은 나를 위해 아무것도 해주지 못하지만, 젊고 예쁘다는 말 한마디는 시들어가는 삶을 일깨워준다. 젊은 날 두근거리던 가슴을 뛰게 하고, 사라진 줄 알았던 열정을 다시 불러일으키는 마법 같은 말이다.

할머니의 길로 들어설 즈음에는 힘들게 걸어온 길을 돌아보게 된다. 지금껏 살아온 삶을 돌아보며 손에 쥔 것 없는 허무감으로 밀려오는 회한도 있을 것이고, 잃어버린 시간을 찾아서 오던 길을 되돌아가고 싶을 때도 있을 것이다. 때로는 시간을 붙들어 맬 수만 있다면 묶어두고 싶을 것이다. 하지만 사람에게는 포기하지 않으면 안 되는 것이 있는데 그것은 사람이 할 수 없는 일을 깨닫는 것이다. 포기할 수 있다는 것은 새로운 것을 얻는다는 뜻이기도 하다. 인생은 온전히 자신의 것이니 이제 할머니가 되어서는 삶을 어떻게 살 것인지를 생각하고 준비해야 하지 않을까. 세월 따라 나이에 맞는 새로운 삶을 발견하고 결정하는 일은 자기 스스로 해야 할 일이다.

할머니의 경계를 넘어서는 순간 그 소리가 듣기 싫어 바둥거리며 버텨보지만, 그때뿐 아무 소용없다. 오로지 누구도 알아주지 않는 내 마음의 시간을 아무리 정해놓아도 얼마 안 있어 "아! 나도 이제 할머니가 되는구나." 하는 시간이 온다. 그렇게 끈을 놓지 못하다가 차츰 시간이 가면 알게 되는 것이 있다. 사람은 무엇이든 자기가 겪어야 할 것이라면 내가 누구이든, 어디에 서 있든, 있는 그대로 자신을 받아들이는 법을 배워야 한다는 것이다. 할머니의 삶을 제대로만 받아들일 수 있다면, 우리가 삶에 종속된 존재가 아니라 삶 안에서 자유를 누리는 존재임을 깨닫게 된다.

할머니가 되기 전, 중년이 가장 쉽게 저지르기 쉬운 오류중 하나가 모든 삶의 여유로움을 노년에 기탁하는 것이다. 먹을 것과 입을 것을 절제하며, 현재의 어려움을 인내하는 것은 노년의 행복을 보장받기 위해서라고 생각한다. 그러나 모르는 소리다. 어제와 내일은 오늘의 삶에 아무런 의미 없다. 우리는 주변에서 중년에 무능했던 사람이 결국 노년이 되어서도 행복하지 못한 경우를 무수히 보고 있지 않은가. 다시 말해 중년이 행복하지 못한 사람은 노년도 행복하지 못한 법이다.

『채근담(採根談)』에 있는 글을 옮긴다. "냉정한 마음으로 열광했던 때를 살핀 뒤에야 열띠어 분주했음이 무익함을 알고, 번거로움에서 한가로움으로 들어간 뒤에야 한중(閑中)의 즐거움이 유장(悠長)한 것임을 깨닫는다." 젊은 날 한참 열을 올려 일할 때는 사는 데 골몰해서 아무 분간도 없지만, 세월이 흐른 뒤 생각하면 그처럼 분주한 것이 부질없는 일임을 알게 된다는 말이다. 할머니

가 된 다음 비로소 한가로움에서 얻는 여유가 얼마나 맑고 소중
한지를 알게 되는 것이다.

할머니와 할아버지

    할머니란 어머니의 어머니다. 할머니라 하면 어릴 적부터 이 빠져 오므려진 입, 주름진 얼굴과 거친 손, 그리고는 새하얀 머리를 떠올린다. 여성 대부분은 그때가 되면 이미 여자로서의 생동감을 잃은 늙은이라는 생각이 머릿속에 박혀있다. 사람들의 그런 고정관념으로 여성들은 할머니 소리를 듣는 순간 세상 밖으로 떠밀려 나는 느낌을 받게 되는 것이다. 그러니 할머니 세계로 넘어가기 전의 울타리 기둥을 붙들고 기를 쓰고 나가지 않으려고 한다. 그렇게 버둥대지만, 시간의 거대한 물결을 어떻게 이길 수 있겠는가. 아무리 놓지 않으려 해도 언젠가는 손을 놓고 만다.

    인생의 강이란 물과 물이 만나 때로는 세차게 흐르다 돌에 부딪히기도 하고, 폭포가 되어 절벽에서 떨어지거나 큰 물길을 만나 사나워지기도 하며 흘러가는 물과 같다. 할머니가 되는 것은 거울처럼 잔잔한 강물이 되는 것이다. 낮에는 구름과 바람을 싣고, 밤에는 별과 달을 담고 흐르기도 하는 인생의 깊은 의미를 알 때이다. 그때는 문틈으로 세상을 보는 것이 아니고 언덕에 올라 세상을 보는 것일 테니까.

사람은 세월의 강을 떠내려가는 아무것도 없는 쪽배와 같다. 우리가 아는 우생마사(牛生馬死)의 이야기처럼, 물결을 거스르다 죽는 말의 운명과 물결 따라 흐르다 끝내 살아나는 소의 순응을 배워야 한다. 우리의 삶도 세월의 강을 흘러가며 살아남으려면 억지 부리지 않고 물결 따라 흘러야 한다. 물결을 거스르다 제풀에 힘 빠져 가라앉기 직전인 말 같은 사람이 우리 주변에 널렸다. 오히려 세월의 결 따라 사는 것이 소를 닮은 할머니가 될 수도 있음이다. 사람이 살면서 하나에 온 삶을 바치는 것도 의미 있고 숭고한 일이지만, 나는 새로운 삶을 거부감 없이 온몸으로 받아들이는 사람이 정말 보기 좋다. 사랑이든, 일이든, 배움이든, 손자 돌보는 일이든.

자신이 걸어왔던 길이 순탄한 길이든 고난의 길이든, 아니면 지난 삶이 정승처럼 살았든 어렵게 살았든 손주를 안은 할머니는 누구나 같은 모습이다. 내가 이날까지 잊을 수 없는 것은 어릴 적 외할머니 집 마당에 있던 큰 감나무이다. 나무에서 일찍 떨어진 땡감을 삭힌다고 항아리에 넣어둔 것을 뒷마당 장독대를 오가며 익지도 않은 감을 꺼내 먹다 그만 배탈이 났다. 외할머니는 배 아파 우는 나를 눕힌 다음 손으로 슬슬 문지르며 무어라 하셨는데, 무슨 말인지는 기억나지 않는다. 아마 배를 문지르며 낫게 해달라고 외는 주문 같은 것일 게다. 그러면 거짓말처럼 나았던 기억과 그때 할머니의 거친 손길을 평생 잊을 수 없다.

어릴 적 기억에는 어머니보다 할머니가 훨씬 든든했다. 어떤 것이든 내 말을 들어주지 않는 것이 없었고 할머니에게는 안 되는 일이 없었다. 반대로 어머니는 안 되는 것이 많았고 작은 일에도 나무라며 내 말을 들어주는 일이 거의 없었다. 그때 기억으로도 나는 다리 밑에서 데려온 아들일 거라는 생각에 혼자 슬픈 이야기를 지어내 가며 울기도 했다.

세월이 흘러 지금 생각해보면 할머니는 아이는 다 그렇게 큰다는 것을 아신 것이다. 자신의 딸도 그랬고 자신이 딸이었을 때도 나와 같았을 것이다. 할머니가 된 여자는 어머니와 다르다. 자신이 했던 사랑, 가족을 위해 견뎌냈던 시련과 겪은 고통의 실체까지 자랑스럽게 생각하는 할머니의 모습은 초원의 늙은 코끼리와 닮았다. 비록 사람들이 할머니를 부럽다는 생각을 하지는 않겠지만.

할아버지에 대한 기억은 내가 어릴 적에 돌아가신 터라 영화 속

필름 같은 짧은 기억밖에 없다. 꿈결처럼 아물거리며 떠오르는 것은 할아버지가 대나무 장대로 만들어준 잠자리채다. 대나무 끝에 굵은 철사를 둥그렇게 매달아 거기에 집 뒤 헛간이나 나뭇가지에 쳐진 거미줄을 걷어 감아 채를 만들었다. 그것으로 잠자리를 잡던 기억과 여름날 그렇게 잡은 잠자리 꼬리에 실로 묶어 날리며 논둑길을 걷던 기억이 있다. 손잡고 걸어가다 할아버지는 나를 쳐다보지도 않고 "홍식아, 그러고 있으면 또 한 마리가 날아올 테니 조금만 있어보거라." 하셨던 것밖에 기억나지 않는다.

내 기억으로는 한참을 기다려도 다른 잠자리는 날아오지 않았다. 왜 오지 않느냐고 물으려고 올려다보면, 여름 햇빛에 눈이 부셔 그랬는지 먼 하늘만 보이고 할아버지 얼굴은 보이지 않았다. 내 눈에는 바다 같은 푸른 논 위로 어지럽게 날아다니던 잠자리만 보였다. 이런 할아버지의 모습 말고는, 마당에 떨어진 감을 벽에 세워둔 제사상 모서리에 올려놓아 익힌 홍시에 대한 기억뿐이다. 나는 홍시를 먹으려고 안방을 생쥐처럼 들락거리곤 했는데, 그렇게 오가며 할아버지가 읽으시던 노끈에 묶인 책을 본 것이 전부다.

지금은 가진 사진 한 장도 없다. 애써 생각해도 외할아버지 얼굴은 봄날 아지랑이처럼 아물거릴 뿐 기억나지 않는다. 어른이 된 지금도 어쩌다 여름 논둑길을 보면, 할아버지 손을 잡고 한 손으로는 실에 매단 잠자리를 연 날리듯 쥐고 가는 어릴 적 모습만 떠오르는 것이다. 지금껏 그때 모습이 애틋한 추억으로 남아 가슴 속 기억의 상자에 소중히 담겨있다. 어렸을 때부터 여러 형제 중에 나만 유일하게 외할아버지를 빼닮았다던 어머니의 이야기도 할아버지가 생각나는 이유다.

담긴 그릇에 따라

똑같은 음식이라도 담긴 그릇에 따라 그 맛이 달라진다. 음식이란 맨 처음 눈으로 먹은 다음 입으로 들어가기 때문이다. 우리가 마시는 차 한 잔도 아무리 이름난 좋은 차라고 해도 찻잔이 아닌 식당의 물컵이나 종이컵으로 마신다면 그 맛이 살아나지 않는다. 식은 보리밥 한 덩이도 어디에 담겼는가에 따라 느낌이 다르다. 길거리에서 파는 꽃병 하나도 그것이 화장실에 있는 것과 백화점 진열대에 조명을 받으며 있는 것과는 천양지차다. 세상에 존재하는 많은 것에는 물건이든 사람이든 처한 상황에 따라 이 같은 이치가 어김없이 들어있는 것이다.

사람의 말도 그렇다. 어떻게 표현하느냐에 따라 그 의미가 확 달라진다. 얼마 전 모임에 가기 위해 주택가에 위치한 장소에 도착해 차를 세우려 해도 도무지 빈 곳이 눈에 띄지 않았다. 몇 바퀴를 돌다 주택 차고가 있는 가까이 약간의 틈이 있어 거기다 주차를 했다. 내려서 보니 어쩌면 안에 있는 차가 겨우 빠져나올 수 있을 것 같아 모임 장소로 갔다.

모임을 마치고 차 있는 데로 가서 문을 열려고 하다 앞 유리 와이퍼에 끼워져 있는 쪽지를 보았다. "제가 볼일 보러 가려면 차주올 때까지 기다려야 합니다. 처지를 바꾸어 본다면 차주님 마음은 어떨는지요." 차가 빠져나오기는 했어도 옆으로 틀 수가 없어 나가지도 못했고 아무리 전화해도 받지 않아 차주가 올 때까지 기다린 것이다. 정말 미안했다. 모임의 분위기 때문에 전화기를 무음으로 돌려놓은 것이다. 여러 번 사과하고 집으로 가며 조금 전 일을 생각하면 할수록 부끄러웠다.

내가 부끄러운 생각이 든 것은 그 쪽지를 보고 나서다. 남의 차고 앞에 주차한 사람에게 여러 가지 표현으로 항의하는 방법이 있겠지만, 저렇게 품격 있는 말로 나무라는 그의 모습에서 나를 돌아보았다. 나는 열 번 태어나도 저렇게 하지 못했을 거라는 생각이 들었다. 내 딴에는 글 쓴다고 끄적거리던 내 모습이 그 사람 쪽지 앞에서 한없이 작아지는 것이다. 그 쪽지 한 장은 내가 읽은 백 권의 책보다 더 깊은 가르침이 들어있었다.

사람의 모습도 그렇다. 나는 요즘 와서 마음에 와닿는 것이 있다. 어떤 사람을 평가하는 데 있어 그가 다른 사람을 대하는 태도를 보면 그 사람을 알 수 있다는 생각이 드는 것이다. 어느 날 문화원 쪽으로 볼일 보러 가며 승강기 앞에서 기다리다, 멈춘 승강기 안에서 나오는 사람 중에 평소 잘 아는 분이 있어 머리 숙여 인사했다. 그런데, 그분은 흘깃 보고는 손도 내밀지 않고 눈인사조차 하지 않은 채 걸어가는 것이다. 순간 멋쩍고 무안했다. 볼일을 보면서도 그 일이 자꾸만 떠올라 머릿속에서 지워지지 않았고 불쾌한 생각마저 들었다.

그분은 나이도 지긋하고 이력이나 지위도 높았지만, 사람을 가리는 속된 행동 하나로 내게서만큼은 그의 인격은 바닥으로 추락하고 말았다. 옛말에도 사람이 다른 사람에게 예를 표하는 바를 보고 그 사람을 가늠한다고 했는데, 과연 저분이 우리나라 최고의 대학을 나와 지역사회를 위해 공헌한 분이 맞는가 싶었다. 이런 생각이 드는 건 아마도 나만 겪는 일이 아닐지도 모른다.

서로 처지가 다른 남과 나의 두 모습을 보며 내가 자주 들먹이는 말이지만, 사람은 다른 사람 모습에서 내 모습을 보는 것이다. 중요한 건 내가 항상 남이라고 생각하던 곳에 내 뿌리가 있음을 깨닫는 일이다. 내가 만약 나이 들어가며 다른 사람에게 저런 모습을 보인다면, 세상을 살아도 완전히 헛되게 살았다고 해도 할 말이 없다.

죽음에 대한 사색

사마천은 어떤 죽음은 태산보다 무겁고 어떤 죽음은 먼지보다 가볍다고 했다. 오래전 나는 이 말이 무엇을 뜻하는지 이해할 수는 있었다. 그러나 사마천의 말이라고 해도 그때는 동의하지 않았다. 생명체의 죽음을 사람의 잣대로 평가하고 함부로 구성하는 것은 오만이며 무지(無知)라는 생각이 들었기 때문이다. 단지 역사를 기록한 사마천이 그 시대 사람들의 수많은 죽음과 그 모습을 보고는 자기 나름의 기준으로 태산과 먼지로 구분한 것에 불과하다고 생각했다. 세월이 흐른 지금은 생각이 달라졌다. 젊었을 때는 몰랐지만, 여태까지 사는 동안 수많은 생명, 특히 짐승과 사람의 천태만상인 죽음의 모습을 보고 난 지금은 죽음에 대한 생각이 바뀌었다. 생명이란 다 소중하지만, 생명체가 자기 의지대로 사는 것은 우주에서 단 하나도 없다는 사실이다.

영겁의 시간으로 보면 찰나와 같은 삶을 사는 인간은 사는 동안은 자기에게 좋은 이야기만 하려고 한다. 대부분의 삶이 그렇듯이 지금 이 순간을 살면서도 사람은 언제나 어제와 내일을 이야기한다. 의학의 발달로 생명을 지금보다 훨씬 늘릴 수 있다 하지만, 죽음 앞에서는 아무런 의미가 없다. 생성과 소멸 같은 거대한 자연의 순리는 영원히 변하지 않는 우주의 법칙인 것이다. 죽음은 생명을 가진 어떤 것에도 공평하고 똑같다. 그러나 사마천의 말대로 생명체에 따라 태산과 먼지 같은 죽음으로 나뉜다는 것을 이제야 제대로 이해하게 되었다. 그리고는 나 자신도 사마천과 똑같은 생각을 하게 되는 것이다.

내가 이런 생각을 하게 된 이유는 『중국철학사』와 루쉰의 소설을 읽으면서다. "조물주에게 비난할 만한 점이 있다고 한다면, 그건 그가 너무 멋대로 생명을 만들고 또 너무나 멋대로 짓밟아 버리는 것이라고 나는 생각한다."는 루쉰의 단편소설 「토끼와 고양이」와 『중국철학사』라는 책이 나를 또 다른 세계로 데리고 갔다. 그리고는 깜깜한 어둠 속 성냥불처럼 조물주 하나님이라는 실체와 죽음이라는 것에 대해 깊이 생각하는 계기를 만들었다.

아마 루쉰의 그 소설이 잠자는 내 어깨를 내려치는 죽비와도 같은 역할을 했을 것이다. 그로 말미암아 나는 한동안 죽음에 관해 사색하게 됐다. 루쉰과 『중국철학사』를 읽으며 어쩌면 이런 것들이 매개(媒介)가 되었을 것이다. 그리고 내 사유의 돛배의 뱃머리를 움직일 만큼 돛폭에 바람을 실었는지도 모른다. 잘못 핀 꽃이 잘 핀 꽃을 돋보이게 하듯, 인간의 일생도 꽃과 다르지 않다. 삶과 죽음이 하나라는 것, 이 모든 게 같다는 처지에서 보면 만물은 하나지만, 다르다는 처지에서 보면 태산과 티끌로 갈라진다. 하루살이와 하늘을 나는 새의 일생이 다르고 사람의 죽음도 태산과 티끌로 나뉘는 것이다.

노자(老子)는 "길고 짧음은 서로 드러내 준다. 긴 것을 가지고 긴 것을 드러내려고 하면 길다는 사실이 사라지고 짧은 것을 가지고 짧은 것을 비교하면 짧다는 사실이 사라진다. 그러므로 길고 짧은 것이 서로 드러내 주면서 있다는 것을 안다."고 했다. 이와 더불어 추함이 있어야 아름다움이 있듯 가벼움이 있어야 무거움도 있는 것이다. 이것으로 비유한다면 사마천의 말대로 먼지 같은 죽음과 태산 같은 죽음은 서로를 드러내 주는 것 아닌가.

인생이란 내 의지대로 되는 일이 그리 많지 않다. 때로는 인간의 삶이 운명적이거나 아니면 외부의 어떤 힘으로 만들어진다고 생각한 적도 있었다. 운명은 자기 노력에 따라 스스로 바꿀 수 있다고 한다. 하지만, 그것이 모든 사람에게 적용되는 것은 아닐 것이다. 사람에게는 저마다 타고난 한계가 있게 마련이다. 어쩔 수 없이 자기에게 주어진 운명대로 그것을 안고 살아갈 수밖에 없는 것이라면, 이제 우리가 삶과 죽음을 대하는 태도도 달라져야 한다. 삶에서 죽음으로 옮겨가는 일은 부는 바람에 모였다가 흩어지는 구름이거나, 날이 새고 저무는 일과 같다고 했다. 변하는 것보다 변할 수 없는 것들이 우리에게 더 소중하다는 것을 내 인생 길에서 얼마만큼의 시간이 흘러야 알게 될까.

"죽음은 태어남과도 같은 것, 자연의 신비로다. 어떤 요소들이 결합되어 태어남이 있다면, 그 요소들과 똑같은 것들로 해체되는 것이 죽음일 뿐 그에 대해 곤혹스러워할 건 없다. 오히려 죽음을 명심하지 않는 삶은 지독하게 수치스러우니, 너는 수만 년을 살 것처럼 행동하지 마라. 피할 수 없는 운명이 내 곁에 있다. 살아있는 동안, 할 수 있는 동안, 선한 자가 되라."

– 마르쿠스 아우렐리우스

영안실과 분만실

얼마 전, 지인을 만날 일이 있어 전화했더니 며느리가 출산해 아내와 함께 병원에 있다고 했다. 그날 꼭 만나야 할 일이라 내가 병원으로 찾아가기로 했다. 가르쳐주는 병원은 공교롭게도 또 다른 지인의 부친 장례식장이 있는 곳으로, 같은 날 저녁 모임을 마친 다음 몇몇 사람들과 함께 가기로 한 병원이었다. 참 우연한 일도 다 있다 싶었지만, 볼일을 한꺼번에 볼 수 있어 좋았다. 요즘 큰 병원에는 산부인과 분만실과 장례식장이 함께 있다. 탄생과 죽음이 한 곳에서 일어나고 그곳에는 사람의 시작과 끝을 관리하는 사람이 따로 있는 것이다.

분만실은 이삼 층이지만 장례식장은 지하가 대부분이다. 망자가 땅속으로 들어가기 전 예행연습을 하는 것으로 보여 기분이 묘하다. 대신에 문상객이 쉽게 갈 수 있어 그리 나빠 보이지 않는다. 만약 분만실이 지하 이삼 층에 있다면 어떤 산모도 그곳을 찾지 않을 것이다. 또 승강기가 있다고 하지만, 영안실이 삼사 층 아니면 바깥이 훤히 보이는 꼭대기 층에 있다면 어떤 기분이 들까. 생각할수록 그것은 영 아니다 싶다.

장례식장 지하로 들어가는 입구에는 검은 상복 차림에 상장을 찬 이들이 삼삼오오 모여 어두운 얼굴로 담배를 피우거나 낮은 목소리로 두런거린다. 지금 내 나이에는 결혼식장 가는 만큼이나 장례식장에 가는 횟수도 잦다. 너나없이 사람은 자신에게 닥치지 않은 일은 강 건너 불구경하듯 무관심하다. 하지만, 그것과 맞닥뜨리면 그제야 자신에게 닥친 일을 실감하는 것이다. 사람의 태어남과 사라짐이 이처럼 늘 함께하는데도 내게는 그것이 해당하지 않는 것처럼 여기며 살아가는 것이 우리 모습이다.

사람들로 북적거리는 대기실 의자에 앉아 승강기를 기다리는 시간, 오르내리는 환자와 일반인들을 멍한 눈으로 바라보았다. 정말 모르는 건지, 일부러 모른 척하는 건지, 아니면 다 알고 그것에 초연한 것인지, 위아래를 오르내리는 사람들은 표정 없이 그저 담담한 얼굴이다. 나 역시 저들과 다르지 않을 것인데, 내 처지도 모르고 혼자 남 걱정하는 한심한 인간이 되었다. 그날처럼 사람이 생겨나고 사라지는 두 곳을 한꺼번에 가는 일을 겪지 않았더라면, 전과 다름없이 삶과 죽음에 대해 공허한 말만 되풀이 하고 있을 것이다.

　세월이 흐른 뒤, 어떤 사람은 삼 층에서 태어나 아플 때라든가 아니면 다른 사람 문병으로 그 병원을 들락거리다, 마지막에는 지하 영안실로 들어가는 사람이 있을지도 모른다. 아마 틀림없이 있을 것이다. 오늘 분만실과 장례식장을 번갈아 들여다보며 죽음에 의해 삶의 한계가 만들어진다는 사실과 마주하고 있었다. 사람의 삶이란 게 결국 분만실에서 영안실로 향하는 것이라면, 그렇게 사라지는 게 삶이라면, 사는 동안 내 삶을 위해 이를 앙다물고 악착같이 살아야 한다는 생각이 들었다.

　거의 온종일 병원 이곳저곳을 다니며 링거주사를 꽂은 채 휠체어를 타고 다니는 사람들을 만났다. 지인을 만나러 승강기를 타고 오르내리다 그 안에서 침대에 누워 호흡기를 꽂은 채 초점 없이 멍한 눈으로 주변 사람을 쳐다보는 사람과 내 눈이 마주쳤을 때……. 조금만 아프면 호들갑 떠는 내 고통은 거기에 비하면 먼지처럼 가볍다.

메멘토모리(memento mori)

평소 가깝게 지내던 사람이 세상을 떠났다. 며칠 전 같이 차를 마셨는데…… 믿기지 않았다. 사람이 죽고 난 뒤에는 이런저런 말들이 많다. 이미 세상을 떠난 사람에게는 소용없는 일이다. 생전에는 아무 관심도 없던 것이 사람이 죽고 나면 이처럼 온갖 말들이 난무하는 것이다. 죽음이라는 것도 사인(死因)에 따라 여러 갈래의 해석을 낳는다. 너무 갑작스러운 죽음이라 나 역시 안타까운 게 한둘이 아니지만, 그게 사람 운명이다. 사람이 죽는다는 것은 알지만 이렇게 찾아오는 죽음이 남의 일이라고만 할 수 있을까. 사람이 세상 밖으로 나올 때는 어머니의 고통에 신세 지며 나오지만 죽을 때는 모든 고통을 혼자 감내하며 죽는다. 세상이 달라지고 의학의 발달로 수명은 다소 길어질지 모르나 인간의 수명이란 그저 그게 그거다. 누구는 조금 빨리 죽고 누구는 조금 더 오래 산다는 차이다.

죽음에도 순차적으로 오는 죽음이 있고 전혀 준비되지 않은 상황에서 느닷없이 찾아오는 죽음도 있다. 그러니 우리 삶을 내일 죽을 것처럼 살아야 하고, 영원히 살 것처럼 살아야 한다는 말이 의미심장하게 들리는 것이다. 인생이 반환점을 돌 때쯤이면 사람의 운명은 자기의 뜻에 따라 결정되지 않는다는 것을 이미 알고 있다. 죽음을 전제로 한 인간에 대한 성찰과 그 불가피성을 통해 삶의 의미를 깨달아가는 것이다. 산 사람이 죽음과 만나게 될 일은 없다. 살아있는 동안에는 살아있으니 죽음과 상관없고, 죽은 다음에는 그것을 의식하지 못하니 역시 죽음과 무관하다. 우리가 죽음에 대해 아는 것도 다른 사람의 죽음을 통해 얻은 것이다.

사람은 스스로 인생을 돌아볼 줄 아는 유일한 생명체다. 그리고 언젠가 죽는다는 것을 안다. 그런데도 안 죽을 것처럼 사는 것을 보면 안타깝다. 우리는 죽을 운명이라는 것을 객관적으로는 알고 있지만, 이 엄청난 진실을 회피하기 위해 온갖 짓을 다 한다. 죽음을 외면하거나 희미하게 만들어서는 안 된다. 잘 산다는 것은 죽음을 위한 예비 조건 아니겠는가. 뒤집어 말하면 잘 죽음은 잘 살았다는 증거이기도 하다.

우리는 살아있는 동안, 무엇을 할 수 있는 동안은 좋은 사람이 되어야 한다. 죽음을 기억하지 못하고 사는 것만큼 어리석은 일도 없다. 한 번뿐인 우리 인생도 끝까지 살아보면 잘 산 사람이건 못 산 사람이건, 마지막에는 모두 도토리 키 재는 것과 같이 비교하려 해도 할 것이 없다. "100년에 한 번씩 물 위로 떠오르는 눈 먼 거북이가 판자 구멍에 머리를 내밀고 숨 쉬는 것보다 더 힘든 일이 악한 인간이 선한 인간으로 다시 태어나는 길이다."라는 삼중 스님의 말을 새겨, 어렵게 사람의 몸을 받아 세상에 나왔다면 이왕이면 제대로 살다 가야 하지 않을까.

　사람의 길이라는 것이 어떻게 만들어지고 또 없어지는지 이제 알 만한 나이가 되었다. 인생은 어떤 길로 오든 마지막은 강물이 바다로 흘러가듯 같은 곳으로 향한다. 인생이라는 것이 다시는 되돌아갈 수 없는 편도 여행이라는 사실이 가슴에 와닿을 때쯤이면, 우리의 생이 오후로 이울어갈 때이다.
　얼마 전 읽은 글 하나를 옮긴다.

　돈키호테가 말한다. "세상사도 연극과 다를 바 없어. 세상 모든 인물도 종말에 가면, 생명이 끝나는 순간에는 모든 사람에게 똑같이 죽음이 와서 그 사람을 구분하던 의상을 벗기고 무덤 속에 똑같이 눕게 되지."
　이 말에 산초가 응답한다. "참 멋진 비유입니다……. 그게 장기놀이 같은 거지요. 장기를 두는 동안 말마다 각기 자기 길, 자기 일이 있지만 일단 장기가 끝나면 모든 말은 섞고 합치

고 흔들어 한 자루 속에 담지 않습니까. 이건 꼭 인생이 무
덤에 들어가는 것과 똑같지요."

나는 산초의 말이 더 근사하다. 삶이라는 장기를 두는 동안만
큼은 각자 주어진 한정된 시간 안에서나마 앞서 말한 대로 내일
당장 죽을 것처럼 살아야 하고, 때로는 영원히 살 것처럼 살아야
한다. 우리가 이를 외면한다면 봐야 할 달은 보지 않고 가리키는
손가락만 보는 것과 같다. 인생에서 이것 하나만 제대로 기억하고
산다면 내가 만나는 모든 사물과 사람이 또 다른 모습으로 다가
올 것이다. 그것이 '메멘토 모리(memento mori)'라는 말이다.

 끝머리에

푸른 밤 달 지친 데서는 이슬이 구슬 되고
길바닥에 고인 물도 호수같이 별을 잠급니다
조그만 반딧불은 여름밤 벌레라도
꼬리로 빛을 뿌리고 날아다니는 혜성입니다

　　오래전 세상을 떠난 박용철 시인의 「빛나는 자취」라는 시 중
간 부분이다. 시인의 눈에 비친 이슬과 반딧불은 구슬과 혜성
이 되어 우리를 다시 만난다. 이처럼 아름다운 시인의 마음으
로 당장 떠나고 싶은 것은 나의 방랑벽일까, 아니면 여행에 대
한 끝없는 욕심일까.

　　아무튼, 사람의 호기심은 끝이 없는가 보다. 네 번의 긴 여
행을 마치고 나서 잠시 쉬는 시간에 또다시 다음 여행을 생각
하고 떠날 채비를 하는 내 마음을 나는 안다. 또 이 같은 마음
의 여행은 내가 눈을 감는 날까지 계속된다는 것을.

가슴을 따뜻하게 하는 글밭

이영철(소설가, 한국문인협회 이사)

1. 인간은 왜 예술을 하는가

생각해보자.

문명사회에 사는 우리는 원시사회를 일컬어 선사시대라고 말한다. 원시사회라는 것은 문자를 통해 역사를 기록하기 이전의 사회를 말한다. 따라서 문자로 정형화되어 후세에 전해지는 자료가 없다. 하지만 인간이 사고하고 행동했던 시원(始原)을 거슬러 올라가다 보면 원시시대에 해당하는 구석기시대와 만난다. 과연 그들은 문자가 없다고 해서 사고조차 없었을까.

세계 어느 문명을 막론하고 그림이 문자에 앞서 인간 내면의 의식의 흐름을 나타(표현)내고 있다. 그 말은 어떠한 연유에서든 문자가 만들어지기 이전에는 그림이 문자 역할을 대신했다고 볼 수 있다. 약 3만 년 전, 구석기 후기쯤부터 나타난 동굴

벽화나 암각부조나 환조(丸彫: 대상을 완전히 삼차원성으로 구성하여 그 주위를 돌아가며 만져볼 수 있도록 한 입체표현의 조각)를 비롯해 짐승 뼈에 새겨진 선각화(선처럼 파서 새긴 그림이나 무늬)나 돌에 새긴 석각화 등이 대표적이다. 이 중에서도 특히 동굴벽화는 구석기시대 인류 조상들의 사고를 짐작하게 해주는 훌륭한 단서들이다. 이 벽화들은 오랜 세월에 걸쳐 만들어진 또 하나의 언어의 역할로서 오늘날 인류 조상들의 시대상과 생활과 철학적 사고를 엿보는데 매우 소중한 단서를 제공한다.

그 시절, 일용할 양식을 위해 여자들은 들판이나 산에서 식물의 열매나 뿌리 등을 채취하고, 남자들은 사냥을 했을 것이다. 하지만 공동체가 배부르게 먹기 위해서는 큰 짐승을 잡고자 하는 욕구가 컸을 것이다. 하지만 그만큼 위험 부담도 컸을 것은 사실이다. 그런 위험한 사냥을 성공적으로 마친 뒤, 또는 비나 눈이 연일 와서 사냥을 나갈 수 없을 때, 그들은 동굴 벽에 짐승을 효과적으로 사냥하는 법이나 그들이 살아가는 생활상을 그림으로 남겼던 것이다.

그런 연유로 하우저(Hauser)도 『문학과 예술의 사회사』에서 다음과 같이 주장한다.

"구석기 시대의 사냥꾼 예술가는 그 그림을 통해 실물 자체를 소유한다고 믿었고, 그림을 그림으로써 그려진 사물을 지배하는 힘을 얻는다고 믿었던 것이다. 그들은 그림 속의 짐승을 죽이면 실제의 짐승도 죽게 마련이라고 믿었다. 그들의 생각으로는 그림을 그리는 행위가 원하는 결과를 미리 예기하는 것이었고, 이러한 마술적 시범에 뒤이어 실제 사건이 일어날 수밖에 없다고 보았다."

이처럼 인간은 눈앞에 당면한 의식주를 해결하기 위한 실질적 행위를 하기도 하지만 당장의 의식주와는 전혀 관련이 없는 무형의 사고 행위를 하는 것이다. 이 점이 바로 동물과 인간의 가장 큰 차이점이다. 그림이나 글이나 조각이 당장의 끼니를 해결해주지는 않지만 개인의 내면에 면면히 흐르고 있는 의식의 돌파구로써 표출하는 무형의 행위가 바로 예술인 것이다.

2. 이홍식의 수필이라는 천부적인 글쓰기

가정해보자.

커다란 돌이 하나 있는데, 이 돌을 쪼개고 다듬어 집을 짓거나 다리를 놓아 사람이 살기 편하게 만든다면 이는 문명이다. 하지만 이 돌을 가지고 인간의 편의성과는 무관한 탑을 만들거나 조각상을 만든다면 이는 문화이다. 따라서 문학도 문화라는 전체적 범주에서 보면 더는 분석할 수 없는 기본적이고 보편적인 개념이나 존재의 형식에 속하는 예술의 한 분야이다. 따라서 문학의 카테고리 안에 속하는 수필도 예술인 것이다.

이홍식 작가의 작품 면면에 흐르는 의식의 흐름도 마찬가지이지만, 모든 문학 작품의 소재들은 장르의 구별을 초월해서 그 작품을 쓴 작가의 체험에 바탕(출처)을 두고 있다. 문학이 탄생한 이래 오늘까지 창작된 모든 작품들은 작가의 체험에서 가져왔다고 해도 과언이 아니다. 공상과학영화나 판타지 작품 역시도 작가가 생존하고 있는 시대와 환경에 영향을 받은 간접적 체험이나 작가의 삶 영역 속에서 창작 영감을 가져온 것이다. 예를 들어 우화라 할지라도 작품 속에서는 동물들의 이야기를 썼지만, 그 이면은 동물 자체에 대한 이야기라기보다는 그 동물들에 인간의 시대적 배경이나 성향을 빗댄 관계를 우회적으로 말하고 있는 것이다.

그러한 측면으로 본다면 이홍식 작가는 참으로 복 받은 작가임에 분명하다. 많은 작가들이 작품의 창작 영감을 얻지 못한 채 소재 자체의 기발성이나 특이성이나 시대성이나 흥미에만 끌려 글쓰기를 하여 작품 전체에 부정적인 결과를 낳은 것을 많이 보았다. 무릇 모든 작품은 실제적 소재로부터 창작 영감이 플러스 되어야 하는 것이다.

　그런데 그의 작품들을 살펴보면 조금은 남다른 삶의 궤적을 그리고 있으며, 그것들이 작품 속 실제성과 어우러져 창작 영감이 함께 잘 녹아들어 있다. 한마디로 수필이, 예술이 무엇인지를 누가 가르쳐주어서라기보다는 예술적·동물적 감각으로 본능적으로 잘 알고 있다. 문학이란 것이 어느 선까지는 배우고 익히면 글쓰기의 테크닉을 알게 되어 어느 정도까지는 작품을 쓸 수 있지만, 그 이상의 뛰어난 작품이 탄생하려면 작가의 타고난 천부적인 소질이나 감각이 필요하다. 운동선수가 똑같은 환경과 조건에서 훈련을 받아도 유독 뛰어난 스타가 나오듯이 말이다. 이홍식 작가가 비록 남들에 비해 늦깎이로 문단에 나왔지만 분명히 수필가로서 큰 획을 그으리라 믿어 의심치 않는 것이 바로 위에서 말한 점들 때문이다.

모든 문학 작품이 그렇듯이 그의 수필 역시도 '존재론적 감동'이 우선되거나 창작의 동기가 되어야 한다. 존재론적 감동이란 이미 기존에 있던 것들 중에 포함되어 있지 않은 새로운 것도 포함해 말한다. 그렇게 작가가 밤을 하얗게 지새우는 인고의 절대 시간을 투자해 한 작품을 탄생시켰을 때, 그것이 바로 또 다른 의미의 존재론적 감동의 새 창조물이 되는 것이다.

나이 든 어른들이 흔히 말한다.
"내가 살아온 이야기를 다 쓰면 소설 몇 권은 될 것이다."
과연 그럴까. 그들은 소설이 무엇인지를 알고나 하는 말일까. 그들의 말대로라면 본인들의 이야기는 소설이란 작품이 아니라 자서전 내지는 회고록이 될 것이다. 문학이란 전제로 보면 그들의 글에는 창작 영감이나 존재론적 감동이 결여되거나 전혀 가미되지 않은 실제성만 존재하고 있기 때문에 엄밀히 말하면 예술이 아닌 것이다.
수필도 마찬가지이다. 수필 작품 속에 창작 영감이 없이 실제성만 존재하고 있다면 그것은 이미 수필이 아닌 하나의 기록물에 불과한 것이다. 눈에 실제로 보이는 어떤 대상을 표현할 때, 사진만큼 정확하고 디테일한 것도 없다. 하지만 그 대상을 그림으로 그렸을 때, 정확하고 디테일하지는 않지만 그 그림을 보며 사진보다 더 큰 새로운 존재론적 감동과 영감을 얻는 경우가 많다. 이중섭 화가의 소 그림이나 중광 스님의 〈투계〉 등을 보면 굵은 선 몇 개로 눈에 보이는 대상의 특징을 화가의 심미안으로 최대한 생략해 표현하고 있다. 그럼에도 불구하고 우리는 그 작품에 감상하는 자신의 상상력을 가미해 소를 보고 싸움닭의 치열함을 보는 것이다. 바로 그렇게 화가가 자신만의 심미안으로 그린 그 소나 닭이 예술인 것이다.

3. 이홍식의 작품 엿보기

사람마다 지문이 모두 다르듯이 작가도 작가 특유의 문체가 있다. 그래서 때론 작가의 이름을 모른 채 작품 몇 줄만 읽어도 '아, 이 글은 누구의 것이구나' 하고 알 때가 있다. 새도 마찬가지다. 꾀꼬리는 꾀꼬리대로 참새는 참새대로 까마귀는 까마귀대로 특유의 소리가 있다. 그런데 종종 꾀꼬리 소리가 예쁘다 해서 꾀꼬리도 아니면서 자신의 목소리를 버리고 꾀꼬리

흉내를 내는 작가들을 볼 때가 있다. 그래서는 안 된다. 작가는 본인의 목소리를 가져야 하고, 본인의 목소리를 내야 한다. 그러한 면으로 볼 때, 이홍식 작가는 고려청자나 이조백자처럼 매끈하고 고운, 뛰어난 미성의 목소리를 가지지는 않았지만, 우리가 흔히 접할 수 있는 질그릇처럼 조금은 투박하면서도 정감이 있는 목소리를 가졌다. 그게 그의 매력이다. 조선의 일개 도공이 빚은 막사발이 일본에서 최고의 장인이 최상으로 잘 빚었다는 모든 다기(茶器)들을 제치고 국보급 취급을 받는 것을 보면 좋은 예이다.

　사람 한평생은 달리는 말을 문틈으로 보는 것과 같다는 말이 실감 난다. 내 인생에서 몇 번의 가을이 더 지나가고, 그때 다시 이 길을 걷게 될 때면, 오늘과 똑같은 생각을 하고는 쓴웃음 짓는 나를 보게 될 것이다.
－「가을」 중에서

글을 읽다가 한참을 머물렀던 구절이다. 무슨 말이 필요할 것인가. 너무나 공감이 가는 내용이다. 인생에 대한 깊은 관조랄까, 살아온 날에 대한 회한 내지는 반성이랄까, 어렵게 쓰지 않으면서도 울림이 강하다.

　가을 길에서, 계절의 길목에 서서 훗날의 자신을 돌아보는 눈이 마냥 남의 이야기 같지만은 않다.

　가는 사찰마다 풍경은 울리는 소리가 저마다 다르다. 풍경이야 눈 속에 있지만, 소리는 마음 안에 있기 때문 아닐까. …(중략)… 법당 지키는 개는 오가는 사람을 본체만체하면서도 그 소리에는 졸린 눈을 뜨고 먼 산을 보고 소리 내며 짖는다. 그때는 개 짖는 소리도 풍경 소리만큼이나 듣기 좋다.
　- 「성주사 풍경소리」 중에서

　깨달음이 먼 곳에 있는 것이 아니다. 작가는 개도 졸린 한가로운 사찰의 고즈넉한 풍경 소리와 개 짖는 소리에서 돈오돈수(頓悟頓修: 한순간에 깨닫는 것)를 한 것이다. 그의 글은 어찌 보면 유미주의적이면서 관념적일 수도 있지만 본질을 꿰뚫어보는 작가 특유의 심미안이 있다. 풍경은 눈에 있고 소리는 마음에 있다는 표현이 그렇다. 개에게도 불성(佛性)이 있었던 것일까. 사람은 본체만체하면서도 어찌 무심코 울리던 "땡그렁!" 풍경 소리에는 반응을 보였던 것일까. 그에게 깨달음의 본성이 없었다면 어찌 이런 글을 쓸 수 있었을까.

지금은 시인이 된 큰놈이 5살 때였다. 그때 나는 꽤 열심히 시와 소설을 쓸 때였다. 하루는 무심코 그놈과 마당에 서서 보름달을 보고 있었다. 그때 그놈이 환한 보름달을 보고 손가락으로 가리키며 말했다.

"아빠, 달이 불 켰네!"

순간, 나는 묵직한 쇠뭉치로 뒤통수를 한 대 얻어맞은 기분이었다. 명색이 시인이라는 나는 왜 단 한번도 '달이 떴다'고만 생각했지, '불을 켰다'라고 생각해본 적이 없었던가. 그날의 충격은 오래 갔고, 지금도 작품을 쓸 때는 '떴다'가 아니라 '켰다'라고 쓰기 위해 심혈을 기울인다.

그런데, 그의 글에는 부럽게도 여러 곳에 본능적으로 '켰다' 가 보이는 것이다.

억새 흩날리는 둑길을 걸으며 3년 전 우연히 길에서 만난 노인을 생각한다. …(중략)… 더디게 걸으며 구석구석 둘러보는 노인의 느긋함이 어쩌면 답답했다. …(중략)… 내가 보면 아무것도 아닌 것에 흥분하는 노인이 못마땅했다. …(중략)… 별것 아닌 경치에 감탄하는 노인의 마음을 오늘에야 알 것 같았다. 노인처럼 그렇게 되기까지 내게는 얼마만큼의 시간이 흘러야 하는가.
— 「지리산 둘레길·2」 중에서

이 작품은 글의 주제가 일상에서 얻어진 것이지만 무심코 지나치지 않고 생명력과 창조성을 불어넣어 주었으며, 지난한 인간의 삶이 늙어가는 것이 아니라 익어간다는 관조가 엿보이는 글이다. 글을 쓰는 사람들이 흔히 범하는 낡디낡은 상징이나 비유들을 과감히 탈피하고 일상의 담백한 언어로 잔잔한 충격을 주고 있다. 작가에게 있어 절대 시간을 투자한 이 글이 자기 구원까지는 아닐지라도 '자기완성에 가깝게 가기 위한 구도(求道)의 길'임을 잘 보여주고 있다.

> 두레박은 저 스스로 내려가는 일 없이 누구도 가리지 않고 사람들 손길 따라 제 몸을 내맡기는 성자와 같다. …(중략)… 삶이란 무엇이 되었든 어떤 것들을 두레박으로 길어 올리는 일이다. 두레박에 이것을 담으면 이것이 올라오고 저것을 담으면 저것이 담겨온다. 무엇을 담든 그것은 자기 마음이다. …(중략)… 정직한 나무꾼이 자기가 잃어버린 쇠도끼를 원하듯, 내가 진정으로 바라는 모습은 뭇사람들이 물을 퍼 올리는 우물가 두레박이고 싶다.
> – 「두레박」 중에서

……오늘 밤 나무들이 슬픈 것은 수림(樹林) 건너 작은 교회

의 종소리다……

   ……채친 감자 조각이 보랏빛으로 변해가는 동안 우리의 침묵……

「두레박」을 읽으면서 왜 갑자기 머릿속에서 이 시 구절이 떠올랐는지 모른다. 작품을 읽으면서 느끼는 것은 그는 남에게는 너그러울지라도 자기에게는 철저하게 냉혹한 사람이란 점이다. 작품 전반에 묻어있다. 남들은 그냥 스쳐지나가는 두레박 하나에서도 자신의 삶을 반추해 비추어보는 모습이, 작가의 눈이 예사롭지 않다. 그는 남들에게, '두레박'에 어떤 모습으로 담겨 있기를 바라고 있는 것일까.

    중학교 3학년 온 가족이 지독하게 어려웠던 시절, 온 식구가 끼니를 걱정해야 할 만큼 어려울 때였다. …(중략)… 나는 몇 달이나 못 낸 월사금 때문에 아침마다 담임선생이 있는 교무실로 불려 다녔다. …(중략)… 떨리는 가슴으로 교무실로 가는 길 연못가에는 내 마음과는 다르게 희고 환한 목련이 피어 있었다. …(중략)… 그 순간 봄볕

쏟아지는 연못가에서 바라본 목련은 그 모습 그대로 몽
땅 내 가슴속으로 들어오고 말았다. …(중략)… 감수성이
예민하던 그 시절 교무실을 오가며 친구들에게 부끄럽고
괴로운 마음을 목련꽃을 보며 얘기하곤 했다. …(중략)…
활짝 핀 꽃을 보며 선생님 앞에서 두근거리던 마음을 가
라앉히던 것을 목련은 알고 있었을까.
ㅡ「목련꽃」 중에서

  작가의 사상이나 생각이나 주제 등을 거칠게 뱉어내는(배설
하는) 것이 작품이 아니란 것을 잘 보여주는 글이다. 수필이지
만 한편의 슬프고도 아름다운 시(詩)를 읽은 느낌이다. 「목련
꽃」은 미술에서 초현실주의자들이 표현하는 우연기법이나 자
유연상기법과는 상반된 이미지가 있다. 물론 우연기법이나 자
유연상기법이 현실적으로는 이해할 수 없거나 용납이 되지 않
는 이미지와 이미지의 충돌로 인해 오히려 신비스러운 감동을
자아낼 수도 있다. 하지만 「목련꽃」은 온 가족의 지독한 가난
과 월사금의 슬픔과 담임선생님에 대한 두려움 내지 부끄러움

과 그런 와중에서도 목련꽃에게서 받는 위로를 아주 조화롭게 그려내고 있다. 맑고 고운 수채화를 보고 있는 느낌이며, 슬픈 이야기임에도 불구하고 읽는 사람의 가슴에 따뜻한 물기가 가득 차오른다. 빼어난 수작이다.

젊은 날 한때, 머리카락을 쥐어뜯으며 며칠씩 밤새워 소설을 쓰다가 끝내는 코피를 흘리던 그 새벽. 문득 창밖에 시나브로 지고 있는 목련을 보았다. 그때 나는 무심히 지는 목련을 보며 눈시울이 뜨거웠다. 모두가 잠든 이 새벽 홀로 깨어 목련이 지는 것을 보고 있다는 감격에.

주제는 같은 목련이지만 이렇게 작가에 따라 달리 보일 수가 있다. 이것이 바로 창작 영감을 가진 작가의 눈인 것이다.

평소 가깝게 지내던 사람이 세상을 떠났다. 며칠 전 같이 차를 마셨는데…… 믿기지 않았다. …(중략)… 죽음에도 순차적으로 오는 죽음이 있고 전혀 준비되지 않은 상황에서 느닷없이 찾아오는 죽음도 있다. …(중략)… 사람은 스스로 인생을 돌아볼 줄 아는 유일한 생명체다. 그리

고 언젠가는 죽는다는 것을 안다. …(중략)… 인생이란 것
이 다시는 되돌아갈 수 없는 편도 여행이라는 사실이 가
슴에 와닿을 때쯤이면, 우리의 생이 오후로 이울어갈 때
이다. …(중략)… 내일 당장 죽을 것처럼 살아야 하고, 때
로는 영원히 살 것처럼 살아야 한다.
―「메멘토 모리(memento mori)」중에서

죽음이란 모든 생물체에게는 숙명이다. 만들어진(태어난) 것
은 언젠가는 소멸(죽음)한다. 단 소멸이 여러 요인으로 인해 빠
르거나 늦을 뿐이다. 우리말에 '오는 것은 순서가 있어도 가는
것에는 순서가 없다'라는 말이 있다. 또 극단적으로는 '홍시감
만 떨어지나, 땡감도 떨어진다'라는 말도 있다. 모두가 인간의
허무한 죽음을 두고 한 말이다. 또 이런 말도 있다. 인생이란
두루마기 화장지와 같다. 이유는 처음(젊을 때)에는 천천히 도
는 것 같지만 쓰면(나이가 들수록) 쓸수록 빨리 돌아가니까, 라
고. 주어진 물리적인 시간은 똑같지만 나이가 들어가면서 느끼
는 세월의 체감 시간이 그렇다는 것이다.

작가도 밝혔듯이 며칠 전에 만나 차를 같이 마신 작가의 지인은 갑자기(허무하게) 세상을 떴다. 작가는 그러한 인간의 죽음을 보며 본인의 현재의 삶을 '부처의 눈'으로 관조하고 있다.

　불교에서는 중생의 삶을 이야기할 때 사법인(四法印)이라는 것을 중심 사상으로 삼고 있다. 첫째, 일체개고(一切皆苦)는 인간의 집착이 고통과 번뇌의 원인임을 말하고, 둘째, 제행무상(諸行無常)은 이 세상 형상의 모든 것은 항상함이 없이 늘 변하고 있음을 말하며, 셋째, 제법무아(諸法無我)는 모든 존재는 인(因)과 연(緣)에 의해 생겨 늘 고정된 실체가 없음을 뜻하고, 넷째, 열반적정(涅槃寂靜)은 그러한 모든 번뇌마저 완전히 소멸된 상태인 열반의 경지를 뜻한다.

　이러한 근거로 볼 때, 굳이 불교에서 말하는 연기설이나 윤회사상을 따르지 않더라도, 한 번뿐인 삶을 후회 없이 살고 볼 일이다. 작가의 말처럼 내일 당장 죽을 것처럼 살아야 하고, 때로는 영원히 살 것처럼 말이다.

4. 맺는 글

　이홍식 작가의 글은 전체적으로 볼 때 비수와 같은 날카로움은 없지만, 금방 뜨거워지고 금방 식는 도시의 보일러 방이 아닌 시골의 구들장 아랫목 같은 정겹고 잔잔한 감동을 주고 있다. 앞서 말했듯이 잘 빚은 도자기 같지는 않지만 보면 볼수록 정감이 가는 막사발이나 질그릇을 대하는 느낌을 지울 수가 없다. 허상이나 겉멋에 치우친 작품들이 아닌 진지한 체험이나 철저한 자기반성에서 나온 글이기에 독자들에게 따뜻한 감동을 주고 있는 것이다.

　따라서 이홍식 작가는 밝은 미래를 예견케 한다. 이렇게 말하는 것은, 그의 작품 「목련꽃」 등에서도 익히 보았듯이 작가가 사물을 바라보는 눈이 몹시도 긍정적이고, 감성적이고, 차가움이 아닌 온기가 있기 때문이다.

　아무쪼록 앞으로도 작품에 임할 때, 허세와 치기에 눈 돌리지 말고 지금처럼 구체적이고 현실감을 바탕으로 창작 영감을 더해 감동을 주길 바란다. 한 가지 덧붙인다면 앞으로 그의 작품에 미래관이나 역사의식이 곁들여진 글감(주제)들이 함께한다면 지금보다 한결 풍성한 글밭이 되리라 믿어 의심치 않는다.